JN322858

生きている道
ソローの非日常空間と宇宙

小野和人 著

金星堂

まえがき

　19世紀アメリカの思想家・エッセイストのヘンリー・デイヴィッド・ソロー（Henry David Thoreau, 1817-62）の人と作品について、本書は種々の観点から基礎的なアプローチを試みるものである。我が国におけるソローの受容史を顧みるに、最初の研究者たちはその代表的な作品『ウォールデン』や『市民の反抗』などに取り組み、その正確な読み取りに専念し、そこに見受けられるソローのユニークで活力のある生き方に共感し、それに学ぶという姿勢が見られたのは当然であろう。

　けれども近年に到って、ソロー研究の一般的な傾向としては、そうした基本的な読み取りの段階は一応終了したものとされ、ソローの人と作品をアメリカの総合的な文化史、思潮史の中に置き、その中にソローを位置づけようとするものである。ソロー一個人とアメリカ文化の歴史は、相互に作用し、相互に影響を与え合ったとするのである。それはソローの作品の単なる読書と鑑賞から本格的な研究への順調な発展を意味し、それに基づいて実際に秀でた研究の成果が輩出したのだった。

　しかしこのような研究のあり方としては、とにかくソローの各作品を解読し、その内容を精緻に検討するという作業の完了が前提となっているべきである。また実際にそのような作業を完了したという実績が数多くあるともいえよう。ところが私見によれば、ソローの各作品の処々には、そうした精査がまだ十分には済まず、不可思議な謎のような部分が看過され、残存しているのである。本書はまずそうした個所に取り組み、その解釈を試みるものである。

たとえば、ソローに「ウォーキング」という作品があり、その中に「旧マールボロー街道」という詩が入っているが、それによってソローは何を提示しようとしたのか、詩の意味と意義がいささか曖昧であり、また研究者たちによる詳しい解説もなされていない。また作品『メインの森』の第一章「クタードン」においては、ソローが登山した岩場の山頂と帰途に出くわした広大で茫洋とした荒野「焼け地」が共にクライマックスの場となっており、双方の場の有機的なつながりのことがこの作品のテーマとして重要と思われるが、その実、両者の関係はあまり論じられてはいない。

　初期作品『コンコード川とメリマック川の一週間』では、メリマック川の水源へと到るソロー兄弟の旅が主な内容であるが、その水源であるアジオコチョーク山（ワシントン山）の山頂についてはソローの記述が一切見られない。それが旅の目的地なのに何故カットされているのか、謎のままになっている。またこの作品の中に挿話として、ソローの赴いた別の山、サドルバック山の登頂の話が含まれているが、この挿話についての十分な検討もまだなされていない。

　さらにソローの没後発見された未完の作品『月』についても、未完のためかほとんど研究がなされておらず、また解説も見かけられない。それがどんな作品なのか、どのような意義を持つものか、ソローを論じる場合にはやはり一応の認識があることが望ましい。以上のように、ソローのいろんな作品の中で謎のままに放置されていると思われる部分に注目し、光を当てるべく取り組んでみた。

　ソローが選んだこのような場所は、総じて日常生活の場からはかけ離れたもので、いわば非日常の空間とよぶべき領域である。それでも、こうした場が、非日常であるがためにソローに新たな刺激を与え、新たな生き甲斐をつかむきっかけとなったとも考えられる。そのような場の及ぼした作用と結果についての考察が本書の第一部の内容となっている。

　ところで、ソローの代表作『ウォールデン』においては、人の心の夜明け（目覚め）のことが主要なテーマとなっている。真の目覚めをすることが、その人を真の人生に導くという。作品全体を締めくくる結句として、

「人の心の夜明けと比べると、朝の太陽による物理的な夜明けは取るに足らないものであり、「太陽とは、単なる夜明けの星にすぎない」」("The sun is but a morning star.")というのである。「夜明けの星」は、暁天における遠い恒星の光の一点としての存在であるが、太陽がそのように小さな存在として表現されたのは何故か。心の夜明けの大切さを強調するためであろうが、実はこの表現にはいろんな含意があり、精査の必要があると思われるので、ソローの時代の天文学の成果や宇宙観などを参考にして幅広く考察してみた。その結果が本書第二部の冒頭部分である。

ひいては、『ウォールデン』のことのみならず、その時代（アメリカ・ルネッサンス期）のアメリカ文化・文学全般においても、やはり天文学の新たな発展の影響が感じられ、当時の一般的な宇宙論や宇宙観がどのようなものであったか、またそれが、代表的な文人・作家たちの人と作品にどのように反映し、生かされているのかという問いが生じ、それにも取り組んでみた。むろんそれには未知の要素が多く、規模も巨大な問いであり、その全貌に迫ることは困難であったが、エマソン、ポー、ホイットマンを具体例にして、以上のような状況を概観ないし瞥見してみた。それではソロー自身の宇宙観や宇宙への意識はどのようであったのか、これについては別に新たな章を設けてその特徴をまとめてみた。以上が第二部の主な内容である。

第三部では、ソローと同様に人の生き方の問題に深く関わり、その周囲の人々や読者に対して、真の人生のあり方を提示するための先達であろうと努めた日本の文人、宮澤賢治を取り上げ、ソローと比較、あるいは対照させようとした。ソローも賢治も、まず詩人として出発し、種々の面において互いによく似た生き方をしており、その作品や講演、会合などを通して民衆に人生を教えるという共通の姿勢を保持した。また両者共、天文学や宇宙のことにも詳しく、それらに深い関心を寄せ、それを人生の問題にも取り入れようと試みた。本書ではその状況も跡づけてみたいと考え、第三部の主なテーマとして取り上げた。たとえば、両者にとって「天」や「銀河系」などという発想がどのような意味を持ち、それがいかに彼らの人生観や作品に作用したのか。こうした事柄がソローと賢治の両者に深く関わ

り、また互いに微妙な相違も示している点である。

　以上が本書の目指した内容の主旨であるが、ソローに関してその他の重要な項目、即ち社会改革のための彼の活動や自然環境思想のことなどは取り上げるに至らなかった。総合的なソロー研究はむろん望ましいことだが、総合的なソロー像についての研究成果は近年において著しく上げられており、本書はそのような成果に従いつつ、さらにそれにいささかの追加を添えたいと願うものである。たとえば「ソローと人生」の問題は、ソローの受容史の当初から取り組まれていた古いものであるが、最近では看過され、見捨てられかけているという印象がある。けれども、ソローの根本問題として、やはり再度の検討が必要と考えた次第である。研究者も時には純粋な読者の立場に戻り、ソローのように人生の意味とあり方の問い直しをすることが望ましいのではなかろうか。

　宇宙観のことなど、比較的目新しい項目については、なるべく先人たちの文献に当たるように努めたが、そのような資料が見当たらず、自らの拙い頭脳で考え抜くようにした場合もあった。それらの結果が、仮説、憶測、こじつけと評価されることはやむを得ないが、問題点の解決がもし十分ではないとしても、問題の提起としての面も受け止めていただければ幸いである。

　なお本書では、処々に内容の重複や引用部分の再掲も見られるが、各章の論の展開上そうせざるを得なかったので、ご了解いただければと思うのである。引用に関しては、和文訳を使用するようにしたが、作品の文体に関わる個所や内容として特に重要と思われる個所には原文も添えるようにした。原文が長い場合には註に回した場合もある。第一部第五章では、ソローの『月』という作品を取り上げたが、おそらく読まれることもほとんどなく、作品の原文を持っている方々も少ないと思われたので、あえて和文、原文の両方を引用するようにした。

　また本書の各論は、ソローの生涯における年代の順には従っておらず、いわばバラバラな扱いになっているが、全体としてのテーマはほぼ共通であり、各論のつながりもなるべく保てるようにしたつもりである。それで

もなお年代の混乱を招く恐れはありうるので、巻末に、本書の内容で取り扱ったソローの事項について簡単な年表を添えることにした。

　本書がもしソローの読書と研究に関して、いささかでも皆様のお役に立ちうるならば、と心から願う次第である。

　平成27年　9月初旬　　　　　　　　　　　　　　　　　　　　　著者

目　次

まえがき…………………………………………………………………… 1

第一部　生きている道 …………………………………………………… 9
　序章 ……………………………………………………………………… 11
　第一章　生きている道──「旧マールボロー街道」を読む ………… 18
　第二章　「クタードン」の制作過程──メモ、講演から作品へ ……… 35
　第三章　ソローのサドルバック山登攀──心の聖域を求めて ……… 53
　第四章　水源としてのアジオコチョーク山 …………………………… 71
　第五章　非日常空間としての夜──作品『月』について …………… 90

第二部　宇宙への道 ……………………………………………………… 111
　第一章　太陽は夜明けの星──『ウォールデン』の結句について …… 113
　第二章　アメリカ・ルネッサンス期の文化・文学における宇宙意識：
　　　　　概観又は瞥見 …………………………………………………… 128
　第三章　ソローと宇宙 …………………………………………………… 159

第三部　ソローと宮澤賢治 ……………………………………………… 181
　第一章　二人の比較の基盤を求めて …………………………………… 183
　第二章　宮澤賢治の銀河系とソローの「天」 ………………………… 201

ソローの略年譜 …………………………………………………………… 227
あとがき …………………………………………………………………… 231
参考資料 …………………………………………………………………… 234
索引 ………………………………………………………………………… 243

第一部

生きている道

序　章

一　旅行記の読書

　ヘンリー・ソローは若いころから世界中の秘境や未知の領域に深い関心を寄せていた。特に彼は原生林帯や極地など人の訪れのない未開の地にあこがれ、そうした地域や海域をめぐる冒険的な世界一周の旅の試みにも心をひかれていた。もっとも、いかに関心が深くても、彼自身が実際にそうした世界の秘境への旅に出かけることはできなかった。そうした旅のための多大な資金にも、また過酷な旅の日々に耐えるための頑健な体力にも恵まれてはいなかった。それで彼は、大学生の頃より、ハーヴァード大学の図書館から世界中の探検記や紀行の書を次々と借り出して耽読し、メモを取ったのだった。

　これによってソローは、世界中のありとあらゆる秘境やフロンティアを書物で踏破し、その各地について生き字引のように詳細な知識を獲得できた。ジョン・A・クリスティーは、ソローのこうした紀行書への傾倒に着目し、彼を一種の「世界旅行者」（'Thoreau As World Traveler'）になぞらえ、それを自分のソロー研究の著書の題目とした[1]。クリスティーによれば、ソローが読んで、自己の作品や日誌において言及し、引用した紀行書の著者たちの数は実に173名に及んでいる。またクリスティーが作成したその一覧表は、彼の同著書で21頁にも亘るものである[2]。

　ソローが自己の作品中で好んでたびたび言及した世界旅行者たちの一人は、オーストリアのプファイファー夫人（Ida Pfeiffer, 1779-1858）であっ

た。彼女はその成果を『淑女の世界周遊』（*A Lady's Journey round the World,* 1852）などの著書にした[3]。ソローによる次の引用例を見てみよう。夫人が西アジアのメソポタミア地方をキャラバンで旅していた折のことである。行く手は「山の峠を抜けており、その峠で一行は、自分たちの動かした石が深淵へ転がり落ちてゆく轟音を聞いた」という。

　こうして私たちは一時間ほどの間進んでゆきました。すると月が突然厚い雲におおわれてしまい、とても真っ暗になったので、ほとんど一寸先も見えませんでした。案内人はたえず火打ち石を打って、その火花によって行く手が見えるようにしてくれました。けれどもそれでは不十分で、つれている動物たちはつまずいたり、すべったりしはじめました。やがて次々と立ち止まり、朝までじっとしている以外に方法はなくなりました——まるで私たちが突然石に変えられたみたいに。それでも、夜明けの光によって私たちは再びよみがえり、元気よく馬を駆りたて、ほどなく、形容できないほど美しい山並みの輪の中に入っていったのです[4]。

　この乾燥したメソポタミアの山岳地帯は、砂漠と同様に無人の地であり、ソローにとっても気に入りの秘境の一つであったと思われる。その地をゆくプファイファー夫人は、行く手の困難さに対して実に勇敢であり、忍耐強かった。人柄も素直で明朗であったことが読み取れる。周囲が真っ暗闇の状態から美しい夜明けへと展開したことも喜ばしい状況である。それは、何か今までは未知だった事実を発見し、認識できたときの心の喜びに通じるものであっただろう。
　無知蒙昧な暗黒の状況から、光明あふれる発見と認識への転換、これこそソローが求めた心の最たる成果であり、プファイファー夫人のこの夜明けの描写は、それを鮮明に象徴する場面であった。それに、「形容できないほどの美しい山並みの輪」（'an indescribably beautiful circle of mountains'）という表現にもソローは喜びを感じたはずである。暗黒から光明へという知

的発見の喜びが、その見事な山並みの風景美によっても飾られているからである。

　ところでソローにとっての知的発見とは、当然ながらそれが彼の心の糧となりうるものであった。それによって彼の人生が再検討され、彼をより豊かな生き方へと導く作用を発揮できるものであった。けれども、秘境への紀行の全てがそうした知的な力を持つものではなかった。ソローは代表作『ウォールデン』[5]の「結論部」("Conclusion")において、当時一般に盛んになってきた世界一周の旅や世界の僻地、極地への探検のブームに言及し、そうした試みとそれに参加した探検家たちを列挙している。その数例を見てみよう。

1. イギリスの探検家で、アメリカ大陸をまわる北西航路を探検したが、北極圏で遭難したフランクリン（Sir John Franklin, 1786-1848）
2. スコットランドの探検家で、アフリカのニジェール川流域を探検したマンゴ・パーク（Mungo Park, 1771-1806）
3. アメリカの探検家、ウィルクス（Charles Wilkes, 1798-1877）のもとで南極大陸への接近を目指した南洋探検隊の航海（1838-42）
4. ウィルクスの探検の航海に参加し、後に自ら世界周航をして、その旅行記『世界の人種』（*The Races of Man and Their Geographical Distribution*, 1851）を著したピッカリング（Charles Pickering, 1805-78）（*Walden*, 321-22）

　こうした僻地ないし極地への探検は明らかにソローの関心を引くものであった。しかしながら、いずれの探検や旅もソローの目から見れば、払った手数や犠牲がずいぶん大きく、その割に収穫が乏しかったということで、否定的な評価をされている。たとえばウィルクスによる南氷洋の航海は、「寒気と嵐、食人種に出会う危険」などにさらされながら、発見したのは、南極大陸の無人の極寒の地、後にウィルクスランドと名付けられた場所であった。それは、ソローが真に欲する心の糧とはとうていなれない成果だっ

たのである。世界を隅々まで知りたい、そしてその知識を自己の人生に豊かに生かしたいというのが若いソローの願いであった。とはいえ他の世界に到る以前に、彼の自国アメリカの西部地方も、19世紀初頭においてはまだ秘境であった。

二　ソローと西部

　アメリカにおける西部開拓の試みは、むろんその秘境の地への探検の旅で始まった。その発端として、第3代大統領トマス・ジェファーソンは、1804年5月に、真に秘境であった西部横断のためにルイスとクラークの探検隊[6]を派遣した。一行は、ミシシッピー川の西の支流ミズーリ川を遡行し、ロッキー山脈を乗り越え、コロンビア川を下って太平洋岸に到達した。出発の翌年の1805年11月のことであった。それは18ヶ月の期間をかけ、約4千マイルの距離を踏破する偉業であった。こうして極西部の地オレゴンに到る新たな開拓の道が開かれた。これ以降、民衆の流れは次第に西部へと向かったのである。

　当時のアメリカの国民にとって実際に未知の領域が開かれたということは幸いであった。彼らが不満としていたそれまでの生活と人生を振り捨て、新たな充実した生き方を求める機会が生じたという意味で幸いであった。それは、「いかに生きるべきか」という漠然とした人生上の問いを、「どこで生きるか」という具体的で実行可能な問いに置換して取り組めることであった。

　むろんこの両者の問の意味が完全にイコールになることはありえない。けれども、後者の問、「どこで生きるか」ということは、前者「いかに生きるべきか」という問いへの明快な取り付き口を与えてくれるのである。それに、たとえ当時のアメリカ国民の大半が実際にはこの西部フロンティアを目指さなくても、その気になれば、いつでもそこに向かえるという可能性が生じていた。未知の西部を心に思い描くとき、ただそれだけでもアメ

リカの人々の心は活性化する思いがしたであろう。

　ソロー自身も、ハーヴァード大学の学生の頃、兄のジョンと共に、西部のフロンティアの土地に移住しようという漠然とした計画を抱いていた。けれども、彼のような知的エリートにとって、西部の未開地の現実は厳しく、現地での激しく辛い、危険な開拓生活になじめるはずもなかった。また実際の彼の身体は、『ウォールデン』中で示されたような頑健で、野性的なものではなかった[7]。ソロー兄弟の計画は一時の淡い夢に終わった。

　ソローはなぜ気軽に西部開拓の夢を追ったのであろうか。単に当時の世間の流行に乗ったまでかもしれない。けれども、彼の先輩で親友のエマソン（Ralph Waldo Emerson, 1803-82）にはそのような動きは全く見られなかった。エマソンの祖先トマス・エマソンは、1635年にロンドンの近郊から渡米し、初期マサチューセッツ湾植民者となった。文人エマソンはすでにその7代目であり、もうアメリカのニューイングランドの地にしっかりと根付いていたといえる[8]。しかるにソローの祖父ジョン（ジャン）・ソローは、1773年に英仏海峡にあるジャージー島から渡ってきた。それも、私掠船（privateer）の乗組員であり、難破して漂流中に救助され、アメリカに運ばれたという[9]。

　そのジャージー島にもソローの祖先は根付いてはいなかった。祖父ジョンの父親フィリップ・ソローは、フランス本国でのワイン商人であり、プロテスタント（ユグノー派の教徒）であったが、1685年のナントの勅令廃止によってカトリックの強力な支配が復活し、プロテスタントが弾圧されると、フランス本土からジャージー島に避難したのだった。このような流浪と冒険の祖先の話を聞くにつけ、ソローの念頭には、安定した定住生活よりも、むしろ波乱の多い旅や移住の方を当然と見なし、それを自家の伝統とする発想が生じたのであろう。

　アメリカにおける西部のフロンティア探求がなされる以前に、新世界の歴史のかわきりとして、この新大陸を求め、ヨーロッパからなされた渡航のルートは、周知の如く、「インドへの道」と呼ばれた。それは全く未知の領域を発見し、探査するための海路であった。ソローの祖父は、いわば遅

ればせながらも、このインドへの道をたどった人物であった。それはソローが生まれた 1817 年よりも 44 年前のことであった。祖先の話はさほど古びてはおらず、ソローの家庭内には、まだフランス語の余韻が残存していたという。ソローが、波乱に満ちた移住者としての曽祖父や祖父のことを強く意識し、「インドへの道」に続く新世界での第二段階、西部開拓の道に自らを方向づけたとしても不思議ではない。

　しかしソローの西部移住の計画は一時の夢に終わった。その代りに彼は、世界の秘境や極地での種々の探検記と世界一周などの紀行書を耽読した。彼は、カナダ東部への旅行以外、生涯国外へ出かけることはなかった。けれども、彼にとって比較的近いコッド岬やメイン州の大原生林地帯など、秘境に類する大自然の地域へ何度も赴くことができた。さらに郷土コンコードにおいては、自分の周りの住み慣れた日常生活の場所にも、自分にとって新鮮な未知の要素を常に見出そうとしていた。それによって日常の空間内にも、様々な非日常の領域を獲得していった。そしてそのような非日常の体験を活用することにより、自己の心と人生とを目新しくし、活性化していった。本書では以下の章において、このようにソローの味わった彼なりの非日常の体験とそれによる成果を跡づけ、検討してゆくことにする。

註

1. John Aldrich Christie, *Thoreau As World Traveler* (New York & London: Columbia UP, 1965)

2. 同書の巻末。"A Bibliography of Travel Works Read by Thoreau", 313-33 頁。

3. 原題は *Eine Frau fahrt um die Welt* (1850)

4. ソローによる引用は作品 *The Moon*（AMS）の 57-8 頁。翻訳は、小野和人訳『月下の自然』（金星堂、2008 年）、64-5 頁。*The Moon* については、本書第一部第五章参照。

5. Thoreau, *Walden, The Writings of Henry D. Thoreau,* Ed. J. Lyndon Shanley (Princeton:

Princeton UP, 1971) を使用した。本書では以下の章の全てに亘り、*Walden* からの引用は同書による。
6. 合衆国の軍人 Meriwether Lewis 大尉（当時大統領ジェファーソンの秘書）と William Clark 少尉を隊長とする探検隊で、33名の隊員で出発した。この探検による地理学や生物学上の成果も多大であった。Henry Nash Smith, *Virgin Land, The American West as Symbol and Myth* (Cambridge, Massachusetts: Harvard UP, 1950, 1970), 16-7. Gorton Carruth and Associates, eds. *The Encyclopedia of American Facts and Dates,* Seventh Edition (New York: Thomas Y. Crowell, 1979) 124, 142.
7. 高橋 勤『コンコード・エレミヤ　ソローの時代のレトリック』（金星堂、2012年）の第6章「病の思想」153-74頁参照。
8. 尾形敏彦『ウオルドー・エマスン』（あぽろん社、1991年）、「序説」、41頁。
9. Walter Harding, *The Days of Henry Thoreau* (Princeton, New Jersey: Princeton UP, 1982) 4. なお「私掠船」とは、海賊船の一種であり、自国が戦時中などの場合に行政府から敵船の攻略を認可され、武装していた民有船のこと。

第一章

生きている道——「旧マールボロー街道」を読む

一　ヘブル人への手紙

　ソローのエッセイ「ウォーキング」("Walking", 1862)[1]には、彼の郷土であるマサチューセッツ州ミドルセックス郡のコンコード（Concord）から、同じ郡内にあるマールボロー（Marlborough）という町にいたる旧街道のことが詩の形で述べられている。ソローによれば、この道は、新道開通によって廃道となり、見捨てられて、もはやマールボローには通じていないという。

　けれども、こうした旧道は、中断されてしまったために従来の用途を失ったが、かえって別な新たな意義を生じ、そこをあえて通ろうとする人を、どこか見知らぬ秘密の場所へと導いてくれそうな感じもする。「そこを歩けば何か得ることがありそうな古い道」("a few old roads that may be trodden with profits")(214)だとソローは謎めいた評価を与えている。その「得ること」('profit')とはいったい何なのか、それを探るためにこの詩の中身を見てみよう。

旧マールボロー街道[2]

　　　　　（冒頭部省略、後出）
　　春が来て、私の血が、旅への本能にかき立てられると、

第一章　生きている道──「旧マールボロー街道」を読む

　旧マールボロー街道で、私はしこたま砂利を味わうことになる。
　　この道を修繕する者は誰もいない。
　　この道を使い減らす人もいないからだ。
　　これは生きている道だ、キリスト教徒のいうように。
この道に踏み込む者は少ない。
アイルランド出身のクインの客たちだけだ。
この道はいったい何なのか。
ここから出てゆく方向と、まれなことだが、さらにどこかに
到るという可能性はあるのだが。それ以外では何なのか。
　　大きな石の案内板があちこちに出ているが、訪れる旅人はいない。
　　すたれた町々を記念する碑文が、その案内板の天辺に
　　記されている。
　　自分がどこに行けるやら、その行く先を知るために、
　　ここに来るのはいいことだ。

　　　　　（途中省略、後出）
　空白となった石の文字盤を、旅人が見てため息をつき、
　そこにわずか一行で、万事に通じる内容を
　彫りこんでくれるかも知れない。
　それをまた別な旅人が読んで、
　この上もない苦境から脱せるかも知れない。
　それにふさわしい文章を、私も一、二知っている。
　国中に建ててもいいような名文の言葉なのだ。
　それを見た人が、12月にいたるまで記憶していて、（忘れても）
　春になるとまたそれを読むことができよう、雪解けのあとに。
もし空想の翼を広げ、君の居場所を後にしたなら、
　旧マールボロー街道を経由して、
君は世界一周だって出来うるだろう。

この廃道の地点から世界一周が可能だとソローはうたっているが、それはむろん実際のことではなく、単なる想念としてのことである。もし実際に人がこの道をたどるならば、行き止まりとなり、ひき返さねばならない。さもなくば道のないところに踏みこんで、迷い人になるほかないであろう。旧マールボロー街道は廃道であるから、いわば「死んだ道」のはずである。それなのにソローは、逆説的に「生きている道」（'a living way'）と呼んでいる。それはなぜなのか。

　その手がかりとなるのは、ソローが添えた一句「キリスト教徒の言うように」という言葉である。そしてその意味が、もし新約聖書に関わるものならば、「生きている道」とは、「ヘブル人への手紙」（"The Epistle to the Hebrews"）の第10章第20節に出てくるものである。「ヘブル人への手紙」は、ヘブライの民衆に、神の御子として設定されたキリストの身分と、それによって果たされた使命のことを説いている。即ち、人間たちが犯してきた罪の贖いのために、キリストが成り代わって受けた磔刑の受難とその意義を強調している。ただし、このことに関する表現は、あまりにも普遍的で、新約聖書中の随所に見かけられ、あえてこの章の特徴だとすることは出来ないだろう。

　けれども「ヘブル人への手紙」においては、民衆が自分たちの犯した諸々の罪のむくいをいまだに恐れ、昔ながらに神にいけにえをささげ続けていることを指摘し、その必要のないことを主張しているのが目につく。この箇所は、「いけにえをささげることをもはや神は喜ばない」と述べ、その代わりに、キリストが開いた新たな信仰の道に入り、聖なる所に到るようにとすすめているのである。

　なぜなら、キリストが人間に成り代わって受けた受難により、人間の罪はゆるされたのだから、その許しが成立した以上、贖罪のささげ物はもう不要なのである。したがって、我々は、イエスの血によって、はばかることなく聖所に入ることができるという。即ち、「彼の肉体なる幕をくぐり、私たちのために開いて下さった新しい、生きた道を通って」（"By the way

第一章　生きている道——「旧マールボロー街道」を読む

which he dedicated for us, a new and living way, through the veil, that is to say, his flesh.") ゆける、と述べている[3]。

　換言すれば、「生きている道」とは、民衆の旧弊な意識と習慣を捨て去らせ、新たな信仰の喜びへと導き入れるためのプロセスのことを指している。要するに民衆の意識の改革と更生のための道である。それならば、このような意味合いがソローの「旧マールボロー街道」の詩にも取り入れられているはずであろう。むろん聖書が説いている純粋な信仰本位の意味ではないとしても。

　ところで、一般に意識の改革を生じさせるにはどんな方法がありうるのか。ちなみにソローの場合、作品『ウォールデン』（*Walden,* 1854）の中の「村」（"The Village"）の章が想起される。ソローが夜ふけてコンコードの町の中心部からウォールデン湖畔の小屋に戻る際に、森の中が暗いので実際には道が見えず、特定の木々のたたずまいを見、彼の身体がおぼえている道順にたよりながら、ゆく手を探っていったという箇所（169-70）である。

　よく見知っているはずの道でも、暗やみや暴風雪などの場合には迷ってしまうことがあるし、それがときには生命の危険を伴うことにもなる。けれども、心の問題に限っていえば、迷うことにはそれなりの価値があるとソローは説くのである。

　人が迷うためには造作はいらない。ただ目隠しをされて、自分の周りをぐるりと一回引き回されるだけで迷った状態になりうるという。こうして「自己の周囲を一巡りし、迷ってしまうことによって、初めて我々は、大自然の（真の）広大さと不思議さが味わえる」。というのも、

> 我々が迷うことによって初めて、言い換えれば、世の中を見失うことによって初めて、我々は（真の）自己を見出しはじめ、我々がどこにいるのかその（真の）位置と、我々が持っている色々な関わりの限りない広がりを悟れるようになる（171）[4]

からである。こうして迷うことは、自己と周りのものとの今までのつなが

りを失うことであり、それがために、日常生活で生じた固定観念の枠がはずれ、かえって新たな目で周りのものに相対することができるようになる。また、それにより、自己という存在について、さらには自己の位置づけについての固定観念も消え、新たな自己探求と人生探求の可能性が開けてくるという。自己に関する意識を一新することは、当然自己の人生改革をもたらす契機となるのである。

　以上のようなソローの『ウォールデン』における発想を「旧マールボロー街道」の詩につき合わせてみるとどうであろうか。新約聖書の「生きている道」の発想のように、そこには古い意識の改革を人々に促す呼びかけが提示されていると思われる。ただしソローの場合には、それが直接に宗教の新たな信仰のためにというよりは、むしろその表現を援用しながら、新たな喜ばしい人生への取り組みを目指しているといえよう。

　旧マールボロー街道は廃道であるから、いわば日常性を失っている道であり、それを進んでゆくと道が中断しているので、その地点で人はひき返さねばならない。すなわちこれは、『ウォールデン』で述べられているように、人が「目隠しをされて、ぐるりと引き回され、元の位置に戻ってくる」という状況に似ているのではなかろうか。「旧マールボロー街道」では「目隠し」は直接にはされないが、道が日常性を失っており、人がその非日常の空間を行くということが、目隠しの状況によく似ているといえるであろう。

　また、もし中断地点でひき返さず、なおも道なきところをがむしゃらに進んでゆくならば、その人は完全な迷い人になってしまうだろう。いずれにせよ、目指す現実のマールボローには行き着かず、振り出しに戻るか完全に迷ってしまうかの事態になり、その結果その人は狼狽する。非日常のショックを強く味わうことになる。そしてそのショックが彼の固定した観念や意識をゆさぶり、破壊して新たな観点を生む契機となるのではなかろうか。

　この道には、「ここから出てゆく方向と、まれなことだが、どこかの場所にいたるという可能性はある」という。ソローのこれまでの発想に照らすならば、「ここから出てゆく方向」とは、人の心が決まりきった日常性を脱

する方向ということになろう。また、「どこかの場所にいたる可能性」とは、心が日常性を脱した結果、新たな、より本物の人生に取り組めるようになるという理想の状況を示唆していると思われる。

「まれなことだが」とことわっているのは、人が決まりきった人生の軌道に乗ってしまうと、そこから脱却するのは実際容易ではないといっているようである。たとえ非日常的な体験を経過してもである。だが、それでもなおも新たな人生への取り組みが不可能ではないというのである。

二　石の案内板

それならば、古びて摩滅し、「空白となった石の案内板」とは何を指すものであろうか。ある旅人がそれを目にとめ、「そこにわずか一行の文章で万事に通じる内容を彫りこむかもしれない」とソローは期待している。それは、思うに、新たな喜ばしい本物の人生を得るための指針となる文章のことであろう。そうであればこそ、それを別な旅人が読んで、「この上もない苦境から脱せるかもしれない」のである。

「この上もない苦境」とは何か。それは、たとえば、『ウォールデン』の第一章「経済」("Economy") で、ソローがコンコードの町民たちの日常生活の中に見出した無気力な状況を想起させる。もっぱら物質欲や権力欲のみに振り回されていて、自己の真の生き甲斐を見失っている人々であり、そのために「静かな絶望に陥っている」(8) という状況である。けれども、もしその意識を改革させ、新たな本物の生き甲斐を得ようと志すならば、その苦境から脱し得る可能性が出てくるわけである。

ソローは、彼自身もこうした人生の指針になるような名文句を一、二知っているという。実際そのような文章は、作品『ウォールデン』の中でいくらでも見つかるであろう。ただし、「一行の文章で」表現されうるものとなると、その数は自ずから限定されてくる。それならば、「住んだ場所と住んだ目的」("Where I Lived and What I Lived for") の章で言及されている中国古

代の湯王(前17世紀頃の殷王朝初代の王)の話はどうであろうか。湯王の使った沐浴盤に刻まれていたという銘文のことである。

ソローは毎朝、早朝に起きてウォールデン湖の水で水浴をしていたという。話はソロー自身からやがて湯王のことに移り、テーマも肉体の目覚めから精神の目覚めへと展開してゆく。湯王の沐浴盤には、常に意識を新たにしておくことを促す言葉が刻まれていたという。それは「苟に日新、日々新、又日新」という銘文である。即ち、「毎日、汝の心を新たにせよ。それを日々行ない、いく度もくり返し、常に新たな心でいるようにせよ」という呼びかけの言葉である。

ソローは、それを英文で "Renew thyself completely each day; do it again and again, and forever again" と訳して引用している(88)。これならばごく短く、石の文字盤に一、二行で刻むことができよう。しかも「石の盤に刻む」という発想そのものが、湯王の場合と「旧マールボロー街道」の詩の状況(石の案内板の碑文のこと)との双方に共通すると考えられる。むろんそこに刻む銘文の候補は、この湯王の言葉のみに限定されるものではなかろうが、やはりこれは有力候補の一つだといえよう。

このような案内板の銘に鼓舞されて、人の精神が決まりきった日常性を脱しうるならば、その人は、あたかも「世界一周」を経験するような意識の改革と収穫をかちうるであろう。十九世紀前半というソローの時代においては、探検家や裕福な旅行者たちのみが実際に世界一周の旅を果たし、その成果を旅行記の出版や講演などの形で世の中に披露していた。

こうした状況は、『ウォールデン』の「結論部」("Conclusion")の章で言及されている。ただし批判的にである。「たとえ世界を旅するとしても、ザンジバル(東アフリカのタンザニア連合共和国の島)にいるネコの数を数えるために世界を周航することはやりがいのないことだ」(322)と言っているのはその一例である。これはソローが、ピッカリング(Charles Pickering、合衆国の博物学者、1805-78)という人の著した世界旅行記、『世界の人種とその地理的な分布』(*The Race of Man and Their Geographical Distribution*, 1851)を読んだ際の寸評であった。その旅行記の中に、ザンジバル島にい

るネコの数が記されているのだが、その記述を、世界周航という壮大な探検の割には価値のとぼしい収穫だといったのである。

　同様なコメントが、チャールズ・ウィルクス（Charles Wilkes, 1798-1877）の行なった南氷洋探検についても述べられている。ウィルクスはアメリカ人の海軍少将で、合衆国政府の支援のもとに、500人もの成人や少年の乗組員たちを率い、1839年から42年にかけてこの探検を実施した。一行は、「寒気や嵐、食人種に遭遇する危険を冒し、数千マイルを旅した」（329）という。その成果は、南極大陸のうち、オーストラリアの南岸に相対する広大な海岸地帯を発見したことである。それでこの地域は、探検隊長の名にちなんで、今日でもウィルクスランド（Wilkes Land）と呼ばれている。

　そこは広大な地域ではあるが、地図上では空白のままで、南極の極寒の無人地帯に留まっている[5]。ウィルクス隊は、ひどく困難で危険な探検の航海を敢行したのだが、それにふさわしい実益が伴わなかった。もっとも、現実の成果が乏しかったにしても、その土地の発見が、探検隊の人々の心を刺激し、鼓舞するような知的収穫を与えてくれたのであればソローの評価も変わっていただろう。しかしそれもあり得なかった。

　要するに、肉体は世界一周やそれに匹敵する冒険の旅を果たしたにせよ、精神の収穫が余りにも乏しいとソローはいうのである。それならば逆に、肉体は旧マールボローの廃道を歩むにすぎないとしても、そこから自己の意識を一変させるような悟りを得たとするならば、それは精神の世界一周というべき収穫といえるであろう。ソローが、「そこを歩けば得ることがありそうだ」というとき、その「得ること」（'profit'）とは、まさにこのような精神の収穫を指していると考えられる。そうなると、廃道が「生きている道」（'a living way'）と呼ばれるゆえんもその収穫と関連するからであろう。即ち、この道をゆくことがきっかけとなり、人の精神が更新されるのならば、それはまさに人を「生かす道」だといえよう。廃道といえども、こうして人の意識のレベルで貢献できる道であるから、実は「生きている」ことになるのである。

　しかしながらソローは、この詩ではこうした人生上の指針や教訓を、作

品『ウォールデン』で示したほどにストレートには表現していない。むしろここでは暗示の程度に留めている。それはなぜか。以下こうした彼の暗示的な傾向についても検討してみよう。

三　コンコードの町民たちへ向けて

　本論の詩のテーマである旧マールボロー街道は、コンコードの町の中心部から始まり、コンコード川の上流であるサドベリー川の水辺の森を通っており、ソロー自身が実際によく散歩するコースであった（27 頁の地図の南の部分参照)[6]。早春になり、雪が融けて、通行が可能になると、彼は散歩への意欲をかきたてられた。それでも廃道であるから、道の修理をする人もなく、そのために通行者は「しこたま砂利を味わう」ことになる。ぼやきを伴ったこの表現には、ソローが自分自身をもの好きな奴だと自嘲しているような趣がある。『ウォールデン』の場合のように自己を純粋な正論の主張者には仕立てていないのである。

　表現が詩の形態を取っていることも、人生上の教訓のストレートな開陳にはふさわしくなかったであろう。廃道をわざと「生きている道」と表現した理由と意義は、すでに縷々検討したところであるが、それとは別に、ソローには、純粋に言葉の持つアイロニーを楽しむ気持ちも強かったのではなかろうか。一般に、普通のものでも、全く逆の言い方をすれば、その現実とその逆の状況が示す落差により、そのものが妙に新鮮に、かつユーモラスに感じられてくるからである。

　要するに、ソロー自身が実際に散歩を楽しんだ体験と、彼が真摯に求めた人生上の悟り（意識の改革）と、さらには言語表現上のアイロニーの面白さ、こうした種々の要素がこの詩には渾然一体となっているように感じられる。このために彼が言わんとする主旨は、いささか不透明にはなっているが、より含蓄のある詩行が成立しているといえるのである。

　この詩が含まれている「ウォーキング」というエッセイは、元々はライシー

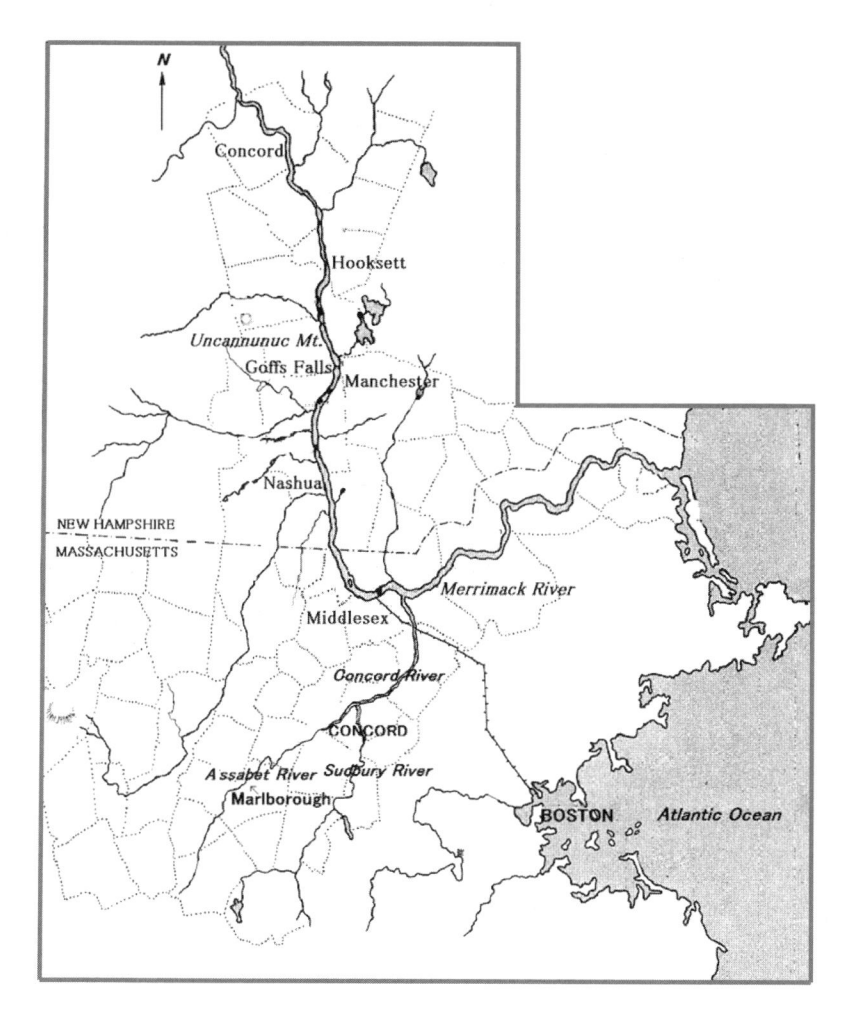

アム（文化協会、当時の合衆国において流行した一般民衆への文化と教育の啓蒙活動のための組織）においてソローが講演した原稿が基になっている。その講演の演題は、「散歩、もしくは野性について」("Walking, or the Wild")であった。この講演は、合計で 8 ないし 9 回実施されたが、初回は 1851 年 4 月 23 日にコンコードの町のライシーアムで行われた[7]。

この講演中に「旧マールボロー街道」の詩が朗読された可能性が強いと

考えられる。ソローの『日誌』(*Journal*) に、1850 年 7 月 16 日の日付[8]でこの詩の原型となるものが記されているからである。原型では処々で完成作品と表現が少し異なり、詩の行も順が入れ替わっている部分があるが、総じて完成作品にかなり近いものである。それは「ウォーキング」の初回講演の 9 か月前に一応詩として作品化されていたのだから、講演の原稿に取り込むのには最適な時期だったといえるのではなかろうか。ちなみに、この講演の一つ前に行なわれた彼の別の講演は、「コッド岬」("Cape Cod")という題名で、1850 年 1 月 23 日が初回、同月 30 日が 2 回目となっており、それはこの詩が作成される以前の時期であった[9]。

　ここでこの詩の冒頭部に戻ってみよう。

　　この廃道は、昔村人たちが、埋蔵金を求めて掘ってみたが、
　　全然見つからなかったところ。
　　ときおりマーシャル・マイルズが、
　　一人の一列縦隊で歩いているところ、
　　それにイライジャー・ウッドが来るが、
　　来ても何のたしにもならないようだ。
　　イライシャ・ヅーガンも見かけるのだが、他に訪れる者はいない。
　　ヅーガンといえば、ああ野人、シャコや野ウサギと同類で、
　　そんな獲物にわなを仕掛けること以外、何の気苦労もなく、
　　ただ一人ぼっちで住んでいて、骨までしゃぶる暮らしぶり、
　　だから人生という肉の一番おいしい個所を、
　　いつも味わっているわけだ。

　この箇所では、コンコードの町民であれば誰でも知っているはずの住民や元住民の名前が数名あげられている。たとえば、マーシャル・マイルズ (Martial Miles) という人名が見られる。「マーシャル」は「軍の、軍隊の」という意味がある。「マイルズ」を音の類推で「ファイルズ」(Files) に変えれば、マーシャル・ファイルズとなり、「軍隊の列」の意味となる。そ

第一章　生きている道――「旧マールボロー街道」を読む　　29

の各隊列が一列縦隊であるならば、'single files' であるが、詩中では "Singly files"「一人で歩いても一列縦隊」というアイロニーで使われている。このジョークは、ソローの思いつきとも考えられるが、それよりもむしろ、コンコードの町全体で当時広く言われていたものを、ソローが詩中に取り入れたとする方がより自然であろう。

　それから、コンコードの町の郷土史家で博物学に通じていたというイライジャー・ウッド（Elijah Wood）の名も出てくる。この人は何か博物の収穫を求めて旧マールボロー街道に出入りしていたらしい。でも大した獲物はなかったらしく、「何のたしにもならない」とソローに皮肉られている。ズーガン（Elisha Dgan）は猟師で、「骨までしゃぶる暮らしぶり」というが、一般に肉は骨に近い部分が最も美味だといわれている。ソローは、また人生においても、無駄や虚飾を排して、人生の神髄の部分をよく味わうことを勧めている。したがってこの箇所は、食と人生の両方にかけた表現となっており、ズーガンという人物とソロー自身の生き方には通底するものがあるといえる[10]。

　さらにこの詩の途中の省略部分も見てみよう。案内板の設立者に関しての部分である。

　　この案内板をどんな王者が建てたのか、それはいまだにわからない。
　　どんな行政委員たちにより、いつ、いかにして建てられたのか。
　　その名はゴーガスかリー、クラークかダービーか。
　　その人々は、何か永遠なものを目指して生きて、
　　偉大な尽力者となったのだ。

この地域の行政委員としてゴーガス（F. R. Gourgas）、クラーク（Daniel Clark）、ダービー（Joseph Darby）という人々の名も添えられている[11]。こうした名前は、読者の我々にとっては全くなじみがなく、眺めてやや煩わしい感じがする。けれどもこの詩が、もしコンコード・ライシーアムでソローの講演中に朗読されたとするならば、このような住人たちの名前は、一般

の町民たちによく記憶されていたものだから、強い好奇心と親愛の情をひき起こしたに相違ない。そのような効果をソローがかねて予測していたであろうとも考えられる。

　ソローが好んで歩いたこのマールボロー街道という廃道の描写は、やはりコンコードの町民たちに散歩の楽しみを回顧的に想起させたことであろう。廃道をあえて「生きている道」と表現したアイロニーも、やはり彼らに驚きと興味を呼び起こしたと想像される。こうした種々の工夫が作用して、あたかも、病人に苦い薬を呑ませる際に用いるオブラートのような効果を発揮し、この詩が含んでいる人生上の教訓の苦みを包み込んでくれて、聴衆にその苦みをあまり強くは意識させなかったであろう。即ちその教訓とは、「眠れる意識の覚醒と改革の必要性」であり、それに基づく「新たな真の生き甲斐の探求」ということであった。

　けれども、もしソローが、それをストレートに呼びかけたならば、聴衆の側には、普段の惰性的な生活への反省が求められるために、当然一種の苦みと抵抗感が伴ったことと想像される。とはいえ、このような発想、「これまでの人生についての反省と今後の改革」は、ソローが全生涯をかけて取り組んだテーマであり、町民たちと読者へ向けての倦むことのない呼びかけであった。それを彼が自己の講演中に表明せずにすませるわけにはゆかなかったであろう。それでも、このような発想が、こうして詩の形で朗読されると、より自然な感じになり、町民たちがこれまでに味わった散歩の楽しみや思い出などとうまく融け合って、その人々にさほど抵抗なく受け入れられたことと考えられる。

註

1. 作品 "Walking" は Walden 版全集 *The Writings of Henry David Thoreau*, Vol. 5, *Excursions & Poems* (Boston and New York: Houghton & Mifflin, 1906, AMS, 1968) 中のものを用いた。
2. この訳詩は、筆者の試訳であるが、以下の訳中のものを参照した。木村晴子訳「散歩」、『H.D. ソロー、アメリカ古典文庫 4』、研究社、1977 年、138-140 頁。飯田実訳「歩く」、『市民の反抗、他 5 篇』、岩波文庫、1997 年、120-124 頁。大西直樹訳『ウォーキング』、春風社、2005 年、20-26 頁。原詩は以下のようである。

    The Old Marlborough Road

    Where they once dug for money,
    But never found any;
    Where sometimes Martial Miles
    Singly files,
    And Elijah Wood,
    I fear no good:
    No other man,
    Save Elisha Dugan,—
    O man of wild habits,
    Partridges and rabbits,
    Who hast no cares
    Only to set snares,
    Who liv'st all alone,
    Close to the bone,
    And life is sweetest
    Constantly eatest.

When the spring stirs my blood

　　With the instinct to travel,

　　I can get enough gravel

　On the old Marlborough Road.

　　　Nobody repairs it,

　　　For nobody wears it;

　　　It is a living way,

　　　As the Christians say.

　Not many there be

　　　Who enter therein,

　Only the guests of the

　　　Irishman Quin.

　What is it, what is it,

　　　But a direction out there,

　And the bare possibility

　　Of going somewhere?

　　　　Great guide-boards of stone,

　　　But travelers none;

　　　Cenotaphs of the towns

　　　Names on the crowns.

　　　It is worth going to see

　　　Where you *might* be.

　　　What king

　　　Did the thing,

　　　I am still wondering;

　　　Set up how or when,

　　　By what selectmen,

　　　Gourgas or Lee,

　　　Clark or Darby?

第一章　生きている道──「旧マールボロー街道」を読む　　*33*

　　They're a great endeavor

　　To be something forever;

　　Blank tablets of stone,

　　Where a traveler might groan,

　　And in one sentence

　　Grave all that is known;

　　Which another might read,

　　In his extreme need.

　　I know one or two

　　that would do,

　　Literature that might stand

　　All over the land,

　　Which a man could remember

　　Till next December,

　　And read again next spring,

　　After the thawing.

　If with fancy unfurled

　　You leave your abode,

　You may go round the world

　　By the Old Marlborough Road.

3. 英和対訳新約聖書（日本聖書協会版）677 頁。

4. *Walden* からの引用部分の和訳は、神吉三郎訳『森の生活』（岩波文庫、上下巻、1951 年）と飯田実訳（岩波文庫、上下巻、1995 年）を基にし、一部分を変更した。

5. 南極大陸の一部で、東経 102 〜 142 度の経線と、南極圏の海岸線に囲まれた部分。高い氷壁におおわれ、内陸部の様子は不明という。『世界大百科事典』第 3 巻、平凡社、1977 年、59 頁。

6. 本書中の地図は筆者が作成した。その際に *A Thoreau Gazetteer* (Princeton UP, 1970), *Rand Mcnally Road Atlas* (1998) 等を参照した。

7. 小野和人『ソローとライシーアム──アメリカ・ルネサンス期の講演文化』、開

文社出版、1997 年、75 頁。Kenneth Walter Cameron, ed. *The Massachusetts Lyceum during the American Renaissance, The Transcendental Books,* Hartford, 1969 のうち "Concord Lyceum" の章の同日付の記録参照。

8. *Journal III, The Writings of Henry D. Thoreau,* Eds. Robert Sattelmeyer et al. Princeton: Princeton UP, 103-5.

9. 7 の註の両書参照。

10. この人物は、『ウォールデン』の中で述べられているアレック・シーリアンというソローの親友のことを連想させる。カナダの出身で、やはりわな猟師であり、無学ではあるが、無欲で聡明であったという。彼なりに満足したその生き方がソローの気に入っていた（"The Visitors" の章、144-50）。

11. Carl Bode Ed. *Collected Poems of Henry Thoreau* (Baltimore: The Johns Hopkins Press, 1964) の 342-3 頁の註参照。また絆川羔編の教科書版 *Walking*（愛育社、1977 年）の 73-4 頁の註から教示を受けた。

第二章

「クタードン」の制作過程──メモ、講演から作品へ

一 カタ―ディン山

　ソローの作品『メインの森』(*The Maine Woods*, 1864)[1]は、彼の生存当時、人がほとんど訪れることのなかったアメリカ北東部の未開の森林地、メイン州からカナダへ向けて果てしなく続く大原生林地帯への探検の旅を扱っている。ソローにとってこの旅は、やはり非日常の世界を求める彼独特の行動であるが、その中でも第一章、作品の白眉というべきクタードン山（Mt. Ktaadn）への登山記の章を取り上げてみたい。
　ソローのいうクタードン山は、今日では「カターディン」（Katahdin）と呼ばれているが、元々は現地のペノブスコット族インディアンによる呼び名であり、「最高の山」（the highest mountain）の意味だという。その標高は5270フイート（約1606米）で、メイン州の中央部に位置し、実際この大森林地帯における最高峰である（36頁の地図の北の部分参照）。
　この山の白人による初登頂者は、1804年の8月に登ったザッカリー・アドリー（Zackery Adley）とチャールズ・ターナー（Charles Turner Jr.）という人々で、いずれもマサチューセッツ州の測量士だった由である[2]。ソロー自身が登ったのは1846年9月初旬であり、ソローは登山者全体で最初の人から6～7番目にあたる。この山が当時では全くの秘境であったことがよくうかがえるのである。

以下、彼の登山記がどのように制作されていったのか、その制作過程をたどり、それによってこの作品の持つ意味と意義を重層的に探っていくことにしたい。この作品「クタードン」には、その骨組みとなるソロー一行の

探検の山旅に関するごく簡単なメモと、それに肉付けをしたかなり詳細な記述、即ち完成作品の前段階となったエッセイが残っており、そのいずれもがソローの『日誌』(*Journal*)中に収められている。本論では、この山旅のメモと完成作品の前段階のエッセイとを比較し、次にそれらを完成作品と比較して、たがいの共通点や相違点に注目し、さらに完成作品の独自性をも明らかにしてゆきたい。

またその際に、「クタードン」という作品中でクライマックスというべき二つの場面、ソローの山頂到着の場面と、彼の一行が山旅の帰途に出会った広大な「焼け地」('burnt land')、即ち、雷火で大森林の一部が焼き払われて生じた広大な荒蕪地の場面を特に参照し、比較研究のための手がかりにしてゆく。

二　旅の行程のメモ

まず山旅の直接のメモは、プリンストン版ソロー全集の『日誌』第2巻に収められ、その約6頁分（270-76）を占めている。これには1846年8月31日から9月10日までの11日間の日付が添えられている。このメモは、全般的に名詞か名詞句の羅列となっており、文章の体をなしてはいない。けれども内容としてはかなり詳しいものであり、これによって読者はソロー一行の旅の行程をきちんとたどれるのである。

ソローは、1846年8月31日に郷土コンコードを出発し、その日のうちにメイン州バンゴーに到着した。クタードン山には9月8日に登頂し、下山、そして同日に「焼け地」を通過したことがわかる。最後の9月10日にはボストン帰着が記されている。

ただし、このメモはきわめて客観的、即物的であり、探検の旅の行程と通過した地名の羅列に終始している。ソローが唯一例外的に添えている感想は、彼が往路で木こりのキャンプ小屋に立ち寄った際のものである。その感想とは、キャンプ小屋の周りで、彼が味わった「森林の発するさわや

かで甘美な香り」("fresh sweet scent of the woods", 271) のことである。小屋以外では人工物の加わらない原生自然に相対して、ソローが抱いた最初の期待と喜びがよくしのばれる表現である。

　この趣旨は完成作品の前段階エッセイにも取り入れられている。「常緑の森は、明らかに甘美な芳香を持っており、それは木の根を溶かしこんだビールのように香りがよく、活気を与えてくれるものだった」(294) とより詳しく述べられている。でも、完成作品ではまた簡潔になり、「常緑の森は、明らかに甘美な、さわやかな芳香を持っている」となっている (16)。

　前段階エッセイで付加された部分、「木の根を用いたビール」('root beer') のことは、完成作品では省かれているが、消えたのではなく、独立して別の個所に移されている。このビールは、現地の木こりたちが醸造するもので、そのキャンプ地に到着したソロー一行にもふるまわれたのだった。それは、「原生林の与えるさわやかで強烈な樹脂や精分を全てその中に浸出させ、溶かしこんでいる液」として紹介されている (27-8)。いわば常緑の森のエッセンスであり、森の真の象徴というべき飲み物である。

　それではこの旅のまさにやま場というべきクタードン登山の記述はどうであろうか。メモでは、以下のようにやはり断片的でごく短い。

　　火曜日　8日
　　　乾パン──そして少なくなってゆく豚肉──登る──クランベリーとブルーベリー──雲─風─雨　岩々　湖　戻る　下へ　流れ　(275)

「乾パンと品不足になってゆく豚肉」とは、登山当日の朝食で取ったもの。「クランベリーとブルーベリー」は自然生えで、登山中に摘み取って食べたもの。登山の行為そのものも「登る」('go up') と記されているのみである。
　山頂の天気の状況は、「雲─風─雨」であり、ソローの目にし得たのは「岩々」だけであった。「湖」は、下山の途中で見えた湖水の群のことであろう。「流れ」とは、下山した地点の小川のことである。以上はメモとはいえあまりに少なく、断片的であり、完成作品における詳しい山頂の場面と、ソロー

が味わった孤独感、劇的な自己喪失感のことを前もって彷彿させるものではない。完成作品においては、山頂の岩だらけの光景があまりにも荒涼としているので、ソローがそれまでに抱いていた自己と自然との連帯感、一体感が断ち切られ、原生自然のさ中で精神的孤立の状況に追い込まれてしまうのだが、こうした彼の心の劇的な落ち込みは、メモの段階ではうかがいえない。ただ、「雲―風―雨」の語から、山頂では好天に恵まれず、視界がきかなかったことを察しうるのみである。

　次に「焼け地」であるが、これも往路で2回、帰路で1回、単に名詞として登場するのみである。完成作品においては、帰途ソローが、その土地の茫洋たる広がりとはなはだしい空虚さにとまどい、山頂の際に感じたものよりもいっそう大きな疎外感を味わい、一時的に自己喪失ないし人間喪失の心的状況に陥ってしまうのだが、このことも、メモを読むだけでは全く推測しえないことであろう。

三　前段階エッセイと講演

　ところで完成作品の前段階のエッセイは、プリンストン版全集の『日誌』第2巻で71頁分を占めている。このうち3頁は、その内容がメルヴィルの『タイピー』論になっているため、とり除くと実質上は68頁となる。完成作品の「クタードン」の章は同じ全集本で81頁であり、分量的に両者はかなり近い。また内容的にもよく似ている。ちなみに旧版のウォールデン版全集では、この日付の時期を含んでいるはずの『日誌』第1巻から前段階エッセイは省かれている。省いた事情は、同全集の編集者ブラッドフォード・トーリィ（Bradford Torrey）によって同書で触れられているが、やはりこのエッセイと完成作品が内容的に重複するためだという[3]。

　けれども、厳密にみれば、両者は全く同一とはいえない。その相違の一例を挙げてみよう。ソロー一行がクタードン登山の前夜、山麓でキャンプをする場面がある。前段階エッセイでは、その際に夕食がとれなかったこ

とを述べている。なぜなら、食糧として予定していたマスなどの川魚が、毛布にくるんで運ばれたが、そのために毛布の色である緑色に染まってしまい、誰も食べる気にならず、夕食抜きになったからである（338）。この部分の描写は完成作品では見当たらない。

実はこの出来事以前に、山麓に近いアボルジャックネイジェシック川でソローたちが魚釣りをし、大漁であったことが記されている。とれた川マスが色鮮やかできわめて美しく、ソローはそれを川の「宝石」（'these jewels'）や「最も美しい花」（'the fairest flowers'）と形容している（330）。そうした「川の宝石」が、有史以前からそこに存在してきたことに思いを馳せ、ソローは、歴史的な事実が神話に変化してゆく想像作用の過程を直観する。この箇所は、彼の詩的感興が大いに発揮されているところである。それなのに現実では、その川の宝石が、後で毛布の緑色の染料に染まってしまったのである。それはうとましい事実であった。

ソローは完成作品からこの部分をとり除いた。彼が川釣りの場面の詩的感興を述べ、それをさらに維持してゆくためには、やはりこの部分が無い方がよかっただろうと思われる。とはいえ、元々この作品では、山旅に関する具体的な事実や状況が率直に、詳細に披瀝されている。ソローはなにもきれいごとだけを書くことを望んだわけではない。彼のそんなリアリスティックな側面を評価するのであれば、むしろあの事実を削除すべきでなかったともいえよう。

ただ、川釣りの場面では、特に「歴史的事実が神話へと変化してゆく想像作用の過程」（完成作品、54）を述べている。ソローにとってきわめて大事な個所である。それをあえて逸らすような、濁らすような雑事の記録を彼は受け入れがたかったのだろう。こうして読者は、はからずも、ソロー一個人のレヴェルで、「歴史的事実が神話に変化する過程」を目の当たりにできるのである。

ところでこの前段階エッセイには日付が添えられていない。ただプリンストン版全集の編集者によって「1846年　秋」と一括して記されているのみである。このエッセイは、ソローがクタードンの山旅から戻ってきて一

息つき、それでもまだその印象が冷めないうちに、旅のメモに詳細な肉付けをして成ったものであろう。その目的は、たぶん雑誌への投稿を目指してのことであったと思われる。

　それにしても、なぜソローは、せっかくメモにつけた正確な旅の日付をこのエッセイでは取りのけてしまったのだろうか。それは、彼が旅のメモをエッセイ化してゆく際に、自己の基本的な姿勢が変化したためと考えられる。即ち、山旅の正確な記述をしているうちに、現実の状況描写の中から詩的感興がわき出てきて、その方に彼の関心が移り、それをより重んじる姿勢へと傾斜していったのであろう。そうなると、律儀な日付の表現は、反って彼の感興をそぐ結果になってしまった。それは、完成作品において、神話の形成を論じる際に、川マスが染料の色に汚染されたというあの一件を文中から省いたことと同様ないきさつだったと思われる。

　さて前段階エッセイの「クタードン」は、後にさらに推敲されて、「ユニオン・マガジン」(*Union Magazine of Literature and Arts*) に投稿され、1848年7月から5回にわたり連載された。山旅から2年足らずの時期である。けれどもソローは、すでにその連載の開始より半年ほど前に、この山旅についての講演をコンコードのライシーアム（文化協会）で行なった。1848年1月3日のことで、演題はやはり「クタードン」であった[4]。

　ソローは、彼の師というべきエマソンにこの講演のことを手紙で知らせた。エマソンは当時イギリスに滞在中であり、その手紙は同年1月12日の日付であった。それによると、「講演の聴衆はとても大勢であり、興味を持って聞いてくれた」という。その際にソローは、講演の材料として「クタードン」の話（前段階エッセイを指すと思われる）の一部分を用い、それが「多くの事実といくらかの詩を含んでいた」と述べている[5]。その講演で山旅での多くの事実が語られたことは察しうる。けれども、「いくらかの詩」('some poetry') とは何であったのか。

　前段階エッセイでは詩の行は一切見当たらない。とすると、それは実際の詩のことではなく、詩的な要素や感興を伴った散文の記述を指すのであろう。たとえば、クタードンの山麓で川マス釣りをし、それによって神話

の形成に思いを馳せたという部分などがそれに相当すると考えられる。

とはいえ、ソロー自身が認めたとおり、その講演では事実の報告の方がずっと多かった。R. サッテルメイヤー（Sattelmeyer）は、この講演でコンコードの聴衆が、メイン州の聴き慣れない地名の羅列を聞かされ、それになじめなかったかもしれないと推測している[6]。元々この講演の基盤となった前段階エッセイは、山旅の行程に関しては大変詳しいが、完成作品に比べてみると、話の味わいがやや乏しい。話の中心点が一応山頂の場面に設定されてはいるが、それ以外では盛り上がりが少ない。

前段階エッセイをそのまま使うのでは講演が単調になったはずであり、それを避けるべくソローは何らかの手立てを施したとも考えられる。というのも、旅の行程からすると山頂の場面が話の頂点となったはずであるが、完成作品では「焼け地」の場面が加わり、二つのやま場が設定されているからである。その間の事情と成りゆきも探ってみたい。

四　書き出しの未完原稿

クタードンの山頂の場面については、前段階エッセイと完成作品との間にほとんど内容的な差は見当たらない。しいて言えば、完成作品の方がより詳細で、文章もみがかれてはいるが。両者の共通点として次のような事項が挙げられうる。

(1) クタードン山が、岩々の固定していない、ゆるい集合体であること。「あるとき岩の雨が降り、それが山腹に積み重なったかのよう」（前段階エッセイ（以下同様）、339）であった。
(2) 雲がわき続けており、山頂がまるで「雲の製造所」（'a cloud factory'）のようであったこと。
(3) 岩々が古代ギリシャ神話の主人公たち、たとえば、大地を支えたアトラス、鍛冶の神ヴァルカン、ヴァルカンの弟子たちで一つ目のサ

イクロップス、人類に火を与えたプロメテウス等の姿を連想させたこと。
(4) ソローが覚えた自己喪失感。「登山者（彼自身）が登ってゆくにつれて、その人の肋骨の隙間から（心身の）最も大事な部分が抜け出してゆく」ような気がした。
(5) 自然の姿が広大、巨大で、非情であること。そのためにソローは、この自然となじめず、自然が継母のごとく彼を叱責するように感じられた。「おまえの来て良いときがくる前に、なぜここにやってきたのか」（339-40）という自然の方からのとがめが彼の心中に聞こえた。それは、ここが「地球の未完成な部分」（'the Unfinished parts of the Globe', 340）だというソローの認識に重なるものである。
(6) 地元のインディアンたちが信じているクタードンの山霊ポモーラが、山頂の聖域を侵す登山者たちに対して怒るということ。

以上の事項は全て前段階エッセイから抜き出したが、これらは即、完成作品のものだといってよい。つまり山頂の場面は、前段階エッセイですでに出来上がっていたのである。

これに対して「焼け地」の場面はどうなのか。実は焼け地のことは前段階エッセイではほとんど触れられていない。旅の往路で1回、帰途でも1回軽く述べられているにすぎない。往路での説明としては、「（この地に）今や部分的にポプラや灌木が生い茂っている」（332）と述べ、帰路では単に名詞だけの表現となっている。ソローがその地に対してどんな印象を持ったかは一切言及されていない。完成作品ではその場面が山頂の場面とともに話のクライマックスとなっているのである。この点が完成作品と前段階エッセイの決定的な相違であろう。

とはいえ、実は、すでに検討した山旅のあのメモと前段階エッセイとの間に4頁ほどの別な原稿が存在する（276-79）。短いものだが、メモと前段階エッセイと完成作品の間におけるソローの姿勢の変化を知るための手がかりになりそうなものである。この原稿には日付はないが、全集の編集者

によって「1846年9月10日以降」という漠然とした時期の表示が添えられている。9月10日は、山旅のメモにおける最後の日付である。したがってこの別な原稿の方は、その後の期間ということになる。なお、前段階エッセイの方は、「1846年　秋」という大まかな表示になっている。全集の『日誌』の第2巻においては、この短い「別原稿」は、山旅のメモと前段階エッセイとの間にはさみ込むように配置されている。

　この記述は、ソローによって書き出されたものの、未完成のままに放置されている。それは、一応文章の体をなしてはいるが、内容は断片的であり、山旅の行程の順にも沿っていない。その内容は以下の5点に集約できる。

（1）月明かりのもとで川舟を漕ぎ進めたこと。
（2）水辺に茂る無人の原生林の限りない広がりと幽霊のような木々の印象。
（3）はじめてクタードン山を目にしたこと。
（4）焼け地の場面。
（5）アボルジャックネイジェシック川での魚釣りの場面。特に月光の中で釣りをし、その際に神話の持つ「真実性」を悟ったこと（神話が客観的事実よりも心の真実を語るということ）。

要するにこれらの事項は、ソローにとって山旅の体験の中でも特に印象深かった部分であろう。言い換えれば、これらが彼の詩的感興を惹起した事項であり、講演後エマソン宛の書簡で「いくらかの詩を含む」と述べた部分に相当するのであろう。
　そうすると彼は、山旅のメモ作成の後、「クタードン」の原稿作成の初期段階で、旅の行程のことよりも、まず自分にとって最も印象深かった事柄を断片的に書き出したのではなかろうか。けれどもその途上で、次第にどこかの文芸雑誌に投稿してみることを意図したとする。それもテーマを「クタードンへの山旅の報告」ということに定めたとする。そうなると、すでに書き始めていたあの自由気ままな書き方では応募原稿としてふさわしく

なかったであろう。従ってソローは、この原稿を未完のまま放置し、新たに山旅の出発から帰着まで、順を追った話を書き出したのだと推測される。既述のように日付は省いたが、その語りの中で旅の行程の順は守ったのである。それが、雑誌への応募原稿の基になった前段階エッセイなのである。

それならば、このエッセイに先立つ4頁分の「書き出し原稿」に含まれた内容は、後でその前段階エッセイ中に再録されたのだろうか。実は、先に提示した5つの項目のうち1つを除いて再録されている。即ち、月光の許での川舟漕ぎ、水辺の原生林の印象、初めて目にしたクタードン山、川マス釣りのこと、以上は皆取り入れられている。唯一の例外は「焼け地」の場面である。これがなぜ前段階エッセイからはずされたのか、その理由は定かではない。けれどもソローがそれに価値を認めなかったからではなく、彼自身にとって「焼け地」の印象がまだ流動的であり、それを応募原稿にどのように定着すべきか、その方針が定まらなかったためかもしれない。

それでは、その除外された「焼け地」の場面は、4頁分の「書き出し原稿」の中でどのように表現されているのだろうか。

(1) クタードン山から下ってきた際に、この土地は、未開で「人に試されたことのない、いにしえのままの、魔物のような自然」("Unhandselled and ancient Demoniac Nature, natura", 278)と感じられた。言い換えれば、それは「原始的で——強力な、巨大で畏怖すべき、美しく、とわに慣らされることのない自然そのもの」であった。

(2) そこには木々の切れ端が横たわり、灌木のポプラが生えている……そこをソローは牧草地を通るように心得顔でよぎっていた。

(3) しかし彼には、どんな種族の者がそこを農場のように仕立て、人の通行を可能にしたのか、という問いが生じた。また、その持ち主が先住権を発揮して、彼の通行をとがめるかもしれないと彼は想像した。

以上であるが、ここには、ソローが感じたはずの原生自然からの自己の強烈な疎外感、隔絶の感はさほど表現されていない。しいて挙げれば「いにしえからの、魔物のような自然」という言葉にその片鱗はうかがえるのだが。この「焼け地」の表現は、クタードン山頂の荒涼たる情景描写に比べると迫力に欠ける。あの山頂では、岩々がグロテスクな異教の神話の主人公のようにそびえ立ち、また無慈悲な継母のようにソローの滞在を拒否したのだった。

　しかるに「焼け地」の場面では、自然に相対するソローの漠然とした違和感は伝わってくるが、具体的なイメージに乏しい。またソローの心が、このなじめない荒蕪地に対してどのように反応したかも述べられていない。彼はただ「心得顔」でそこを通過したのみである。要するに山頂の場面と「焼け地」の場面は、たがいに完成作品におけるような有機的なつながりをまだ発揮していなかったのである。

五　「焼け地」の場面の成立

　ともあれ、作品「クタードン」の制作過程は、この「焼け地」の部分を加えると次の5段階を経たことになる。

　　　山旅のメモ →4頁分の書き出し原稿（「焼け地」の描写を含む）→前段階エッセイ（「焼け地」の描写を含まない）→コンコード・ライシーアムにおける講演 →完成作品（雑誌掲載の原稿、およびソローの没後、著作『メインの森』の第一部として出版されたもの）。

　こうしてみると、完成作品においては、前段階エッセイと4頁の「書き出し原稿」のうちの「焼け地」の部分が合体したのである。こうして合体したことにより、山頂の場面のテーマ（原生自然に対するソローの疎外感）はさらに増幅され、敷衍されていったといえよう。

第二章　「クタードン」の制作過程──メモ、講演から作品へ　　47

　それではソローは、山頂と「焼け地」の両場面を有機的に結合させるために、どんな工夫を凝らしたのであろうか。まず彼はミルトン（John Milton, 1608-74）の『失楽園』（*Paradise Lost,* 1667）からの一節を山頂の場面で用いている。

　　混沌といにしえの夜よ。
　　私はスパイとして、わざとおんみの領土の秘密をさぐり
　　騒がせにきたのではない。否……
　　光へ到る私の道が、おんみの広大な帝国を貫いているがために[7]。

原詩では、地獄に落とされた悪魔セイタンが立ち直り、神への復讐のため、地獄から楽園へ偵察に行こうと出発し、「混沌」と「夜の暗黒」の支配する領域を貫いて進む場面を述べている。これを受けてソローは、クタードン山頂という原生自然の領域を、世界が誕生する以前の「混沌」と「暗黒」が支配する領土になぞらえたわけである。その領土に侵入し、意図せずしてそこを騒がせるセイタンの姿は、インディアンたちの崇める異教の神霊ポモーラの支配する山頂に無断で侵入したソロー自身にも重なっている。
　さらに完成作品においては、「焼け地」の場面でも、あの山頂での『失楽園』の引用個所のごく一部が再び使われている。

　　私は畏怖の念を持って自分の踏んでいる地面を見つめ、威力の持ち主である神々がここに何を造ったのか、その作品の形態と様式と材料を知りたいと思った。ここは世にいう「混沌」と「いにしえの夜」とから造られた大地であった。ここには人の園はなく、ただ封印をしたままの大地があるのみだった。（70）

この引用文中で「混沌」（'chaos'）と「いにしえの夜」（'ancient night'）という箇所が『失楽園』からのものであり、クタードン山頂の場で使われ、「焼け地」の場面で再利用されている。それはわずかな断片ではあるが、山頂

と「焼け地」の場面をつなぐひそかな、それでいて有効な接着剤となっている。というのも、それを見て『失楽園』からの再度の引用だと明確に意識する読者もあろうし、またそうでなくても、これを通して、山頂の場から「焼け地」の場へと及んでくる「混沌」と「暗黒」の影響を潜在意識で再度キャッチする読者もありうるからである。

　さらにソローが、山頂の場において、原生の自然に対して抱いた違和感、隔絶感を、山頂が発する無慈悲な継母の声として受け止めた場面を思い返してみよう。

　　なぜおまえは、おまえのくる時期ではないのにやってきたのか。この土地はおまえのために準備されたものではない……私はこの土をおまえの足に踏ませるために造ったのでは決してない。この空気をおまえの呼吸のためにこしらえたのでもなく、この岩をおまえの隣人にするために用意したのでもない……なぜおまえは、私がおまえを呼ばないところにまでついてきて私を求めるのだ。そうしてなぜ、私がおまえにとって継母にすぎないとわかって嘆くのか……（64）

　この山頂イコール「継母」という発想は、すでにあの前段階エッセイ中でも見受けられた。「継母」のソローに対する叱責の言葉も、少し短めだが、ほぼ完成作品のものに照応している。けれども、「継母」の声を聞いたはずのソローが、それをどのように受け止めたのか。声に出さずとも、もし彼が心の中で返答したのならば、どのように言ったのか。それは前段階エッセイでも、完成作品においても読者には知らされない。ソローはただ山頂に長くは留まらず、彼を待っているはずの一行のもとへと下山を開始したという。

　実は、継母たる原生自然の声へのソローの返答ないし反応は、しばらく延期され、「焼け地」の場面にまで持ちこされている。「焼け地」の取りつくしまもない茫洋とした空虚な広がりを目にしたソローは、やはり一種の自己喪失感、ひいては人間喪失の気持ちに襲われる。この部分は完成作品

にのみ存在し、以下のように表現されている。

> ……自然の中での我々の生活の不思議さについても考えてみよう——毎日、物質を提示され、物質と接触する生活のことを——岩々、木々、頬を吹く風！ 堅固な大地！ 現実の世界！ 共通の感覚！ 接触！ 接触！ 私たちは誰なのか？ 私たちはどこに位置しているのか？[8]（71、下線部は原文では斜字体）

原生の自然に相対して、ソローは自然との共通感覚（'the common sense'）を持とうとし、なんとかこの自然に接触しようと試みる[9]。けれども、その努力の中で、これまで日々保持してきた人間としての自己意識と地位がゆらぎ出し、その実質を失いそうになってくる。文中の構文が乱れており、名詞の羅列や感嘆符、斜字体の多用がソローの精神の混乱を如実に反映しているといえよう。

あの4頁分の「書き出し原稿」の中では、ソローの抱いた「焼け地」に対する違和感は漠然と表現されたにすぎなかった。けれども、完成作品ではその違和感が、こうして山頂の場での彼の疎外感と有機的に結びつけられ、増幅されて、作品のクライマックスにされたのである。

山頂の場でソローはなぜ「継母」の叱責の声に直接反応しなかったのか。それは不明である。けれども彼は、満を持して即答はせず、次のやま場である「焼け地」のところまで待ち、その野性の土地の圧倒的な広がりに向けて彼の心の声をほとばしらせたのである。こうして山頂の場で原生自然がソローに呼びかけ、「焼け地」の場でソローがそれに返答（ないし反応）したのだと考えると、この作品に二つのやま場が設けられた理由も納得されやすい。

「焼け地」においてソローは、この土地の取りつくしまもない茫洋とした有様を、「それは世にいう母（マザー）なる大地ではなく、巨大で恐るべき物質（マター）であった」という。この一節は単なる思いつきの語呂合わせにはとどまらない。なぜなら、ここにも、山頂の場における「継母」の

発想からのつながりがやはり潜んでいるからである。ただ「焼け地」の場面では、自然が継母ですらなく、情味を全く失って、完全に「物質」となるほどに人間拒否の度合いが進んだことになる。「母」に関するこうした表現も、二つの場の状況をつなぐ接着の効果を発揮しているのである。

　前段階エッセイにおける山頂の場は、作品における一つのやま場ではあったが、エッセイ全体が旅の行程の記述に終始しているため、その場面だけでは詩的感興に乏しいといわねばならない。けれどもソローが、後になって山頂の場と「焼け地」の場を結合させたことによって、完成作品が成立し、彼と原生自然との「接触」、いやむしろ「格闘」というべき迫力と感興に満ちた場面が生じたのである。

　この二つの場の結合という設定は、ソローが講演の際に発想したのか、その後のことであったのか、定かではない。「クタードン」という演題でなされたコンコード・ライシーアムでの講演は、1848年1月3日に実施されている。けれども完成作品は、講演実施後わずか半年で雑誌「ユニオン・マガジン」に連載され始めたのだった。しかもその完成原稿は、ソローによって直接雑誌社に送られたのではない。彼はそれを同年3月31日に、彼が知遇を得ていた新聞『ニューヨーク・トリビューン』（New York Tribune）の編集者ホレス・グリーリー（Horace Greeley）のもとに送ったのだった。グリーリーは、それを掲載するための雑誌を斡旋してくれたのである[10]。してみると、ソローの講演実施からグリーリーへの清書原稿の送付まで、わずか3か月足らずであったということになる。

　しかもソローは、「クタードン」の講演をしたのと同じ月、1月の26日にまた別の講演も行なっている。その題名は明らかではないが、内容は「市民の反抗」（"Civil Disobedience"）という彼の有名な社会改革のエッセイに相当するものであった[11]。だとすれば、ソローは、この1848年の1月にはこの講演の準備にも追われていたはずである。従って雑誌に応募するための「クタードン」の原稿、つまり完成原稿の作成には、実質的に2月と3月の2か月しかなかったことになる。

　それにソローが、活字にして81頁分もの手書き原稿を清書する際にも多

くの時間を費やしたことであろう。それをわずか2、3日ほどの日数で書き終えたとも思えない。そうなると「クタードン」の講演原稿の内容を雑誌用に大幅に改訂するのに時間的余裕はあまりなかったはずである。それならば、あの2つの場面、即ち山頂と「焼け地」の場面を有機的に結合させるという発想は、雑誌用の清書原稿執筆の折よりも、むしろそれ以前の、講演のための準備段階で生じたと考える方が自然ではなかろうか。

　ソローの講演は山旅の報告という趣旨であった。けれども、その話を聴衆に興味深く聞かせるためには、単なる客観的な報告のみでなく、やはり迫力を持つ「やま場」が必要であっただろう。それで事実をよりドラマチックに表現するために一種の演出が求められたはずである[12]。あの山頂での体験が、『失楽園』からの引用詩句に飾られ、「焼け地」の場面へとひき継がれてゆく状況は、話をたくみにドラマ化してゆくためのソローの意図的な工夫だったとみることができるのではなかろうか。というのも、『失楽園』からの引用詩句の部分は、まだ前段階エッセイでは登場していなかったからである。

　以上をまとめると、この作品は、ソローの山旅において体験した種々の具体的な事実、および後に彼の心にわいた詩的感興、さらに講演において彼が設定した演出の効果、これらの三者が渾然となり、一体化したものだと考えられる。講演の直後に送ったエマソン宛の書簡で、「私の話にはいくらかの詩が含まれていた」というソローの言葉は、その間の事情も暗示しているように考えられる。

註

1. *The Maine Woods* のテクストは、プリンストン版ソロー全集のうちの Joseph J. Moldenhauer 編（1972年）を用いた。この作品の基になったソローによる山旅のメモ、完成作品の前段階のエッセイ、断片的な「書き出し原稿」は、いずれ

も同全集中の『日誌』(*Journal*) 第 2 巻、Robert Sattelmeyer 編(1984 年)のものを用いた。

なお *The Maine Woods* の完成作品からの引用部分の訳文は、小野和人訳『メインの森——真の野性に向う旅』(金星堂、1992、及び講談社学術文庫、1994)中のものを用いた。前段階エッセイ等も試訳を使用した。

2. Wikipedia, *the free encyclopedia* 中の "Mount Katahdin" の項目中の "Human history" の部分から引用した。
3. Walden 版全集 *The Writings of Henry David Thoreau* (Boston and New York: Houghton and Mifflin, 1906, AMS, 1968) のうち *Journal* の第 1 巻、"Editor's Preface" の VII 頁。
4. Walter Harding, "A Check List of Thoreau's Lectures", *New York Public Library Bulletin,* No. 52(1948 年)のうちの 5 頁、及び小野和人『ソローとライシーアム——アメリカ・ルネサンス期の講演文化』、開文社叢書 12(1997 年)の 75 頁、78 頁。
5. Thoreau, *The Correspondence of Henry David Thoreau,* Eds. Walter Harding & Carl Bode (New York: New York University Press, 1958) 204.
6. Princeton 版全集中の *Journal* 第 2 巻、"Historical Introduction" の 464 頁。
7. John Milton, *Paradise Lost,* Part II の 970-74 行。
8. 原文：Talk of mysteries!—Think of our life in nature, —daily to be shone matter, to come in contact with it, —rocks, trees, wind on our cheeks! the *solid* earth! the *actual* world! *the common sense! Contact! Contact! Who* are we? *where* are we?
9. ソローは、自分と自然とのつき合いが当然のことであり、それが「常識化」するほどにおたがいが慣れ親しむことを望んだのであろう。
10. 全集中の *The Maine Woods* に付した Joseph Moldenhauer による "Textual Introduction" の 357-58 頁。
11. 小野『ソローとライシーアム』75 頁。
12. William Howarth, *Thoreau in the Mountains* (New York: Farrar Straus Giroux, 1982) の "Maine, Katahdin" の章において、ホワースは、「その場のムードがメロドラマチックになり、誇張されている」("The mood turned melodramatic, exaggerated.") と評している。142 頁。

第三章

ソローのサドルバック山登攀――心の聖域を求めて

一　エピソードとしての登山記

　ソローの初期作品で長編の紀行エッセイ『コンコード川とメリマック川の一週間』(*A Week on the Concord and Merrimack Rivers*, 1849)[1]は、ソローが兄のジョンと共に、1839年の初秋に行なった2つの川の旅が基になった作品である。ソロー兄弟は、郷土のコンコード川を手製のボートで流れ下り、この川の本流であるメリマック川に合流して入り、メリマック川をその水源にまで遡行した。帰りはその逆に進み、コンコードに帰着したのだった。実際の旅には2週間を要したのだが、作品では1週間の期間に圧縮されている。

　この作品（以下『一週間』と略記する）の中に、ソローが行なったサドルバック山への登攀の話がエピソードとして収められている。作品の各章には1週間の各曜日が割り当てられているが、第1章である川旅への出発の部分が「土曜日」であり、帰着が「金曜日」になっている。サドルバック山の登山記は「火曜日」の章の冒頭に置かれている。

　それによると、火曜日の朝は、メリマック川に霧が立ちこめており、いっさい視界がきかなかったので何も記述することがなかった。その代りに、ソローが以前行なったサドルバック山の登山の話を述べるという趣向になっている。この登山記を『一週間』の中に取りこんだ直接の動機はまさ

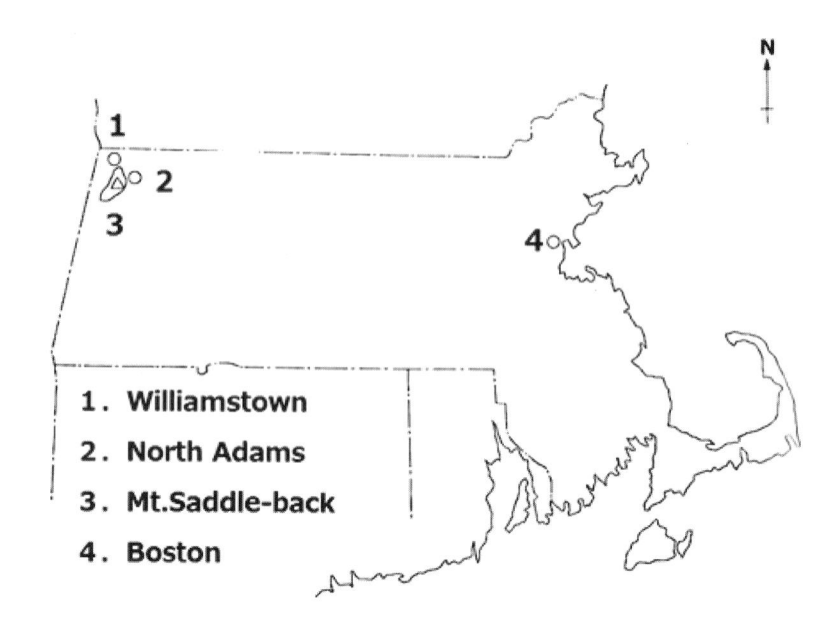

1. Williamstown
2. North Adams
3. Mt.Saddle-back
4. Boston

にそのとおりであっただろう。ただし、『一週間』の川の旅そのものの最終目標は、ニューハンプシャー州の山脈ホワイト・マウンテンズの山中にあるメリマック川の水源に到ることであった。

　その水源はアジオコチョーク山（ワシントン山）の頂上にあり、ソロー兄弟は実際にボートから降りて登山をし、そこまでたどり着いたのである。してみると、サドルバック山の登山記は、単なる話の埋め草ではなく、メリマック川の水源探訪登山のいわば予告編として意図されたものだったとも考えられる。とはいえ、このサドルバック登山記は、それ自体がまとまった話の筋を持ち、内容の独自性も備えているので、『一週間』という作品の文脈から切り離して読んでも興味深い。以下本論では、そのような部分をピックアップし、一応独立した作品として扱うという観点から検討してゆきたい。なお、実際にはこの登山は、1845年7月になされた。従って事実としては『一週間』の川の旅よりも6年後のことであり、兄ジョンはすでに死亡していて、ソローの単独行であった。

二　山麓から山頂へ

　この山名「サドルバック」は、山の形が馬の鞍（サドル）に似ているのでそのように呼ばれているのだが、別にグレイロック（Greylock）とも呼ばれており、今日ではこの方がよく使われている。これは「灰色の巻き髪」の意味になるが、山の色合いからきた命名であろう。標高は3491フィート（約1150米）で、これはマサチューセッツ州の最高点であり、州の最も西側に位置していて、隣のニューヨーク州との境に近い。

　ソローは北側の山麓の町ノース・アダムズを経由して登ってゆき、頂上小屋で一泊した。翌朝、反対側の南麓の方に降りていった。（54頁の地図の西の部分と36頁の地図の南西部参照）。その途中でニューヨーク州のキャッツキルの山並みが見えたと述べている。

　サドルバック山では、当時すでに、観光客たちが馬で頂上までゆける道路が開発されていた。けれども、ソローは、あえてその道はとらず、山の尾根を直登していった。途中で彼は、最後の人家から一つ手前の家につき、そこの女主人と言葉を交わした。

　　　その家の主は率直で気さくな若い女性で、化粧用のガウン姿のまま私の前に立ち、話をしながら無頓着にせっせと長い黒髪をすいていた。それも一回くしを使うごとにぱらりと髪がたれるので、必要上またぐいと頭を上げて元に戻すのだった。その眼は生き生きと輝き、私が後にしてきた下界のことに興味津々で、知り合ってからもう何年にもなるごとく気安く、ずっとしゃべり続けるのだった。私のいとこを連想させる人だった。（182）

以上は何気ない描写ではあるが、ソローの表現としては珍しくエロスを感じさせるシーンだといえよう。相手はしどけない姿で髪をくしけずり、「き

らきら輝く目」（'sparkling eyes'）でソローを見つめたという。髪すきのことなどからして、昔のローレライの伝説をも連想させるシーンである。ソローの気持ちは少し高ぶったのではなかろうか[2]。

けれども、実際には何事もなく、ソローは登山を続けていった。一説によるとソローは、この女性に「いとこ」の面影を想起することによって、愛欲の気持ちをしりぞけたのだという[3]。いとこ同士の結婚は世にまれなことではないが、一般に血縁の間柄は、愛欲の情を遠ざける結果になるであろう。ソローは、あえて自分のいとこを連想することによって自らの気持ちをおさえたのだということは、なかなかうがった話だと思われる。

もっともソローは、彼女の家のことを、「きちんと手入れのゆきとどいた家で、しかもあんな高みに位置している」とほめ、「登山の翌朝、もう一度ここに戻ってきてもよさそうだ、居心地がよければ一週間の滞在もありうる」などと言っている（182）。その家は、観光登山者のための民宿のようなものだったのかもしれない。ソローのこうした口調には、別にこだわりはなく、他意もないように思われる。それでも、彼がこの家の女主人に生き生きとした魅力を感じたらしいことは、やはり引用文の個所からうかがいうるのである。

さてソローは、既述のように、一般の観光客たちが馬で登るコースはとらず、道の作られていない尾根を直登していった。その際に、山の急斜面に生えている木々の中から、12ロッド（60米）ごとに、目印となる木を一本ずつ選び、それを目指して次々と登り続けていった。後年彼は測量の仕事を生業にしたのだが、この登山の仕方はそれを髣髴させるようで、計測的な発想であった。またそれは、人の踏みならした道ではなく、自ら新たな道を切り開いてゆくということで、彼のパイオニア的な生き方を象徴する姿でもあった。

ソローはその日の夕方、日没直前に、無事に山頂にたどり着いた。その山頂の様子はごく簡単に述べられている。

　　　山頂のうち数エイカーの広さの土地は切り払われており、岩や木々

の切り株でおおわれていた。そのまん中に粗づくりの展望台ができており、それが森の方を見晴らしていた。(184)

山麓から山頂に到るまでの長い描写に比べて、目的地であるこの山頂の描写は短すぎるようであるが、それは、ソローにとってこの山頂での眺めが取るに足らなかったからではない。翌日にはめざましい夜明けの光景が見られ、状況は一変するのである。

三　山頂の一夜

　ソローは夕飯をすませると、山頂にある展望台の小屋に一泊した。夜になってたき火をしたが、それも尽き、冷気がひどくなったので、近くにあった数枚の板切れで自分の体をすっぽり囲いこんだ。その板は、以前、展望台の建設に使われたものの残りだったらしい。その板切れがぴったり体に密着するようにと、彼は胸の上の板にさらに平たい石を載せた。こうすると寒さはぐっと緩和され、その夜は十分眠れたのだった。
　この状況はソローの気転をよく示すものだったが、それでもある説によれば、彼は自分を葬る葬式を行なったようなものだという[4]。板で体をすっぽり囲いこんだことは、自ら棺の中に入ったようであり、さらにその上に石を載せたことは墓石を置いたみたいである。むろんそれは、葬式と埋葬への連想にすぎないが、ちゃんと符合するようにみえるというのである。
　さらにある説は、ソローを一種の英雄伝説の文脈に置いている。即ち、山という聖域、ないし異域において、ソローが普通の人間としていったん死に、そこから再生して真の超人的な英雄になったと見立てるのである。
　その説の是非はともかくとして、ソロー自身が山を一種の聖域とみなしたことは確かである。その証拠として彼は、この山頂の展望台が、北の山麓に位置するウィリアムズタウン大学の学生たちによって築かれたことを思い起こし、「山地にある理想的な大学」という発想を提示しているからで

ある。

　　もしも全ての大学がこのように山の麓に位置しているならば、それは
　　少なからぬ利益となるだろう。それは、教授陣の十分にそろった一流
　　大学にひけをとることはまずないだろう。我々が山の木陰で教育を受
　　けるとしたら、それはもっと古典的な象牙の塔での教育に劣りはしな
　　いはずだ。きっと卒業生の中には、自分たちが大学に行っただけでなく、
　　山にも行ったということを思い出す者たちが出てくるだろう。いわば
　　山頂を訪れるたびごとに、下界で得られた特殊な情報が一般化され、
　　それがもっと普遍的な試練にさらされ、純化されることになるだろう。
　　（178）

　山が聖域であるならば、山地に大学を置けばその大学も聖なる学問の場所となるであろう。平地にある普通の大学においては、大学が施す世俗的な学問を、学生たちは自分らの個人的な利益となるように受け止めるであろうが、その学問が山中の澄んだ霊気にさらされて純化されると、一個人の直接の利害等を超え、人類全体の幸いとなるような聖なる叡智へと高められる、というのである。
　ところで、山を聖域とみなす発想は、ひとえにソローのみならず、古来から世界中の民族に共通しているものである。たとえば日本の修験道は、山伏たちの信仰する神仏混淆の山岳宗教であるが、やはり山を聖域とみなし、峰入りの修行や山中での鍛錬と精進を行なっている。「それによって法力を身につけ、人間として悟達の境地を求める」ためだという[5]。なぜならば、天に神仏がいるとして、その天に近く、天に接しているのが山だからである。つまり山は、「その天と人界を結びつける媒介点」（和歌森、26）としての作用をするのである。ソローがウォールデン湖の湖水を「天と地の両方の要素を持つもの」（*Walden*, 188-89）として神聖化したのと同様な発想といえるであろう。私たちは、望んでも一足飛びに天の領域に到ることはできない。だから天に接するもの、天と地の両方の要素を併せ持つものに頼るわけで

ある。

　それならばソロー自身は、このサドルバック山での一夜の滞在によって、天の要素に接し、それによってより純化され、神聖化されたといえるのだろうか。先ほど触れた英雄伝説のパターンに従えば、普通人のソローが、聖域である山頂で山の霊気に包まれて一夜を眠り、翌朝目覚めたことは、「死と再生、そして英雄化」のコースを、疑似的にではあれ、たどったことになるのである。

四　夜明けの霧の世界

　翌早朝、ソローが目をさますと、濃い霧が山頂一帯を包みこんでいた。彼はその純白そのものの光景に感激した。

　　曙光が増すと、私のまわりに霧の大海が見えてきた。この霧はたまたまちょうど展望台の基盤のところまで達しており、大地のほんのわずかの部分をも締め出していた。一方私は、この霧の大地の中で、世界の断片のそのまた断片の上、人名の刻まれたあの板の上に浮かんで取り残されていた。これは、ひょっとしたら、私の未来の生活のための新たな「堅固な大地」なのかもしれない[6]。(188)

ソローは生涯にわたって自己の「人生の再検討」と「生き甲斐のある新たな人生の獲得」を目指してきた。またそれを世の人々にも提唱し続けた。彼が山頂で目にした純白の霧の光景は、これまでの彼の人生の、不如意で迷いに満ちた状況を消し去り、新たな、しみ一つない、輝かしい未来の人生を予告するものと映ったのであろう。でも、柔らかで実体の乏しい霧がどうして「堅固な大地」('terra firma')だとみなされたのだろうか。おそらくソローにとって、こしかたの人生は未熟であり、空虚な、充実感に乏しいものと感じられ、今後の人生こそは実り豊かとなり、実質の重みを持つ

ものと期待されたのであろう。そうであればこそ、未来の人生の場を象徴するようなこの光景は、それにふさわしい「堅固さ」を示すことになるわけである。

　その霧は、ソローが見下ろしている下界をすっかり包んでいたが、その霧を通して下界の地形の輪郭をたどることができ、その地形を常ならぬものに変えていた。

　　私の位置より下の方には、一面に目のとどくかぎり、あらゆる方向で百マイルにわたり起伏した雲霧の国が広がっていた。その表面はさまざまに隆起していて、霧がおおっている地上の世界と対応しているのだった。それは我々が夢の中で見るような国で、天国のあらゆる歓喜の要素をそなえていた。霧の蒸気の山並みの間には、途方もなく広く、見たところなめらかに刈りこまれ、くっきりとした雪のように白い牧場があり、影になった谷間があった。さらに、はるか地平線上には、豪華な、霧のかかった樹木の群が平原の方に突き出ているのが見え、水路の曲り目を、その水際に立っている霧の樹木によってたどることができた。これまでに想像されたこともない新たなアマゾン川かオリノコ川だ。何かを表示するための象徴となるものも存在していないので、不純なものの実体もなく、よごれもしみもない。この情景を目にしたことはすばらしい恵みであり、その後いく久しく時を経ても、それを形容しようとして言い表せず、ただ沈黙あるのみというほどのよろこびであった。（188）

　山頂から見晴らすこの霧の世界は、純白で真に壮麗であり、山が聖域であるとするソローの発想を可視化してくれている。また眺めの規模も拡大され、普段は普通の規模の河川も世界の大河に変身して見える。この眺めを味わうソローは歓喜に満たされるのである。いうなればそれは、「永遠の瞬間」とさえ呼べるようなひとときであった。

五　暁の女神

　さらに暁の光が増してくると、ソローはそのまばゆい光芒の中に包みこまれた。

　　この純粋な世界にやはり清らかな太陽が昇りはじめると、私は暁の女神オーロラの目もくらむような光の大広間の住人となっていた。この光のありかを、詩人たちは東方の山並み越しにほんのわずか一べつするにすぎないのだが、私の方はサフラン色の雲の中をさまよい、太陽神の御する戦車のまさに通り道にいたのだった。そして暁の女神のバラ色の指とたわむれ、露のしずくをふりかけられ、女神のやさしいほほえみに浴し、太陽神の遠くまで射ぬくまなざしのすぐ近くに位置していたのだった。(189)

実に壮麗なご来光のシーンである。これを目にするだけでソローのサドルバック登山の労苦は報いられたことであろう。このような光輝に浴するということは、やはり彼が、一晩山の霊気にさらされて、普通の人間よりも進化し、より超人的な英雄に近い存在になったという証なのだろうか。実際そのようにも受け止められうる。
　しかし、それならば、ソローが登山中に感じたらしいあの「愛欲」の問題はどうなったのだろうか。彼が情を寄せる対象は、「着流し姿（化粧用のガウンのまま）で髪をくしけずる若い女性」から「暁の女神オーロラ」へと移っていった。愛の対象が人から神へと移ったのだから、当然そこには進化がみられるといえよう。けれども、相手は神とはいえ女神なのだから、対象が女性であることに変わりはないともいえる[7]。
　その女神からソローはほほえみを受け、そのバラ色の指とたわむれ、露のしずくをふりかけられたという。この描写にもやはりエロスが感じられるようである。どうやらソローは、この女神に対して、神聖さのみならず、

ひそかに愛欲の方も感じているらしい。つまり、この聖域であるはずの山頂にいて、ソローの抱く愛は、神の愛であるアガペー、即ち他者にほどこす博愛的で神聖な愛に向かいつつも、やはり自分の求める自己中心の愛、エロスの段階を抜けきってはいないのである。そのエロスが、前よりも純化したとはいえるであろうが。

　ところで、ソローの近くに位置していて、「遠くまで射ぬくまなざしを持つ太陽神」とは何なのであろうか。太陽神は男神であるから、女神オーロラとは当然別ものである。もっとも、科学的にいえば、曙光も昼間の日光も同じく太陽から発せられる光である。けれども、古代ギリシャの神話では、両者は別ものとされた。曙光は女神で、昼間の日光を発する太陽神は男神とされたのである。曙光があまりにも美しく感じられたので、あえて別扱いにしたのであろう。ソローもこのギリシャ神話の発想に準じているわけである。

　でも、せっかくソローが女神オーロラとたわむれているのに、近くでそれを見守っている無粋な「太陽神」とは、具体的に何を意味し、象徴するものだろうか。ソローの家庭内の肉親たちにも関係しうることなのか。たとえばソローの父親ジョンのことはどうであろうか。父親ジョンは、鉛筆の製造と販売を生業とし、謹直で家庭を大事にした人物であった。ソローは父親から、息子の人生に過ちや脱線がないようにと見張られているごとくに感じたのだろうか。一般論で言えば、それは世の中のどの家庭にでもありうることである。けれども、ソローの家庭では、母親シンシアの方が精力的で主役であった。明朗でくったくがなく、社交的で、奴隷廃止運動に力を注ぐ母親像の背後で、父親はむしろ目立たない地味な存在に留まっていた。

　ウォルター・ハーディング（Walter Harding）の詳細なソロー伝においても、ソローと父親との間には何のトラブルも見出していない。それどころか、ソローは父の鉛筆製造の業務に積極的に協力し、後には鉛筆の原料である黒鉛の改良にも努めたのである[8]。父親から受ける精神的圧力は、もしあったにせよ一般家庭の場合よりむしろ少なかったようである。

それでは、太陽神は亡兄のジョンのことであろうか。兄は学問ではソローにおよばなかったが、明朗快活で人好きのする人物であった。口数が少なく、人づき合いの得意でなかったソローは、兄に対してコンプレックスを持っていたといわれている。

　かつてソロー兄弟が共に、エレン・シューアル（Ellen Sewall）という女性に求婚したことがあった。結果は、兄弟が両方とも不首尾であった。ソロー家は、その当時、世間一般では危険視されていた超絶主義にかぶれ、また過激な奴隷廃止運動の促進者であったので、保守的なシューアル家には受け入れ難かったというのが真相である。それでもソローは、自分が兄に対して勝ち味がないと思いこんでいたらしい[9]。

　ソローの兄に対するコンプレックスは、兄への競争心とはならず、むしろ気持ちの上で兄に依存し、そのため自分を兄と一体化して発想するという傾向があった。兄が、かみそりの傷のために致命的な破傷風の病にかかったとき、ソロー自身は健康であったのに、彼もその病気の特徴的な症状である下あごの硬直をひき起こしたという（Harding, 135-36）。それならば彼は、サドルバック山の頂上で女神オーロラとたわむれながら、同時に、自分の背後に亡兄の存在を感じていたのだろうか。このことはやや可能性がありそうである。というのも、この登山記を包含する『一週間』という作品が、兄と共に行なった二つの川の旅の思い出話であり、兄の鎮魂と冥福のための祈願という目的をも帯びていたからである[10]。サドルバック山の登山記がエピソードとしてでも、『一週間』という作品に含められている以上、やはりソローの亡兄への追憶をそこから切り離すことはできないのである。

　第三の可能性は、ソローを見張っている人物とはソロー自身だということである。ソロー研究者のブローダリック（John C. Broderick）によれば、ソローの文章表現や文体には独特の特徴があるという。それは、ソローが危うい不安定な状況にあえて身を置き、あわやという瀬戸際にまで至るが、なんとかうまく踏みとどまり、転落をまぬがれているということである。つまり彼が、文章表現上で、アクロバティックな妙技を繰り返しているというのである[11]。

ブローダリックは、ソローのこのような特徴を主として文章表現の問題に固定しているが、このことは、ソローの生き方そのものにもあてはまるかもしれない。着流し姿で髪をすいていた女性に魅力を感じながらも、いとこの面影を思い浮かべて、心の危機をかわした（らしい）というあの一件にもそれがいえるだろう。だとすれば、女神オーロラのバラ色の指とたわむれながらも、自己の心が放恣、奔放な状態に陥らないようにじっと見張っていた者（太陽神）とは、やはりソロー自身だということにもなるのである。

　むろんそんなに深読みや曲解をする必要はなく、ソローは単に暁の光のこの上ない美しさにうたれ、それを女神オーロラと太陽神の神話にかこつけて、脚色して表現しているにすぎない、ともいえよう。それでも、これ以降、彼の心の不安定なゆれ具合を見ていると、あのような解釈が全く的外れだともいいかねるのである。

六　下山──雲に隠された太陽

　ソローがせっかく見事なご来光に浴しながらも、山の天気はその後すっきりとはならず、曇った状態のままとなった。それどころか、彼が降りついた南麓の村では一日中雨が続いたという。ソローは下山しながら、この天気のことにからませて自己をせめるような表現を取っている。

　　　しかしここでは、「天の太陽」が自らを曇らせることは決してなかった。それなのに、ああ、思うに何か自己のいたらなさのせいで、私自身の太陽は自らを曇らせるのだった。そして、
　　　　ときにその天なる顔に、いともあさましい雲の切れ端が
　　　　見苦しく降りかかるのを払いのけもしないのだった。（189）

むろん雲の上では、太陽は常に輝いているのだが、雲の下のソローのいる

下界では曇りとなっている状況を、このようにシェイクスピアのソネットの詩行[12]を借りながら表現しているのである。下界が曇っているのは、ソロー自身のいたらなさのせいだというのだが、それが何を意味しているかは不明である。それでも、あえて推測するならば、それは、聖域であるはずの山に来ていながら、なおも彼の心がそれにふさわしい純粋さを保ちえないことによるのだろう。たとえば、麗しい曙光の輝きの中にいても、彼がひそかにエロスを感じてしまう（らしい）ことも、彼の心がまだ聖域とはなっていない証拠だといえよう。

　ソローはそうした自己の気持ちを、やはりシェイクスピアと同時代人、イギリス・ルネッサンス期の宗教詩人ジャイルズ・フレッチャー（Giles Fletcher, 1585-1623）の詩行を引用し、敷衍している。

　　ちりを伝ってはう虫けらどもが、なんと数多くいて
　　こんな高みに築かれた紺碧の山並みによじ登り、
　　そこからおんみの麗しく正しいみ心を奪いとってゆくことよ。
　　日輪の照る宮殿に秘匿され、天使の目をもくらます
　　あの燦然とした光に包まれているおんみのまことの念を。

　　　　　いかにあまたのかよわき人間どもが、
　　　　　その拙い話しぶりや地をはうような書き方を改めて
　　　　　精一杯磨き上げたいとこいねがっていることか。

　　おお、おんみの今は葬られている幽囚の心を、現身の遺骸より
　　よみがえらせよ。(190)

この詩の題名は「天におけるキリストの勝利」（"Christ's Victory in Heaven"）であるから、この詩は当然キリスト教の教義の文脈で解釈されるべきであろう。けれども、ソローが、自己の人生のあり方の問題をここにからませているとするならば、その方向での受け止めも可能であろう。それで、こ

の詩行を彼のこのたびの登山の試みに当てはめて解釈することにしよう。

それならば、「紺碧の山並みによじ登る虫けら」とは何であろうか。たとえば、馬に乗ってサドルバック山に安易に観光登山をする輩たちのことなのか。それに、「毎日のようにこの山に遊びにやってくるという少々粗暴な地元の大学生たち」(182-3) も含まれるのだろうか。ソロー自身は、観光やたわむれのために山に来る人々とは一線を劃しているようである。彼の登山の方法も、道のないところに目標を定め、直線的に茂みを踏み分けて進むやり方であった。その目標も、山頂において自身が、天の聖域に接するということであったと思われる。

しかしそれならば、ソローは下山の際に、自己の心を反省するような否定的表現をとらなかったであろう。雲に包まれて姿を見せない太陽を「自分のいたらなさのせい」だとはいわなかったはずである。さらに、あの「虫けらたち」がねらうもの、「日輪の照る宮殿に秘匿されたまことの念」とは何なのか。それは定かではないが、山頂でソローが感じた霊気、山頂イコール聖域とみなす彼の発想と関わるものであろう。観光登山者たちは、気ままにやってきて神聖な山頂の雰囲気を乱す。聖域を俗化させてしまう。聖域の持つ貴重な「まことの念」を追いはらってしまうのである。

ソローは、彼らとは異なって、山域が聖域であることを心得ていた。その聖域に接して自己の心も聖域となることを願ったのである。けれどもそこまでは到れなかった。聖域の存在を理解はし得たが、自己の心を聖域化できなかったという思いがあったのだと考えられる。こうして彼は目指した目標に達しえず、その意図だけに留まったとするならば、結局遊山で山にやって来た一般観光登山者たちとさほどの相違はなかったことになる。結果は大同小異となってしまった。それでもあえていうならば、その「小異」の部分にも目を向ける必要はあるであろう。

フレッチャーの詩行で、「かよわい人間たちが、拙い話しぶりや書き方を改め、洗練させようとこいねがっている」ということは、いったいどんな意味を持つのだろうか。それは漠然としているが、何らかの目標を定めて、それに向わんと努力する人々を表現しているようである。その場合、もの

ごとの成果のみを問うのではなく、目標を追求しようとする人々の姿勢も、それなりに評価されるべきではないだろうか。ソローの場合も、「心の聖域化」を目指すという彼の基本的な姿勢があり、結果はともかくとして、その姿勢そのものも、やはり評価されてしかるべきだと考えられる。

　それでは、彼の心の聖域化をさまたげているものとは結局何であろうか。それは、彼の平常心を乱そうとする彼の自己中心的な欲望だということであろう。聖域であるはずの山に来ていながら、なおも微かなエロスの要素をふり切れないということもその現れの一端であると思われる。ただ彼は、ブローダリックの指摘のごとく、抜群のバランス感覚を持っていた。それで、たとえ人生の途上で窮地に陥っても、巧みにそこから身をかわす能力を持ち合わせていたと考えられる。

　たとえばソローは、旅の途中で道を間違え、迷ってしまった人に対して次のようにアドヴァイスしている。

　　どうしてそんなに急ぐのか。もし道に迷った人がいて、こう結論したらどうだろうか。結局今のところ自分は迷ってはいないし、我を忘れてもおらず、いつもの靴をはいてまさに自分が今いる場所に立っており、しばらくの間はそこで生きてゆけるだろう。それに迷っているのは私ではなく、私を知ってくれている道の方だろう、と。そうなれば、不安や危険もあらかた消えてしまうだろう。自分が自力で立っているのならば、自分はよるべないとはいえないはずだ。いったいこの地球が宇宙空間のどこを回転しているのか神のみぞ知る。とはいえ我々は、我々自身を迷いにゆだねはすまい。迷いはそれ自体ゆきたいところにゆかせよう。（184）

これを聞くと、迷っている人も気が落ち着き、より正しい判断を見出せるだろう。実際の道のことだけでなく、人生一般の指針としてもこれは役立ちそうである。このようにソローは、よく気転が利き、発想の転換の術を心得ていたのである。

けれども彼自身は、そのように便宜的な自己保身術に心から満足はしていなかったらしい。というのも、その保身術は、彼の抜本的な自己改革を導き、促進するものではなかったからである。彼は、自己中心の欲望とそれをうまくかわす保身の術、その両方の面に対して不本意であり、一種の不純さを感じていたようである。ソローにとっては、自分の心のあり様が、夜明けの山頂のあの霧のように全く純粋、純白なものにはなり得なかった。そのことで、シェイクスピアやフレッチャーの詩行を借りながら、ひそかに自己を責めているのだといえそうである。

　それでもソローは、あの夜明けの霧に、純白さのみならず、堅固さをも感じていた。「これは、私の未来の生活のための「堅固な大地」('terra firma')なのかもしれない」と彼は述べていた。その「堅固さ」とは、彼の未来の人生における実り豊かな成果、その実質の重みへの期待を反映するものであっただろう。だとすれば彼は、彼の人生の純白さのみらず、その確かな実りの方をもひそかに願っていたはずである。それで、もし仮にこしかたの人生において、そのしみや汚れを取り去れたとしても、そこに空虚な白さが残るだけでは意味がないであろう。むしろ、今後の人生の方が純粋、真摯なものとなり、その豊かな実りを伴うことこそが彼の真の願いであった。

　それを求めての彼の人生における意図的な実験は、いうまでもなく1845年7月4日に始まったウォールデン湖畔での小屋住まいの生活であった。それならば、それに数年先立つ1839年7月のサドルバック登山は彼にとってどのような意義があったのか。それは、彼の未来における「より確かな人生」の獲得のために、自己の進むべき方向性を探るべく行なった予備的な試行錯誤の行為であったと考えられる。

註

1. テクストはプリンストン版全集中のものを用いた。Carl Hovde 編（1980 年）。なお引用文の訳文は、小野和人訳『月下の自然』（金星堂、2008 年）のうち、「サドルバック山の一夜——『コンコード川とメリマック川の一週間』より」のものを使用した。

2. Walter Harding 著 *The Days of Henry Thoreau*（Princeton UP, 1992）の「あとがき」によれば、ソローは同性愛的傾向が多分にあり、女性への関心が乏しかったという。けれども、ソローの作品でこのような個所を読むと、必ずしもそうとは言い切れない気がする。以下、本論の展開の中で、ハーディングの主張は首肯しかね、ソローは基本的に性に関しては普通の男性であったことが示唆できると思う。ただし、若い頃のソローは、女性を理想化して受け止めていたようである。それで、自分が理想化した女性のイメージからはずれた女性に出くわした場合には、その人を酷評することもあったらしい。なお、ハーディングのこの著書から学ぶことは多大であり、上記の一点以外のことは全く納得しうるものである。

3. この「いとこ」が誰なのかは突き止められていない。ちなみに『ウォールデン』においては、この 'cousin' という語が 3 回出てくるが、いずれも動植物に関わる意味合いで使われており、厳密な「いとこ」ではなく、「親戚」、「類縁」というほどの意味である。『ウォールデン』においても、その文脈からして、この語に対するソローの気持ちは肯定的であるように感じられる。

4. William Howarth, *Thoreau in the Mountains* (New York: Farrar Straus Giroux, 1982) 75.

5. 和歌森太郎『山伏』、『中公新書』48、中央公論社（1964 年）、7 頁、26 頁。

6. 「人名の刻まれたあの板」とは、おそらくこの展望台の設立に関わった人々の名を記念して彫りこんだ板であろう。

7. 『ウォールデン』の中でも、ソローの小屋は簡素で、自然に即して風通しがよく、快適で、「女神が裳裾を引いていそうな感じの場所」（". . . Where a goddess might

trail her garments.") だ、と述べている（85 頁）。
 8. Harding, *The Days of Henry Thoreau,* 157-8.
 9. ソロー兄弟とエレン・シューアルとの交際の次第は、ハーディングの同書第 6 章第 1 節（94-104 頁）参照。エレンは兄ジョンの求婚を一度は受け入れ、その後、ヘンリーの方を愛していると認めたという。
10. 『一週間』の冒頭の序詩で、ソローは亡兄が、「（現世のものよりも）より高い山に登り、より美しい川を遡行している」と述べ、また兄のことを「永遠の岸辺」（'the permanent shore'）にたとえている。なお本書の次章で、ソローと亡兄の関わりについて詳しく論じることにする。
11. John C. Broderick, "The Movement of Thoreau's Prose", *Twentieth Century Interpretations of Walden* (New Jersey: Prentice-Hall, 1968) 64-72.
12. シェイクスピアの『ソネット』第 33 番の 5, 6 行目が引用されている。

第四章

水源としてのアジオコチョーク山頂

一 山頂への旅

　前章においては、サドルバック山登攀の話を『一週間』という作品の文脈から一応切り離して、独立した作品として検討したが、その内容は、基本的にはソローの登山の客観的な報告であった。が、それと共に、その登山の行為に反映した彼の心のあり様を提示するものであった。次にそれを『一週間』の文脈に置き直してみたらどのようになるのか。それに、メリマック川の水源そのものは、このサドルバック山ではなく、アジオコチョーク山（Mt. Agiocochook、別名 ワシントン山、標高 1917 米）の頂の地点であった。ソロー兄弟によるその水源探訪登山の方も併せて検討してみたい[1]。

　前章の冒頭で述べたように、ソロー兄弟は、郷土コンコードを手造りのボートで出発し、コンコード川から本流のメリマック川に入った。その後はこの川をオールや竿を使って遡行し、ニューハンプシャー州に到ったのだった（27 頁の地図の中央部から北部参照）。

　作品の「水曜日」の章によれば、兄弟は、ニューハンプシャー州の南方の町マンチェスターに着き、そこからゴフスタウンへ、さらにフックセットへと到り、メリマック川の川岸で野営した。「木曜日」の章では、早朝また出発し、船を通すための最後の水門に到着。これ以上ボートを漕いだり、引いたりして遡行するのは困難となり、アンカヌーナックという山の麓の地点にボートを停めておいた。それから雨と霧の中を川沿いに歩き、コン

コード（ソローの郷土と同名）の町に着いた。

そこからさらに北へ向かい、時おり宿屋に泊まりながら森林の中を旅し、ホワイト・マウンテンズの山域に分け入って行った。メリマック川は小さくなってペミジェワセット川という呼び名になり、さらに細流のアモヌーサック川となって、人が一跳びで越えられる幅となった。ついにはこの流れも地中に入り、見えなくなって、ソロー兄弟はアジオコチョーク山の頂に登りついた（314）（36頁の地図の中央部参照）。

この山頂がどんな光景であったのか、またソローがそれに対してどんな感想を抱いたのか、作品中では一切述べられていない。この山がメリマック川の水源であり、ソロー兄弟の川の旅の最終目的地であったのに、その状況が全く触れられていないのは意外であり、不思議である[2]。それは何故なのか。またもしソローが逆に沈黙することによって伝えたいことがあったとしたら、それは何であったのか。その謎の解明に取り組むことが本論の主旨の一つである。

二　ハーバートの詩の引用の意味

ソローが当然描写すべきであったはずの山頂の場面をあえて省略した理由は、常識的にみて次のようなものであろう。（1）山頂の様子が平凡すぎて記述に価しなかった。あるいは逆に山頂があまりに素晴らしく、筆舌につくせなかった。（2）述べるべき内容はあるのに、あえて省略し、読者自身に想像してもらう方が効果的だと思えたから。しかし、もし（1）であるならば、その状況には目に見える具体的な要素があるので、省略した理由について、やはり何らかの言及がありえたはずである。それがないからには、（2）の理由、即ちソローは故意に山頂の場面を省略したということになる。

これとは対照的に「火曜日」の章では、この旅とは無関係であった別の山の登山が詳述されている（前章参照）。というのも、火曜日の朝はメリマック川に霧がたちこめており、全く視界が利かなかったので何も記述する材

料がなかった。それでその代わりに、ソローが以前行なったマサチューセッツ州の西側にあるサドルバック山の登山の話を語るという趣向になっている。この挿話では、ソローの登山のプロセス、山頂での一夜の滞在、さらに夜明けのご来光のこと等が詳細に、率直に述べられている（180-90）。

それに対して「木曜日」のアジオコチョーク登山では、その内容を一切省き、白紙としているので、ソローは意図的にそのコントラストを提示しているかにみえる。アジオコチョーク山頂での彼の沈黙が、その対比によって際立ってくるのである。それは読者に強い印象を与え、意図的な沈黙によってソローが内々に伝えようとするメッセージは何かと読者は想像を巡らせることになる。

もっとも、読者に何の手がかりもなければ想像を開始することも不可能である。そのためにソローは、イギリス 17 世紀の形而上詩人ジョージ・ハーバート（George Herbert, 1593-1633）の詩 "Vertue"「美徳」（原詩の綴りのまま）の第一節を引用、提示している[3]。

>　Sweet days, so cool, so calm, so bright,
>　The bridal of the earth and sky:
>　Sweet dews shall weep thy fall to-night;
>　　　For thou must die.[4] (314)

うるわしい日々よ、こんなに涼しく、こんなに静かで、輝いている、
大地と空との婚礼だ。
今夜、うるわしい露は、おんみが暮れて、夜になるので
泣くことになろう、
　　　おんみが死なねばならないからだ。

その趣旨は、「大地と空の婚礼のような、美しく快い春の日が暮れて夜となる、その日が終わる。即ちその日は死なねばならない」ということである。'fall' と 'die' がこのスタンザの中心的な語と考えられる。それによってすぐ

に連想されるのは旧約聖書のアダムとイヴの運命であろう。神に叛いた罰として楽園を追放され、地上に落とされ、死を迎えることになるからである。

「落ちて死ぬ」といえば、さらに連想されるのは、新約聖書「ヨハネ伝」第12章24節のキリストの言葉である。「一粒の麦もし地に落ちて死なずば、ただ一つにてあらん、死なば多くの実を結ぶべし」である。周知の如く、キリストが十字架上の死を迎える前夜に述べた言葉で、自分の死を一粒の麦種の運命に喩えたものである。麦種はまかれ、地に落ちて、一粒の栄養分が百粒以上の大いなる実りとなってゆく。キリストは、このたとえを通して自分の使命を確認し、あえて十字架にかかる決意を表明した。人類の罪を背負い、その贖いとして自らの死を迎え入れるということであった。その結果として、アダムとイヴ以来の人間の罪は許され、神の愛についてのキリストの教えは、広く人々の間に浸透してゆく。このような信仰の結実が「一粒の麦の死」による成果の現れであった。

ところで引用詩によれば、春の日の暮れるのを見て嘆くことになるのは「夜露」である。けれどもその夜露自体も、実ははかない存在だといえる。露は、夜の間に、野外にある草や木々などが熱を放射して冷え、周りの空気中の水蒸気がその表面に凝結してできる。が、それは、朝になり日が昇れば融けて流れてしまう。一日どころか半日以下の命である。けれども、融けた露の水分は地中に浸透してゆき、その多くが集まって水を形成し、その水源から小さな流れをなして下ってゆく。ちょうどそれは「一粒の麦」の運命と同様な具合となる。死が単なる死に終わらず、次の段階で大いなる養いの成分となってゆくからである。ハーバートの詩の引用がなされている箇所は山頂の場面であり、それはすなわち川の水源の場であるから、こうして夜露が融けて水分となり、水の流れを構成してゆくという発想には大いに意味があると考えられる。

破滅と死といえば、ソロー自身にとって直接関わってきた運命は、身内である兄ジョンの思いがけない事故死であった。この川旅から2年半後、兄はかみそりの傷のため破傷風となり、急死した。ソローは兄想いであり、兄と自分を一心同体とみるような傾向があった。兄が破傷風の症状を呈し

た後に、元気なはずのソロー自身も、同様にその病気の特徴である下あごの硬直をひき起こしたという[5]。

ソローはハーヴァード大学卒業後、すぐに郷土コンコードの中央学校（the Center School）の教員に採用されたが、そこをわずか 2 週間で退職した。その後私立学校のコンコード・アカデミー（Concord Academy）を譲り受け、兄ジョンと共同で教え、経営した[6]。兄は明朗な人好きのする人柄で、生徒たちから愛され、親しまれた。ソローの方は、その深い学識により尊敬されたという（Harding, 87）。人間的魅力と深い学識と。兄弟は相互補完的にそれぞれの特性を生かし、生徒たちの求める知と愛を豊かに施し、この学校を上手に経営できた。それはどちらが欠けても補い得ない状況であった。しかしその 3 年後、兄ジョンが結核にかかって衰弱し、教師の仕事ができなくなったとき、この学校は閉鎖されたのだった。さらにジョンの事故死により、それは再開される見込みがなくなった。自分たちが一心同体だというソローの意識は、明らかにこの学校の共同経営という職業体験を通して強化されたものだった。

この『一週間』という作品の中でも、ソローは主人公として、兄と自分を切り離して描写することはなく、終始 "we" という主語で通している。この作品を執筆する際には、兄はすでに他界していたのだが、それでもソローにとって、兄弟間の強い絆の意識は継続していたのである。

この作品では、かつて一緒に川旅をした兄を追憶し、その冥福を祈願し、その成就を確信しようとする意味が大きかったであろう。というのも、ソローはこの作品の序詩の中で、兄が神聖な永遠の世界にいて、永遠なる存在になっていることを予感するような比喩を用いているからである。

「おんみは唯一の永遠なる岸辺、（他者が）決して巡ったことがなく、さまよったことのない岬であるように思われる」[7]

と。「永遠なる岸辺、あるいは岬」と兄を水辺の地形にたとえて形容しているのは、やはり作品の内容が主に川旅の話であるからであろう。兄は「永

遠なる」存在となっていて、自分を含め、現世にいる他者は兄に直接接触できないということがその主旨となっている。

　川旅の最終目的地であったアジオコチョーク山の水源は、水源というだけで一種の聖地と感じられうるが、ソローにとっては、それに加えてまさに兄の永遠なるべき魂を祭るための聖地となったとも考えられる。

　先に述べた「うるわしきもの、よきもの」の終焉を嘆くハーバートの詩の第一節は、やはりソローが兄の死を悼む気持ちと重なっているのである。けれどもその死は、「一粒の麦の死」の連想によれば、無駄ではなく、むしろ大いなる養いの作用の発端となるものである。「夜露」も、それが落ちて、水源の水を養うのであれば同様の意義を持つ。自然の作用のプロセスにおいて、死が次の段階での大いなる実りを約束するのであれば、兄ジョンの死がもたらす悲しみもいくらか癒されたであろう。ただしこの川旅の最中では、兄ジョンは生者であったから、彼の死の話をここにはっきりと持ち込むのはふさわしくない。だからハーバートの詩の引用でもってそれを暗示し、読者にそっと悟らせるという方法は賢明であっただろう。

三　再生と不滅への祈り

　ハーバートの詩の第2節と第3節をさらに参照してみると、第2節の趣旨は、「咲き誇るうるわしいバラの花にもやがて来るはずの枯死の運命」を嘆く気持ち、第3節の方は、春の季節、「香料が一杯つまっている箱のようなうるわしい春の時期」が過ぎ去ってゆくのを惜しむ気持ちが表現されている[8]。いずれも「うるわしきもの」の破滅と死、そしてそれを嘆く気持ちの表明である[9]。けれども、ハーバートの詩の最後の第4節に到るとその趣が変わってくる。（補註参照）

　　　Only a sweet and vertuous soul,
　　　Like season'd timber, never gives;

But though the whole world turn to coal,
　　Then chiefly lives.

　ただ一つうるわしく徳高い魂は、
　よく枯れた材木のように決して朽ちることはない。
　全世界が炭殻と化してしまうとも、
　　　おんみのみは生き永らえる。

　すなわち「万物が死ぬにもかかわらず、うるわしく徳高い魂だけは永遠に生き永らえる」ということである。「たとえ全世界が炭殻と化しても」である。実はソローは、このような趣旨も彼の引用部分に含めたかったのではなかろうか。ソローにとって「うるわしく徳高い魂」とは、その具体例は兄ジョンの魂と感じられたであろうからである。既述のように、彼の兄は生前、明朗で気さくで、人好きのする好青年であった。ソローは、自分にはないこのような魅力的な人柄に憧れ、そのあまり、幼いころから兄と自分を一心同体のごとくに感じていたようである（Harding, 10, 18）。その兄の突然の死を惜しみ、その「うるわしい魂」が不滅であれと祈願する気持ちはごく自然なものと考えられる。それならば彼はなぜハーバートのこの詩全体を引用しなかったのか。もしそれが長すぎるのであれば、第1節と第4節の2箇所を引用することもあり得たであろう。

　一つの推測としては、ハーバートのこの詩 "Vertue" は、これを含む彼の詩集、『聖堂』（*The Temple*, 1633）の中ではことに有名であり、親しまれていたので、当時、エマソンをはじめとするアメリカの有識者の読者たちには、しいて全体を引用せずとも、その最後の部分までが自ずと連想され得たはずということである。読者が、「死の悲哀」のみを見るのではなく、その結末が「うるわしい魂の永続の確約」へと至ることを想起し、その永続へのソローのひそかな願いに読者も同調してくれるであろうという期待があったとも考えられる。

　詩の引用のこうしたあり方で想起されるのは、新約聖書におけるキリス

トの十字架刑の場面のことである。キリストは、断末魔の苦しみの中で、「主よ、主よ、なんぞ我を見棄てたまうや」とつぶやく。実はそれは旧約聖書「詩篇」の第22章の冒頭の句である。それは、最後まで沈黙したままで、救いの手を伸ばさない神に対するキリストの絶望の言葉のように聞こえる。

けれども、キリスト教のことを作品の主なテーマや材料としてとり扱った作家、遠藤周作の解釈によれば、そうではなく、当時のユダヤ人であれば「詩篇」は熟知しており、もし第22章の冒頭部分を提示されれば、それだけでもうそこからの展開と結末の部分は自ずと連想できたとするのである。その展開部では、「わたしは汝（神）のみ名を告げ……人のなかで汝をほめたたえん」という神への賛歌となってゆく。つまり「詩篇第22章」は決して絶望の詩ではなく、主を賛美する詩である」[10]という。キリストの臨終の場を述べる聖書の記述者も、「詩篇第22章」の冒頭部を提示するだけで、キリストの言わんとする真の意図（神の賛美）が読者には理解できるという確信があったのであろう。ソローがハーバートの詩の冒頭部のみを引用し、後の個所を省いた理由もこれと同様なものだったのではなかろうか。

　川旅の最終目的地であったアジオコチョーク山の水源は、まさに水源というだけで聖地の如くに感じられる。というのも、一般に水はあらゆる生物を養い、育む。生命のための根元の要素である。その最重要な水の源であるから、当然聖なる場所とみなされるわけである。

　「火曜日」の章におけるサドルバック山の登山の場面でも、ソローは山頂で持ち水がなくなり、のどが渇いて水を探し求めた。そのとき、登りの際に山頂近くで土の湿った場所を通ったことを思い起こし、その地点に戻った。それから彼は、「とがった石と両手を使って2フィートほどの深さの井戸を掘った」。その小さな井戸は、間もなく澄んだ水で満たされ、ソローだけでなく、「小鳥たちもやってきて、そこから飲んだ」（184-85）という。やはり山頂が水源となり、人間のみならず、他の生命をも養うという状況をソローは身を持って実感したのだった。こうしてサドルバック山登山の話は、水源としてのアジオコチョーク山頂のことにつながっており、その予告編としての役割をなしているといえよう。

この聖なる山頂の場面でソローが兄の魂を祭り、その不滅を祈願するということは真にふさわしいと思われる。というのも、水源が生物を生み、養う聖なる水の源であるならば、それはあの世での兄の魂の再生と不滅を祈るためにもふさわしい場所と感じられたであろうからである。

ソローの行なった紀行や山行のコースを後に自らもたどり、調査したウィリアム・ホワース（William Howarth）によれば、インディアンの命名による「アジオコチョーク」のおよその意味は、「大きな霊の宿る家」("home of the Great Spirit") であるという。ホワースは、ソロー兄弟が共にここに登頂したからには、ソローにとっては「自分たち兄弟がここでずっと霊的に結ばれているという感がしたであろう」と述べている [11]。彼が白人たちの用いるワシントン山という呼称をあえて用いず、アジオコチョーク山で通していることも、古いインディアンたちの呼称を尊重するとともに、ここを兄の魂を祭るための聖なる記念の場所とみなしたためと考えられる。

兄を祭りたいという気持ちが祈りでなされるのであれば、それは大っぴらな表現ではなく、ひそかな黙祷という形でなされるのが望ましいはずである。それにソローが、兄の死のことを作品の序詩によって読者に暗示の程度で示したのであれば、その魂の永続への祈願のことも、その微かな含意の程度に抑えておきたいという気持ちもあったであろう。ハーバートの詩「聖堂」の引用をあえて第1節に留めた理由もそれに関わっていると考えられる。ともあれ、こうして宗教詩人ハーバートの作品を通し、その裏付けを得て、ソローには兄の魂の永遠性がより確かなものに感じられたことであろう。

それならば兄のみならず、ソロー自身についても何らかの変化があり得たのだろうか。水源という聖域に到って、彼自身の心も高められたのではないか。彼は兄と異なって未だ生きており、魂だけの存在ではない。けれども兄と一心同体であったかのような彼にとっては、兄の魂の永続がありうるならば、自分にとっても、それに等価となるような大きな収穫をひそかに期待したのではなかろうか。たとえばそれは、彼自身の精神が生まれ変わって、新たな理想的な人生を見出し、それを生きるということではな

かったか。

　ソローはすでに大学生の頃に、当時流行していた西部開拓のための西進運動に刺激され、自分も兄と共に西部に移住するという計画を立てた（この時もソローは、自分だけでなく、兄と連帯した行動を望んだのだった）。西部のフロンティアにおいては、民衆が、既存の社会の中で固定されてしまっていた自分たちの身分と生活を捨て去り、全く新たな生き方を目指し、その実現によって自己を解放し、改革しようという熱い願いと期待を持っていた。ソロー兄弟においては、それは青年期の一時の夢に終わってしまったが、それでもソロー自身にとっては、西部への移住の願望と執着は終生消えることはなかった[12]。この『一週間』の川旅は、兄弟が一時的に抱いた西部開拓の夢といわば置き換えにした旅だったとも考えられる。それならばこの川旅において、ソロー自身にはすでに自己改革の願いが内在していたことになる。

四　新たなフロンティアの創造

　この旅で兄弟はニューハンプシャー州に入り、北西へ進み、ついにはボートを遡行させるのが限界となり、アンカヌーナックという山の麓でボートを川岸に置き、徒歩の旅となった。そしてコンコードという町に到った。この町名は彼らの郷土マサチューセッツ州コンコードと同じであるために、ことさらに注意をひいたのである。ニューハンプシャー州でソローが目にしたコンコードは、すでに開けた町であった。ソロー兄弟はこの町で歓待されたというが、それは同名の町民だという理由もあったことだろう。ここには、ソローたちの郷土から別れてやってきた人々が住み着いたという話もあった。しかもこの地は元々肥沃で、すでに1727年に白人のパイオニアたちが開拓を始めたという。それはソローたちが訪れた1839年よりも百年以上昔のことであった（303）。

　ソローは自分たちの川旅が「コンコードとコンコードをつなぐ旅」（"Our

voyage, uniting Concord with Concord")だった(303)といっている。彼はこのはるか北西に位置するニューハンプシャー州のコンコードに象徴的な何かを期待していたのだろう。たとえば未開の荒野の片鱗のようなものをである。けれども実情は、予想以上に開発の進んだところであった。彼の西部への夢はここでも潰えたのだった。ソローはその無念さを率直に述べている。「もはやこの方向にフロンティアは無いとわかった。こうした冒険をするには、今の世代は生まれてくるのが致命的に遅すぎた。事物の表面を進むかぎり、我々の前には先駆者がいるものだ」(303)と。

　しかしソローは、このような失意に屈したままではいなかった。彼は表面的な、地理的な場の移動にむなしさを覚え、真のフロンティアとは何か、その意味を問い直し、以下のように彼なりの新たなフロンティアの定義を宣言する。

　　フロンティアは東や西、北や南にはない。そちらではなくて、人が事実に<u>直面する</u>ならば、その事実がたとえ隣人のことであろうとも、<u>直面する</u>至るところで、その人とカナダとの間に、その人と沈みゆく夕日との間に、いやむしろ、その人と事実<u>そのもの</u>との間に未開の荒野があるものだ。その人の今いる場所に、樹皮のついた丸太小屋を自分自身で建てさせよ。<u>事実そのもの</u>に直面してゆきながら。

　　The frontiers are not east or west, north or south, but wherever a man *fronts* a fact, though that fact be his neighbor, there is an unsettled wilderness between him and Canada, between him and the setting sun, or further still, between him and *it*. Let him build himself a log-house with the bark on where he is, fronting IT. . . .(304)

つまりソローは、東西南北という実際の方位を退け、その代わりに事実に「直面する」('front')という心の姿勢を導入した。地理的な実際の土地ではなく、想念としてのフロンティアを見出そうとした。実はソローのこのような表

現には、その基盤となるような世の中の動きが見られたのである。それをも参照しておきたい。

　当時のアメリカの経済の面では、各地域の自発的な開発による発展が進んでいた。それでも、各地域が協力し合ってアメリカ全体の調和した発展を目指すという挙国一致の体制はまだ見られなかった。例えば南部は、大農園による棉の栽培を行ない、イギリスとの貿易で大きな利益を上げていた。しかし南部は、独自に経済発展をしても、それがアメリカ全体にプラスの影響を及ぼすことは少なく、むしろ貿易の相手国イギリスを利するのみの状況が続いていた。こうした自由貿易を廃し、国益のために保護貿易へと転じ、アメリカ国内の全体的な経済統一を目指す構想が当然のように生じた。「アメリカン・システム」[13]と呼ぶ発想であった。

　当時の上院議員ヘンリー・クレイ（Henry Clay, 1777-1852）が特にその主張者で、各地域間の協力を呼びかけ、それぞれの特徴となる産業・商業・交通を結合、一体化させ、国全体の経済の効率と調和を図ったのだった。その主張は次第に各地域に浸透していった。ソローの住む保守的なニューイングランドにおいても、当初（1824年頃に）はこの「システム」になじめなかった。それでも住民たちは、次第にその趣旨を理解し、この呼びかけに同調するようになった。

　こうしてアメリカは、一方で西部開拓を押し進め、その独特な地域性を開発しながら、他方では国全体の統一的な発展をも目指していたわけである。クレイの死後、レキシントン墓地にある彼の墓石には、彼の言葉 "I know no North, no South, no East, no West." が刻まれたという[14]。その言葉に集約されているように、彼が国の全体的な経済統一を主張したために、国の各地域へ向けての方向性は無視されたのである。

　こうしてみると、ソローが、「フロンティアは東や西、北や南にはない」と述べたときに、その表現は、彼の完全な独創ではなくて、クレイの主張を借用し、変形させたかのように見受けられる。というのも、二人の表現が近似しているだけでなく、ソローが自己の川の旅のことを作品『一週間』（1849年）に仕上げてゆく頃に、世間では、全国の経済的統一を説く「アメ

リカン・システム」がしきりに推奨されていたからである。ただしソローとしては、その表現を自己の立つ足場の表現として用いつつも、そこから「物事の内容を凝視し、再検討する」という彼独自の心の姿勢の問題に向かったのだった。

　ソローの文脈に戻るならば、彼が「新たなフロンティア」の発想を提唱した際に、そのフロンティアとは、我々が「事実に直面する」("front a fact")ときに生じるものだと述べている。即ち、人が何らかの対象に接する場合に、目を逸らさず、妥協せず、真にまともに対面するならば、たとえ熟知の対象であっても、その人と対象との間に「未開の荒野」のような全く目新しい領域が開けるというのである。結局ソローのフロンティア探求の試みによる収穫とは、フロンティアの語源であり、その根本の発想である動詞 'front' という言葉に集約されるのである。

　なお先ほどの引用原文中の it は、人が相対する対象を一般的に表しているが、人が真の意味でその対象に「フロント」するならば、その対象がこれまでになかったような新鮮味を帯びてくる様子を、イタリック体の *it* や大文字の IT で示しているのである。*it* は地震のような心の衝撃を、IT は対象が持っている意味の巨大な拡大化の様子を図示してくれる。こうしてソローは、対象に「直面」する際の心のインパクトを表現しているのである。そのような衝撃を受け止めることによってはじめて、日常のありふれた事象が、新たなフロンティアの世界に転化してゆくわけである[15]。

　すでにみたように、水源のアジオコチョークの山頂で彼がひそかに祈ったのは、兄ジョンの魂の復活と不滅であったと考えられるが、それと併せて彼自身についても願ったのは、兄の場合と等価の収穫であったはずである。というのも、ソローにとって兄と自分があたかも一心同体と思われたからには、兄と自分が同等の収穫を得ることが当然と思われたであろうからである。兄の場合と等価ということは、ソロー自身の存在が、生きていながらも死に、「再生する」という意味になるのではなかろうか。すなわち身体は生きたままでも、その精神は一度死に、復活して永遠的な意義を持つ存在になるということである。

そのためにはどうすべきか。それには彼がフロンティアの探求で獲得した方法、自己の前にある対象にまともに、直接フロントするという方法がありうる。それを用いて、自分が生きている人生と生活を見つめ直し、そのあるべき真の状況を悟り、それを身につけ、新たな真の生き方を開始するということである。（彼にとっての「死」とは、これまでの古びて意味の乏しくなった生き方を捨て去ることである）。こうして新たな生き方をすることによって新たな人間に「再生」することになる。それは肉体的に死んで、魂の永遠性を獲得する兄ジョンのあり方に相当できるのではなかろうか。山頂の場面でソローがひそかに祈ったとするならば、兄と自分のこうした「再生」についてであろうと考えられる。

　第三章で検討したように、ソローはサドルバックの山頂で一夜をすごし、翌早朝に目覚めたとき、あたり一面を包みこむ純白の雲霧の光景を目にした。その霧の眺めに彼は、自分の未来のあるべき「ライフ」のイメージを読み取ったのだった。それが、「私の未来のライフのための新たな「堅固な大地」（'terra firma'）なのかもしれない」（188）と。それは彼の心の「再生」の予兆となるイメージであり、彼の新たな人生探求の開始をいわば前倒しで告げるものであった[16]。

　このような人生改革の目標を実際に達成するのはむろん至難の業であろう。けれども要は、いきなり達成というのではなく、目標に向かってまず第一歩を踏み出すという意欲を持つことである。実際ソローは、川旅の次に来るウォールデン湖畔の生活で、彼の目標に向けての歩みを実行することになった。自分の人生と生活を見つめ直し、その真にあるべき姿をひたすら追求し、把握しようともくろみ、実践したのである。そのことは、ソローの文章の中でもことに有名な次の個所（「住んだ場所と住んだ目的」の章）において宣言されている。

　　私は森へ行った。というのも、慎重に生きたい、ライフの基本的な事実だけに直面したいと願ったからである。そうして、それによって何が学べるか見てみよう、もし死ぬときが来ても、自分はこれまで（真

の意味で）生きていなかったと気づくことのないようにしようと思ったからである。私はライフでないものを生きたいとは思わなかった。生きることはそれほど貴重なのである。

I went to the woods because I wished to live deliberately, to *front only the essential facts of life,* and see if I could not learn what it had to teach, and not, when I came to die, discover that I had not lived. I did not wish to live what was not life, living is so dear; (90-91, italics mine.)

やはり『ウォールデン』においても、イタリック体で示した部分、「ライフの基本的な事実に向かう」という箇所は、まさにこの作品の核心となる部分である。特に 'front' という語が、彼の『生きる』というテーマの表現の中心点となっている。

しかるに『一週間』におけるソローは、この語を基にして、「フロントする対象は何でもよい、自分の前にある対象から目を逸らさず、真に相対するならば、全く目新しいフロンティアが自己と対象との間に開ける」と述べていた。ところが『ウォールデン』においては、そのフロントする対象がただ一つに絞られ、自分が生きている「ライフ」（人生と生活）に真に相対することになった。いわば『一週間』では、フロントすることについての一般論が語られ、『ウォールデン』では、それに具体的に取り組むために「ライフ」という対象を選び、それを実行するための姿勢と計画が示され、それに向けての実践がなされたのである。

こうして最重要な 'front' という動詞に関して、『ウォールデン』はまさに『一週間』という作品の正統的な続篇となったといえる。『一週間』でのフロンティア理論の中でソローはいう。「その人の今いる場所に樹皮のついた丸太小屋を建てさせよ。事実そのものに直面してゆきながら」（304、本章81頁の引用文参照）と。そうした西部の丸太小屋に相当するものを、ソローは実際自らコンコードのウォールデン湖畔に建てたのだった。それは西部の小屋に見られるような、簡素で快適な建物で、彼が自由自在に暮らせる住

まいであった。その小屋で彼は、自己の「ライフ」を見つめ直したのである。
　ところで『一週間』の最終章「金曜日」において、川旅からの帰途にあったソロー兄弟は、ニューハンプシャー州の州境を過ぎ、メリマック川からコンコード川へボートを漕ぎ戻ってきた。すると見事な夕日の中で、南西の地平線の方に飛んでゆく2羽のサギを目にしたのだった。

　　2羽のサギ、それも大型のアオサギが、空を背景にして、その長いほっそりとした羽の先と足を浮き立たせ、我々の頭上高く飛んでいるのが見えた。彼らは夕べに、地表面のどこかの沼地にではなく、おそらく我々のところの大気の向こう側に降り立つために空を飛んでいるのだが、その気高いひっそりとした飛行は、空に刻印されたものか、あるいはエジプトの象形文字の中に刻みこまれたものか、いずれにせよ、それは長い年月をかけて人の学ぶべき象徴であった。(390)

ソローにとっては、そのときの夕日はこよなく美しく輝き、空中高く飛ぶ2羽のアオサギの姿は、「空に刻印されたものか、あるいはエジプトの象形文字の中に刻み込まれたもの」であるかのように、何かくっきりした気高いものの象徴と見えた[17]。それは『一週間』という作品の結末にふさわしい崇高な光景である。アオサギが「我々の大気の向こう側に着地すべく進む」のであれば、それは、いわば「彼岸」に向かうのであり、そこに象徴されているのはやはり兄ジョンの魂のあの世における「再生と不滅化」であろうと思われる。
　けれども、しいてそれに付加するならば、アオサギの数のことである。アオサギは2羽であり、その1羽はジョンの魂の「永遠性」を表すとするならば、もう1羽は、それに等価であるべきソロー自身の理想の姿を暗示しているのではなかろうか。即ちソロー自身が、人生と生活の見直しと、それによる彼の精神の再生を目指し、新たな人生への出発を真に願っており、そのような気持ちを、彼が目にしたこの神秘な夕日の光景に投影させているのだと考えられる。

註

1. テクストは、第三章と同じくプリンストン版のものを用いた。なお引用文の訳文は、重松・西村・小野共著『生きるソロー』（金星堂、1986 年）第三部中の試訳などを用いた。また山口晃訳『コンコード川とメリマック川の一週間』（而立書房、2010 年）を参照した。

2. 原文では、ソロー兄弟が山頂に到る描写は次のようになっている。

   ". . . the Wild Amonoosuck, whose puny channel was crossed at a stride, guiding us toward its distant source among the mountains, and, at length, without its guidance, we were enabled to reach the summit of AGIOCOCHOOK." (314)

   （「勢いのよいアモヌーサック川のごく小さな水路は一跨ぎで越えられた。その流れは我々を山並みの間のかなたの源へと導いてくれたのだが、その導きもなくなってしまい、ついに我々は**アジオコチョーク**の山頂にたどり着けたのだった。」）

   その後は、ハーバートの詩の一部分の引用となり、その次の描写は、もう帰りの船出の場面となってしまう。

3. George Herbert, *The Works of George Herbert,* Ed. F. E. Hutchinson(Oxford: Oxford UP, 1941)、および鬼塚敬一訳『ジョージ・ハーバート詩集』（南雲堂、1986 年）を参照した。

4. 原詩では 'days' が 'day'、'sweet dews' が 'The dew' となっている。ソローがそれらを変更した理由は定かでないが、この川旅の日々の思い出が微妙に反映しているのであろう。

5. ソローの伝記に関しては、第 3 章の場合と同様に主として Walter Harding, *The Days of Henry Thoreau* (Princeton UP, 1982) を参照した。136 頁。

6. 教師としてのソロー像に関しては、小野美知子氏の英文著作 *Henry D. Thoreau: His Educational Philosophy and Observation of Nature* (Otowa-Shobo Tsurumi-Shoten, 2013) を参照した。それによれば、教師としての彼の資質は、彼の全人格に関わるものであり、ソローは主に自然との交流の中で自然から学び、理想的な教

師になっていったという。ソローの人生において実際の教職にあったのは 3 年余りにすぎなかったが、いわゆる人生の教師としてはその生涯にわたるものであった。

7. 原詩では、Thou seemest the only permanent shore,
The cape never rounded, nor wandered o'er.
8. 第 2 節： Sweet rose, whose hue angrie and brave / Bids the rash gazer wipe his eye, / Thy root is ever in its grave, / And thou must die.
第 3 節： Sweet spring, full of sweet dayes and roses, / A box where sweets compacted lie, / My musick shows ye have your closes, / And all must die.
9. ハーバートは、ジェイムズ 1 世（1566-1625, エリザベス 1 世の後継者）の許で宮廷人と大政治家を目指したが、国王の逝去の後に国会議員の仕事を離れ、司祭となった。晩年の 3 年間は、ベマートンという地方の教区で田舎牧師として過ごしたという。早逝した彼は、自分に迫る死を予感していたのであろう。だからこそ、この "Vertue" という詩は、この世のうるわしいものの終焉をこのように印象深く表現できたのである。
10. 遠藤周作『イエスの生涯』（新潮社、1973 年）。210-14 頁。
11. William Howarth, *Thoreau in the Mountains* (New York: Farrar Straus Giroux, 1982) 222.
12. ソローの生涯で最後の旅は、ミネソタ州への旅であった。表向きは結核の転地療養だったが、実際には西部行への積年の願いを果たすという目的があった。
13. Wendy Wolff, *The Senate 1789-1988 Classic Speeches 1830-1993,* Vol. 3, ed. Robert C. Byrd, Bicentennial Edition (Government Printing Office, Washington). この文書中に Henry Clay 著 "The American System" が含まれている。83-116 頁。
14. 山口敬雄「メリマック川のテキスタイル」、『ヘンリー・ソロー研究論集』第 34 号、2008 年（日本ソロー学会）5-9 頁を参照した。ヘンリー・クレイの主張した「アメリカン・システム」が、この時期のソローに及ぼした種々の影響について教示を受けた。
15. 重松勉、西村正己、小野和人『生きるソロー』（金星堂、1986 年）。123-35 頁。
16. 本書第三章の結末部参照。35 頁。

17. 19世紀アメリカ文学にとって、象形文字の解読は、いわゆる象徴主義を導いたことで深い意義を持った。「それは、外観を突き抜けて、内的な意味を探し当てようとする動きである。」それはソロー自身にとっても大きな意味を持った。たとえば、作品『ウォールデン』の「春」の章で、大地の雪解けの場面において、ソローは自然が大地に刻した印の意味と思想を解読しようとしている。小倉いずみ「エマソンとソローにおける言語と象形文字」、『ソローとアメリカ精神——米文学の源流を求めて』（日本ソロー学会、金星堂、2012 年）237-55 頁。

補註　ハーバートの詩 "Vertue" の全体には、以下のように鬼塚敬一氏の御訳がある。

徳　美わしい日よ、かくも　涼しく　穏やかに　照り輝き
　　まさに天と地の婚礼の宴、
　　　今宵　夜露は　そなたの落日を悼んで涙しよう
　　　　　　　そなたの死は　避けられぬものだから。

　　美わしい薔薇よ、そなたの朱くて見事な色は
　　思慮もなく見つめる者に　その眼をぬぐえと命じる。
　　そなたの根は　つねに自らの墓のなか、
　　　　　　　そなたの死は　避けられぬ。

　　美わしい春よ、そなたは　麗らかな日々と薔薇に満ち、
　　香料のぎっしり詰った筐。
　　わたしの楽の音は　そなたにはそなたの終止があることを　教えてくれる
　　　　　　　かくてなべては　死を避けられぬ。

　　唯　美わしく徳高い魂だけは、
　　よく枯れた材木（き）のように　反り曲がることもなく、
　　この世のすべてが燼灰に帰すといえども
　　　　　　　なおとりわけて　生きてゆく。

第五章

非日常空間としての夜──作品『月』について

一　ソローの非日常空間

　ソローは、常に自己の生活と人生を見つめ直し、より意義深く、生き甲斐のある生き方を求めようとした。また人々にも、そのような意欲と姿勢を持つように提唱し続けていた。そのためには、彼が自己の人生をふり返り、それを新たに活性化させるための新鮮な場や空間が必要であった。彼の郷土コンコードの森のウォールデン湖畔もその一つであった。自己の居る場所が目新しくなれば、それが刺激となり、きっかけとなって生き方を改革できるであろう。あるいは、すぐにその成果が得られなくても、それを目指しての取り組みを開始できるであろう。こうして日常の生活を改めるためには、思いきって自分を非日常の空間に置いてみることが必要である。この意味でソローは、人がほとんど住んでいない地域、即ち極地、砂漠、森林地、原野、山岳、古代遺跡などに深い関心を持っていた[1]。それは彼にとって、ただ探検や旅行への興味だけでなく、彼の人生に貴重な影響を与えうる意義深い領域であった。

　もっとも、そのような地域にあえて赴くのは困難である。ソローはメイン州の大原生林地帯やコッド岬における怒涛の海を体験したが、世界的な僻地にまで出かけることはできなかった。けれども、彼はごく身近な場所にも非日常の空間を見出すことができた。たとえば、彼の郷土であるマサチューセッツ州コンコードから近隣のマールボローの町に至るまで街道が

通じていたが、新たに別な道が作られ、元の街道が廃止された後、彼はその旧道を好んでよく散歩していた。それは廃道であるから、いわば非日常の空間である。

「ウォーキング」（1862）という作品の中で、ソローはこの廃道を詩にうたった。その題名は「旧マールボロー街道」（"The Old Marlborough Road"）であり、その一節で、「この道を通れば、人は世界一周もできるだろう」（"You may go round the world / By the Old Marlborough Road"）（216））と述べている。その真意は、そこを散歩することによってその人の精神が大きな刺激を受け、「まるで世界一周を果たしたように活性化されうる」という知的収穫の可能性を提示しているのである。

こうしてソローは、僻地のみならず、自分の身近な場所にも非日常の空間を見出していた。それどころか、平常とまったく同じところにいても、昼間ではなく、夜になるとそこは非日常の様相を呈してくる。夜の時間帯は、たいていの人にとっては、憩い、娯楽、睡眠などのときであろうが、ソローは夜を目新しい空間域として受け止め、そこに自己の生活を活性化させるための新要素を見出そうとしたのである。そのことが、特に彼の作品『月』（The Moon）において述べられている。この作品はソローの研究上ほとんど触れられていないが、以上のような彼の根本的なテーマを含むものであるので、やはり検討に値すると思われる。それでは、非日常としての夜の中でソローは何を発見できたのか。どのような心の悟りや姿勢を獲得できたのか。またそれは、一般に当時の合衆国の人々の持っていた生き方の問題などとどのように関わるのか、そのような面も検討してゆきたい。

二　『月』の成り立ちと構成

作品『月』は、ウォールデン版ソロー全集（1906）の共編者であるフランシス・H・アレン（Francis H. Allen）によって編纂され、1927年にウィスコンシン大学のメモリアル・ライブラリー（the Memorial Library）によって

出版された。ソローの直筆原稿は今も同図書館に保存されている。さらにこの作品は、1985 年に AMS によって翻刻出版された。本論ではこの AMS の版を用いた[2]。

　この本のアレンによる「まえがき」によると、ソローの死後に、彼の『日誌』Journal のノートブックが 39 冊残されていた。そのノートが出版のためホートン・ミフリン社に送りこまれた際に、それとは別の草稿（一束のメモ程度のもの）が添えられており、それに『月』という題名もついているのが判明した。それもやはりソローの著作であり、その題名も彼自身の命名であったという (v-vi)。けれども、ホートン・ミフリン社によってウォールデン版ソロー全集が刊行された際に、この『月』という題名の原稿は除外された。その中身が、ソローの『日誌』中のものと同じだという理由によったのであろう。

　ソローは生前に講演をよく行なったが、その準備の際に、材料を『日誌』に求め、その中から抜粋して原稿を作成していた。講演後は、それをさらに推敲し、書物とするか、あるいは雑誌に投稿したのである。実はこの作品も『日誌』の抜粋であり、これを基にして講演を行なうための材料であったと考えられる。その実体は『日誌』のごく一部分であり、しかもほとんど未加工であるから、実際に作品と呼ぶにはほど遠い。ソローに取り組む人々がこれを研究対象にするのが稀なのもそのせいであろう。けれども、題名がついていることからすると、いずれは一つの作品にしようという意図がソローにあったことは明白である。ちなみに AMS の復刻版では、その分量が全体で 61 頁分を占め、小型ではあるが、一冊本となっている。本論では、作者ソローの意図をくんで、これを一応「作品」とみなすことにしたい。

　その構成は、『日誌』中のいろんな箇所から抜き出した記述の断片を、一見全く自由に並べたものである。そのため、全体として統一された話の筋は見当たらない。個々の断片自体には一応内容のまとまりはあるのだが、断片同士のつながりは乏しい。それでも、並んだ断片の数片ほどの間には、やや共通したテーマが見出される。そのような共通テーマの集団が、作品

全体で十数個は存在するのである。その配列をしたのはむろんソロー自身であり、個々の断片の中身は『日誌』のものと同じだとしても、その断片の配列自体にはそれなりのオリジナリティがあるといえよう。

　さらに大まかに見れば、全体の内容は、大半が夜に関するエッセイである。それも、一夜のことのように、夕方から夜へ、そして深夜へ、さらに夜明けへ、という時間の進行がたどられうる。これも厳密ではなく、時おりそのプロセスは行きつ、戻りつする。けれども、基本的にそのような時間の流れがあるといえる。

　それではなぜソローはこのような夜の時間を選んだのであろうか。これには彼自身が、月の光にことよせて答えてくれている。

　　月の光！その光が地上に降りそそぐのは世界のいつの時代に向けてなのだろう。月光はあけそめたばかりの露をおびた朝の光と同様なものであり、夜明けの光の微妙な色合いは、私にはむしろ夜のことを連想させるのだった。おそらく世界のごく初期の時代にとっては、こうしたあえかな光で十分だったのだろう、と思えるようなものだ。とはいえ、それは、昼間の光のように人間によって利用され、使い古されてはおらず、見慣れぬものであり、もっと印象深いものだ。

　　The light of the moon! In what age of the world does that fall on the earth? It was as the earliest dewy morning light, and the daylight tinge more reminded me of the night. It was such a light, perhaps, as sufficed for the earliest ages. Yet a light not used and worn by man like that of the day, but stranger and more affecting. (10)

　夜の世界といえども、月の光がなければ何も見えない。でもその月光が、「人間によって使い古されていない」という点にソローは注目する。夜の時間帯は、人が睡眠等によってやりすごしてきたからである。しかるにソローには、元々夜という特別な時間帯について深い関心があった。例えば『ウォー

ルデン』の「音」("Sounds")の章において、彼が住んでいたウォールデン湖畔で夜間に活動する様々な動物たち、フクロウ、カエル、キツネなどの独特な動きや鳴き声のことを詳細に、ときにはユーモラスに脚色して紹介している。ソローは、「夜が、ある種の動物たちにとっては目覚めの朝である」（125-26）と述べ、夜における夜行性の動物たちの生き生きとした活動に注目していた。

　総じてソローは、マンネリ化した状況を最も忌むのである。その状況は、人の心を活性化させるどころか、麻痺させるからである。だから彼にとっての目覚めのときは、日々固定され、マンネリ化した物理現象としての朝であってはならなかった。『ウォールデン』の末尾で彼は極言している。「我々の目をくらます光は、我々にとっては暗闇である」（333）と。もし昼間の明るい光のもとでは思考が展開せず、固定されたままになるならば、我々の精神にとってはそれがむしろ闇の時間となってしまう。逆に、人間にとって使い古されていない夜が、我々の新鮮な思考を導く手がかりとなるのであれば、それは「真の目覚めの朝」となってくれるのである。「真の朝」と「真の目覚め」こそ、ソローが自己の人生の再検討と新たな生き方の導入に向かうための必須の条件と状況であった。

三　夜というテーマ

　この作品は話の筋としての統一性を持たないが、それでも大まかに見れば、夜に関するテーマを持ち、それは次の三種類に分けることが可能である。

（1）月自体に関するソローの想い
（2）夜のもとでの彼の散策と思索、そしてその成果
（3）夜、月、月光などに一見関わりのない思索（実はそれでも（1）（2）の発想を支えているもの）

第五章　非日常空間としての夜——作品『月』について

また各々の要素が交じり合い、はっきり分類ができない箇所もいくつかあるが、以下、これらのテーマを具体例に沿って検討してゆく。

（1）月自体に関するソローの想い

この作品で月は擬人化されている場合が多い。ソローがその擬人化の根拠としたのは、ローマ神話における月の女神で狩猟の守護神ダイアナのイメージである。その女神が持つ特性は美と強さであるが、ソローによればその美は清らかな美であり、美徳を象徴するという。

> 天空のいろんな天体の中で、月こそが女王だ。月は女王にふさわしく、万物を清らかにする。月は折々の変化をしつつ、しかも永遠性を保っている。月こそ美しき人。彼女のそばでは美女たちも肩身がせまい。……月のそばでは、星々の持つ美徳が滑落する。月によってこそまさに美徳の完全なイメージが与えられる。

> In Heaven queen she is among the spheres; She, mistress-like, makes all things to be pure; Eternity in her oft change she bears; She Beauty is; by her the fair endure.... By her the virtues of the stars down slide; By her is Virtue's perfect image cast. (5)

こうして月は、清らかでこよなく美しく、「完全無欠な美徳のイメージ」を持つと見なされるので、全く平和な、円満な存在かと思われる。けれども、あの狩猟の守護神ダイアナの持つ攻撃性、戦う戦士としての一面も併せ持っている。ソローによれば、月は一晩中、自分をおおい隠そうとするむら雲たちと戦っているからである。

「月は昇ってゆく際に、黒々としたむら雲に包みこまれ、おびやかされるが、やがて雲たちを背後に投げやり、意気揚々と自らの道を昇ってゆく」(34)。こうして雲との戦いに勝利するのである。

月は旅人のために雲たちと絶え間ない戦いを行なっている。……月が天空の大いなる範囲の晴れた領域に入ってきて、なんの妨げもなく輝くとき、旅人は喜ぶ。そして月が、敵とする雲のあらゆる艦隊と戦いつつ進んでゆき、痛手を負うこともなく、堂々と澄んだ空に昇り、その通り道にはもはやなんの障害物もなくなるとき、旅人は愉快げに、自信を持って己の道をたどり、その心は喜びに満ちる。

　　She is waging continual war with them (the clouds) in his behalf.... When she enters on a clear field of great extent in the heavens, and shines unobstructedly, he is glad. And when she has fought her way through all the squadrons of her foes, and rides majestic in a clear sky, unscathed, and there are no more any obstructions in her path, he cheerfully and confidently pursues his way, and rejoices in his heart,... (49-50)

　このような月をソローは、夜道をゆく孤独な旅人の「案内人であると共に唯一の同伴者」（49）に見立てている。旅人というのは、一般化しているが、実はソロー自身でもある。夜の世界を散策し、探査している彼にとって、月は唯一のガイドであり、伴侶なのである。それはあたかも、ダンテを天上界へ導き、案内するベアトリーチェのようである。ベアトリーチェも、清らかに美しく、美徳の象徴そのものであり、しかも強靭で頼りがいのある理想的な案内者だからである[3]。

　また他の箇所では、月は太陽の弟子に見立てられている。月は、太陽に忠実だが、「隷属する従者ではなく、また太陽のライバルでも決してない」（39）、ひかえめな弟子なのである。月は、太陽のいない折に太陽光を映し出し、反射してその代役を務める弟子であり、しかも、「太陽光にはない新たな要素をつけ加え、この弟子がいかに創意に富めるかを示している」（39）という。新たな要素とは、月が昇るときに発するあの独特な銀色に輝く光のことを指している。

太陽に対するこのような月の有様は、あたかも師のエマソンに相対するソロー自身の姿のようでもある。時の人として華やかに大活躍をするエマソンに対し、ひかえめで、しかもエマソンにない創意を発揮する彼の姿がうかがえるのである。というのも、ソローはエマソンの説く自然思想や超越主義に学び、自己の独特な生き方においてそれを具体的に実践し、かつその実践の成果を彼独自の表現で言い表したからである。ソローは月の光を擬人化するとともに、人間に見立てたその性格を「実にひかえめで、しかも実に激しい」（"so civil, yet so savage" (6)）と形容している。このような性格もソロー自身の人柄に通じるように思われる[4]。

　こうして月は、ソローの理想的な案内人・伴侶であり、また、エマソンに学びながら、盲従するのではなく、創意のある生き方をひそかに自負する彼自身の姿にも重ねられていて、二重に擬人化されているわけである。

(2) 夜の許での彼の散策と思索、そしてその成果

① 夕方から夜間における風景美の味わい

　ソローは夕べや夜における自然の風景美にうたれた。とりわけ、西空に太陽の残光があり、東の空から月が昇ってゆく際に、太陽光と月光が共存する微妙な間合いと光の色合いに惹かれている。

　　私が西の方を見つめていると、そちらでは赤い雲がまだ去りゆく昼間のゆくえを指し示している。ふり向くと、ひそやかにもの思いにふけっているような霊妙な月が、西の斜面に、これ以上柔らかくはありえないほどの光をそそいでいるのが見える。その斜面は、まるで千年もの間みがいたあげく、やっと輝きはじめたかのように、蒼白い光沢を出している。もうすでにコオロギが、独特の節で月へ向けて鳴いており、木の葉をそよがせて夜風が吹いている。どこから吹いてくるのか、何が風を生んだのか。

I AM looking into the west, where the red clouds still indicate the course of departing day. I turn and see the silent, contemplative, spiritual moon shedding the softest imaginable light on the western slopes, as if, after a thousand years of polishing, their surfaces were just beginning to be bright; a pale whitish lustre. Already the crickets chirp to the moon a different strain, and the night wind blows, rustling the leaves, from where? What gave it birth? (11)

　これは私たちが日常見なれているはずだが、実は見落としがちな光景ではなかろうか。というのも、私たちの常識では、昼と夜とを峻別し、夜と夜の直前のひとときである夕方を無用の時と感じ、つい見過ごしてしまう傾向がある。一方ソローは、むしろ非常識の発想の方を重んじ、人が見過ごす夕方の景色をあえてじっくりと味わっているのである。夕べの時間帯における情景の微妙な間合いと色合いは、時間的に短く、色彩も淡く、音も動きも微かである。したがって、それを味わう明確な意志と姿勢がなければなかなかそれを把握できないはずである。とはいえ、ソローが受け止めたその情景の描写をよく吟味してみるならば、それは読者の心にも染み入るような深い美の味わいを与えてくれる[5]。
　またあるとき、ソローは真夜中にコンコード川の上流域に赴き、自然林の中の崖の上にすわっていた[6]。

　　この崖の高みから四分の一マイル離れた向こうの池、つまり川が広がってできた池（フェアヘイヴン・ベイ）の水面を見おろしていると、そこには黄色い明るい光はなく、ごく薄いもやがかかり、池の南西部の入り江に、暗い油状の、ガラスのようになめらかな輝きが見える。こちら側の月に照らされた大気の中には、二、三本、松の木が立っているのが目に入る。また月に照らされた水面の部分は、東側の森の水に映る鬱蒼とした木々の影によって区切られている。けれども、この崖からでも、つややかな水草の葉に縁どられ、ジグザグになった岸の

第五章　非日常空間としての夜——作品『月』について　　99

線をかすかに目でたどることができる。

　　As I look down from this height on yonder pond, or expansion of the river, a quarter of a mile distant, I do not perceive any bright or yellow light on its surface, but a dark oily and glasslike smoothness on its southwestern bay, through a very slight mistiness. Two or three pines appear to stand in the moonlit air on this side, while the enlightened portion of the water is bounded by the heavy reflection of the wood on the east. Yet I can faintly trace the zigzag shore of sheeny pads even here. (41)

　このように、川沿いの池における夜の静かでなめらかな水面が精緻に描写されている。ソローはこの光景にうたれ、その感動を種々の比喩でもって言い添えている。その水面の光は、「さながら千ものおだやかな日々が、その水の表にやさしく置かれ、憩っているかのようだ」（". . . a light as contains a thousand placid days sweetly put to rest in the bothom of the water."）(41)、それは、「遠く離れて眺めた夏の日のようだ」（"like a summer day seen far away"）(41)、「夜の領分で輝く宝石だ」（"a gem to sparkle in her (night) zone"）(42)、等々である。
　池の夜の水面の輝きが「夏の日のようだ」というたとえは、日本における高温多湿な真夏ではなく、むしろ初夏のような季節、あるいは欧米での春と夏が同時に訪れる季節、あのさわやかで快適な夏の雰囲気でイメージされるべきであろう。それは、たとえば、シェイクスピアの『ソネット』第 18 番の出だしの一行、「君を夏の日にたとえようか」（"Shall I compare thee to a summer's day?"）を連想させる。その「夏の日」とは、詩人の想像力によって描き出されたうるわしい理想的な若者のイメージである。
　換言すればそれは、ソローの愛用語の一つ 'serenity' に通じるものであろう。というのも、その語は、一般に「晴れやかさ、うららかさ、静寂さ」の状況が融合したものであり、人の姿や心のあり様としても至上の状況を提示しているからである[7]。こうしてソローは、夜の水面上に、いわば「永

遠の瞬間」とでもいうべき至福の心境を味わっている。

② 夕方から夜間における物音の味わい

　ソローは夕方から夜にかけて、コンコードの村人たちがフルートやホルン、クラリネット等を演奏する音を遠く聞いて楽しんでいた。「夜、森の真中や丘の天辺で聞く人工の楽の音、かなたの農家からそよ風に乗って運ばれてくる音はなんとうるわしく、聞く人の心を鼓舞してくれることか」（30-31）と彼は称賛している。さらに彼は、その演奏者が、生計のために昼間の労役をした後に、夜この演奏によって本来の自分を取り戻しているのだという。

　　この人は自分の自由を買い取っている奴隷なのだ。彼は今なお至るところの丘陵でアドメタス王の羊の群れを見張っている太陽神アポロン[8]なのだ。そして彼は毎晩この一節を奏でる。自分が天から降りてきたことを自らに想起させるために。それこそが自らを救う手立ての全てであり、彼の唯一のあがないの特質なのだ。

　He is a slave who is purchasing his freedom. He is Apollo watching the flocks of Admetus still on every hill, and he plays this strain every evening to remind him of his heavenly descent. It is all that saves him, his one redeeming trait. (32)

　人々にとってその自覚はなくても、昼間のあり様は生計のために労役に従わざるをえない自己の仮の姿であり、夜の時間こそは本来の姿（アポロン神に象徴される姿）に戻れるときだという。ソロー自身も、夜の小川の水音にさわやかさを感じて憩い、深く癒されるのである。

　　それ（水の音）は私の体内の循環に作用する。思うに私の動脈はそれに共振している。それは、私が血液の循環の中で聞く純粋な落水の音、

私の心臓に落ちる流れの音に他ならないのではないか。昼も夜も変わりなく流れるこのコボコボという水音は、私の体内のあらゆる攪拌器に落ち、あらゆる水おけを満たし、私という水車の水受け板を水にひたし、心身の全装置を回転させ、私を大自然の源泉へと導くための用水路にする。こうして私は洗われる。こうして私は飲み、乾きをいやす。

It affects my circulations. Methinks my arteries have sympathy with it. What is it I hear but the pure waterfalls within me, in the circulation of my blood,—the streams that fall into my heart? The sound of this gurgling water running thus by night as by day falls on all my dashers, fills all my buckets, overflows my float-boards, turns all the machinery of my nature, makes me a flume, a sluice-way to the springs of Nature. Thus I am washed; thus I drink and quench my thirst. (43-44)

小川の水音は、ソロー自身の体内を循環する血流の音と一致し、一つに融合する。それによって彼は自分が大自然の流れの一部分となったことを自覚するのである。それは、たとえ一時的であったにせよ、日常のときよりもはるかにスケールが大きくなった自己、本来あるべき自己の姿の実現だといえるであろう。

③ 超越主義の実践と確認

ソローは夜間自然の中を歩いていて、自然の事物が昼間よりもくっきりと見える現象に気づいた。というのも、「地面のごくわずかな凹凸も、その影によって明確にされる」("The slightest irregularities in the ground are revealed by the shadows.")（2）からである。

　粘土質の土手の凹凸によって生じた影を見ていると、そのような表面についての完全な認識を得るためには、日光のみならず月光も必要だとわかった。この土手は、光の強い昼間見ると、もっとずっと平た

く見えるのだが、今やその先端部分が月光に照らされ、その部分が投げかける影によってくっきりと浮き彫りにされており、その場面全体が昼間よりも変化に富み、もっと生き生きしてくるのだった。

I SAW by the shadows cast by the irregularities of the clayey mud-bank that it was necessary to see such surfaces by moonlight as well as sunlight to get a complete notion of them. This bank looked much more flat by day when the light was stronger, but now its lit prominences were revealed and made remarkable by the dark shadows which they cast, and the whole scene was more variegated and picturesque than by day. (12-13)

ソローは、昼間の太陽光の時よりも、夕方や夜の月光のもとでの方が、事物がよりくっきりと見え、その特質を明らかにする場合があるという。そのことは、ソローのみならず、ホーソン (Nathaniel Hawthorne, 1804-64) が自らの小説の中で、超越主義の発想とからめて縷々述べていることである[9]。超越主義では、物事を見る場合に、その表面を眺めるだけに留まらず、表面を突き抜けて、その中身の真実（実相）を把握することを目標としている。そのことを提案し、実践するために、エマソンは深い思索を行ない、ホーソンは自在な想像力を駆使した。ソローは非日常の空間を散策し、深く観察することでそれを実行した。言い換えれば、エマソンが理論化し、ホーソンがイメージで表現した超越的な状況を、彼は散策と観察の行為でもって確認、実証したといえるのである。

ソローは、「昼間の太陽は世界を外側から照らす」("The sun lights this world from without....") (36) のみだといい、その光が物事の内面を貫いてくれないことを指摘する。「太陽の強烈な光は、私が瞑想にふけるのをさまたげ、私を思考の中でさまよわせる。私の生き方が集中力を欠いで、拡散してしまう。決まりきった活動が勝ちを占め、私を支配する。そうなると取るに足らないことがより大きな力を持つ」(35) と嘆いている。そのためにソローは、あえて夜の世界を散策し、散策によって思索したともいえる

第五章 非日常空間としての夜——作品『月』について

のである。

あるときソローは、月光の差す森の中に入っていった。月光は木の幹や切り株から銀色に反射していた。それに、木々の葉のすき間から降りてくる月光の「散乱光」も見かけられた。それは木漏れ日ならぬ木漏れの月光であった。

　　木陰の中を通って森の床に差しこむこの小さな散乱光は、私が今まで見たことのない植物、「月のたね」（コウモリカズラの類）を連想させる——月がその種をこんな場所にまいて植えているかのように。

　　These small fractions of light amidst the shade on the forest floor remind me of a plant which I have never seen, called moon-seed—as if the moon were sowing it in such places. (38)

こうしてソローは、月が森の中にまき散らす散乱光に植物のたねまきを連想し、それによって宇宙と大地が有機的に結合される状況を想像した[10]。一般に昼間の光の中では、我々は宇宙と地球の大地を全く別ものとして峻別するのであるが、ソローの場合には、このような月光のもとで、両者の結びつきの方を想起しているのである。

宇宙と我々の大地は、共に大自然を構成する要素として、本来は結合しているのだが、それぞれを日常感覚でもって表面的に見た場合には別物として区別される。けれどもソローは、こうした夜の散策を通して、超越主義に主張されるようなその実の姿、実相にまでたどり着き、宇宙と大地の両者の本来の結びつきを象徴するような情景を探り当て、それを凝視しているのである。

これまでに見てきたように、ソローは、夕方や夜の情景の中に自分にとって至上と思われるような美を味わい、夜の音楽によって深いやすらぎを感じ、本来の自己を取り戻すような気持ちになった。また流れの水音に自分が大自然と一体化したという心境に至った。またこのような彼の夜の散策

は、彼の学んだ超越主義の基本的な発想、物事の表面のみに止まらずその真の姿（実相）を把握せんとする発想を自らの行動によって実践し、実証することとなった。

　以上を集約してみれば、ソローのこれらの体験は、彼にとっての「本来の自己の回復」という心の収穫にまとまるのではなかろうか。（それが、たとえ夜という一時的な状況のもとであったにせよである）。というのも、こうした体験のいずれもが、ソローにとっては、自己の心の求める状況を真に満足させるものであったからである。

　この上ない夜の風景美も、自己回復を導くやすらぎの音楽や水流の音も、超越主義に結びつく事物の真の姿の把握も、そのいずれもが、彼の心の求めたものであり、その心を養い、満たすものとなってくれたからである。月自体も、ソローの自己回復のための夜の散策を支援してくれる理想的な伴侶であり、かつ彼自身の独創的な姿勢を映し出してくれる鏡でもあった。ソローが以上のような実際の散策の体験を集約させ、一般論として表現した場合でも、それは、やはりこうした本来の自己の探求やその回復というテーマに深く関わるものであるといえる。次はその一例である。

　　　たそがれが深まり、月光がますます輝きを強めるにつれて、私は自分自身を見定めはじめる——自分とは誰なのか、どこに位置しているのかについて。まわりの壁がせばまると、私の気分は落ちつき、泰然となる。そして自己の存在を感知する。ちょうどランプが暗い部屋の中に差し入れられて、いっしょにいる仲間が誰であるかを認知するときのように。（下線部は引用者による）

　　　As the twilight deepens and the moonlight is more and more bright, I begin to distinguish myself—who I am and where; as my walls contract I become more collected and composed, and sensible of my own existence, as when a lamp is brought into a dark apartment and I see who the company are. (35)

「自分とは誰なのか、どこに位置しているのか」("who I am and where [I am]")という問いは、ソローの全人生においてくり返され、反芻され続けたものであった。たとえば、『メインの森』(1864)においては、荒野の焼け地('burnt land')の場面で、ソローが余りにも広大で茫洋とした原野の空き地に遭遇し、呆然となり、自己を見失うような心の体験をしたが、その際にこの問いが発せられたのである[11]。また『ウォールデン』においては、このような自己喪失の状況を逆手に取り、「人は一旦自己を完全に見失ってこそ、本当の自己認識に至れるものだ("Not till we are completely lost, . . . do we begin to find ourselves,")(171)と主張している。

作品『月』においてもまた、この問いは出現しているが、ソローはやはりここでも、自己という存在の実体と、それが世界において占める真の位置づけを再検討しようとしている。ソローのみならず、一般に人は、現実の自己をなかなか見定めえないし、また本来あるべき自己の状況にも思い及ばないであろう。けれども、ソローのように、あえて非日常の空間に自己を置いてみるとき、その答は一種の悟りとして生じてくる。ソローの場合の事例は、すでに種々具体的に見てきたとおりである。我々が、現実世界における自己（仮の姿の自己）を容易には把握できないとしても、もし「本来あるべき自己」のあり様が発見でき、その回復が期待されうるならば、逆にその反面として、やむをえない現実生活の中で、本来あるべき人生の理想を封じられ、仮の姿に貶められている自己の状況にも思い至れるであろう。

(3) 夜、月、月光などに一見関わりのない思索

なお、この作品には、夜や月、月光などには直接関わりのない文章も散見される。たとえば、北極地方の住民たちの生き方についての短い、断片的な言及や感想の部分などである。それでも、その地域の雰囲気を表す描写は、主に夜の世界を連想させるものである。また、一般的に人生についての悟りを寓話を用いて説明した箇所もある。たとえば、古代インドのあ

る僧の抱いた所感のことが引用されている。

　　古代インドの詩劇『シャクンタラ』によれば、バラモンの僧サラドワータは、最初都に入るときに（そのにぎわいに）気おくれしたのだが、「今や自分は、その都を、自由人が奴隷を見るごとく、きよらかな水で沐浴した者が、油とほこりにまみれた者をみるごとくにながめる」と言う。

　　The Brahman Saradwata, it is said in the Drama of Sacontala, was at first confounded on entering the city, 'but now, says he, 'I look on it, as the free man on the captive, as a man just bathed in pure water on a man smeared with oil and dust.'（9）

　悟りを得た僧から見れば、世俗的な栄誉や人生上の虚飾は、それに関わる人々を縛る枷であり、また、心身を汚す油のよごれのように感じられたであろう。この僧の話は、やはり真の自己と真の人生の探求やその回復のテーマに連なる主旨のものであり、ソロー自身の人生についての発想にも深く関わるものである。つまりは、この作品のメインテーマを支える重要な働きをなしている。したがって、夜に直接関わりのないこうした文章の部分も、実は基本的に作品全体を強化するべく用いられており、個々の部分部分をつなぎ、全体を統一させるための接着剤の効果を発揮しているといえる。

四　アメリカの西進運動と自己回復のテーマ

　ソローがまだ大学生であった頃（1833~37年）、アメリカ国内では西部開拓のための民衆の西進運動が盛んであった。ソローもこの時期に、兄ジョンとともに自らも西部に移住しようと計画を立てていた。結局それは、若者の夢と終わってしまったが、西進運動という発想は、一生の間、彼の心につきまとって離れなかった。作品「ウォーキング」の中で彼は、郷土コ

ンコードにおける自分の散歩の方向が、「常に西と南南西の間になる」（". . . it always settles between west and south-south west."）（217）と述べている。

　アメリカの一般の民衆にとって西部に移住する目的は、むろんその未開の地を開拓して「一旗揚げる」ことであった。それは、自らの貧困生活を去り、経済的発展と繁栄を目指すことであり、さらには、既存の社会組織の中で固定されてしまっていた自分の位置づけを取り壊し、自己を解放し、より自由な、新たな存在へと変えることであった。それは換言すれば、本来こうありたいと願う自己の姿、本来あるべき自己の状況の実現を目指すものであった。あるいは、即実現でなくとも、現実の生活の中で見失われていた本来の自己の回復を真に求め、それに向けて出発することであった。

　この西進運動に参加した民衆は多かったが、また実際には参加せず、ソローのごとく思念の中でその影響を噛みしめ、本来の自己実現のための心の糧とした人々も少なくはなかったのである。西部に憧れつつも、実際には出かけなかった人らは、未開の荒野において、現実の過酷な開拓生活にさらされなかったために無傷であり、彼らが心中で憧れ、理想とした事柄の純粋に精神的な効果のみを獲得できたはずだからである。

　さらに、今は出かけなくても、いよいよとなれば、そこへ向けての出発も可能な未知の領域や空間が国内に実際に存在しており、それがいわば心のフロンティアとしても作用したであろう。そのことは、当時の大方のアメリカの人々をのびやかで、楽観的な気持ちにしたとも考えられる。

　ソローは、このような西進運動の間接的だが有効な影響を受けながら、そうした未知の、いわば非日常の空間を自己の周囲に見つけ出し、そこに自己を置いてみた。そうすることによって彼は、本来の自己のあり方を発見し、それを回復、実現させようと努めた。また自分の周囲の人々や読者たちにも、そのような発想を抱き、自己の回復への努力をするように勧めたのである。

　彼の代表作『ウォールデン』のメインテーマも、やはり現実の日常生活が強いる自己束縛の桎梏を離れ、真の自己の探求をするように勧める主旨のものであった。この小作品『月』においても、その基本の発想は『ウォー

ルデン』に通底していると考えられる。このような自己探求のために、誰もが容易に接しうるはずの夜の世界があり、それが昼間の世界よりは「使い古されておらず」、いわば非日常の領域として、人々の心により新鮮で刺激的な作用と効果を与えうることを、ソローはこの作品中で、断片的にではあるが、数々の実践的な事例でもって示した。それらを我々が、夜の一場の夢と解することはむろん可能であるが、現実における自己改革のための第一歩として、あえて活用することをソローは真に願ったのである。

註

1. ソローの研究者ジョン・A・クリスティーによれば、ソローが読んだ世界旅行記や探検記の著者の数は 173 人にも及ぶという。 John Aldrich Christie, *Thoreau As World Traveler* (New York and London: Columbia UP, 1965) 313-33. 本書第一部の序章参照。
2. なお同書の翻訳は、ソローの短編エッセイの翻訳集『月下の自然』(小野和人訳、金星堂、2008 年)中に同じ題名で収められている。本論においてこの作品からの引用文の訳文は、同翻訳書によるものである。ただし本論では、作品の題名は、原作の直訳である『月』を用いている。
3. ベアトリーチェの強さ、厳しさは、『神曲』、「煉獄篇」の楽園の場面でまず発揮される。それまでの案内人であったヴェルギリウスの退去に泣くダンテに対し、彼女は、「まだしばらくは泣くな、やがてほかの剣(彼女による糾弾の言葉の剣)ゆえに泣かねばなりませぬぞ!」とダンテを叱責し、激励する。ダンテ、アリギエーリ作、寿岳文章訳『神曲』(II)(集英社、2003 年)383-84 頁。
4. W. ハーディングによれば、ソローは、大学時代は「内気で、もの静かな学生といわれ、卒業後の青年時代に、私立学校のコンコード・アカデミーにおいては、生徒たちから「厳格な」教師と評された。*The Days of Henry Thoreau* (Princeton UP) 30, 87.
5. 日本でも、日光と月光が共存するひとときを詠じた代表的な二つの作品がある。一方は夕方、他方は夜明けの光景である。

与謝蕪村「菜の花や　月は東に日は西に」

柿本人麻呂「東の野に炎の立つ見えて　かへり見すれば月傾きぬ」

6. コンコード川の上流部分は、西側がアサベット川、南側がサドベリー川に分かれている。サドベリー川の上流には、次の引用文にあるように川が広がってできた池、フェアヘイヴン・ベイ（Fair Haven Bay）がある。その池の西側には丘陵地があり、川に面した側は崖になっている。

7. 重松・西村・小野共著『生きるソロー』（金星堂、1986年）によれば、ソローの作品で特にこの語が多用されているのは『コンコード川とメリマック川の一週間』（1849年）で、serene, serenely, serenity が合計で 41 箇所も用いられているという。同作品でソローは、古典文学の代表としてホメロスの作品を特に称賛しているが、その理由としては、「ホメロスが大自然と同様に serene だからだ」と述べている。141-45 頁。

8. ギリシャ神話では、太陽神アポロンは大神ゼウスの怒りにふれ、一時的に人間のしもべとなるように命じられた。そのためテッサリアの王アドメタスの許で羊飼いになったという。

9. たとえば『七破風の家』（The House of the Seven Gables）の第 14 章（"Phoebe's Good Bye"）において月光の場面がある。「月光と、それに反応した人の心の感情は、最大の革新者、改革者をもたらすものだ」（"Moonlight, and the sentiment in man's heart, responsive to it, is the greatest of renovators and reformers."）と月光の及ぼす強力な作用を述べている。Nathaniel Hawthorne, 同書（New York and London: Norton, 1967）214 頁。

10. The Moon の翻訳について伊藤詔子氏の書評があり、その中で氏は、作品のこの箇所を重要視し、「宇宙と大地を結合する壮大なソロー的想像力」と評している。『ヘンリー・ソロー研究論集』（日本ソロー学会編）第 35 号、2009 年。92 頁。

11. ただし『メインの森』の場合は、ソローの単独行ではなく、仲間やガイドがいたせいか、その問いは "Who are we? where are we?" となっている。けれども、ソローは、この 'we' によって、もっと一般的に、人間全体にも通じる表現を目指していたのかもしれない。というのも、次に挙げてある『ウォールデン』からの引用部分も主語は we となっているからである。

第二部

宇宙への道

第一章

太陽は夜明けの星——『ウォールデン』の結句について

一　フリーセンの解説

　ソローの代表作である『ウォールデン』を締めくくる言葉は以下のようである。

　　我々の目をくらませる光とは、我々にとって暗黒である。我々が目を覚ますその日こそが夜明けとなるのだ。そのような一日が新たに明けようとしている。太陽は夜明けの星にすぎない。

　　The light which puts out our eye is darkness to us. Only that day dawns to which we are awake. There is more day to dawn. The sun is but a morning star. (333)

このような表現は美しいがいささか難解であり、特に最後の部分は一種の謎である。全体をしいて言い替えるならば、次のようになるだろう。「我々は毎日夜明けを迎えているが、もし我々人間が、知的に精神的に目覚めるのでなければ、自然現象としての夜明けは無意味であり、暗黒であるにすぎない。要は、我々が真に心の目覚めを得るか否かにかかっている」と。
　この内容は、すでに第一部第五章において、ソローのいう「真の目覚め」と「真の朝」という主旨で取り組んでみたものである。そこでは、夜という時間の領域が逆に「真の朝」となりうる場合を、夜間での散策と観察を

通して、ソローは縷々指摘していた。それで一応彼の真意は把握できるのである。が、それにしても、結句の「太陽は夜明けの星にすぎない」という部分の意味は曖昧で、測りがたい。「夜明けの星」('a morning star')とは正確には何であろうか。この表現の真意を検討してみることがこの章の目標である。

『注釈版ウォールデン』(An Annotated Edition of Walden)によると、その編者ハーディングは、この箇所に関してヴィクター・カール・フリーセン (Victor Carl Friesen)の論「ソローの夜明けの星」("Thoreau's Morning Star")を参照するように薦めている[1]。フリーセンは、その論において「夜明けの星」という語句が、歴史上の傑出した人物たちのことを指していると言い、具体的にそのような場合を取り上げている[2]。

たとえば、彼は英国詩人チョーサー（1543?-1600）の場合を挙げている。チョーサーは1667年に同じく英詩人で劇作家のジョン・デナム（John Denham, 1615-69）によって「夜明けの星」と呼ばれ、ワーズワス（1770-1850）には「本物の夜明けの星」('genuine morning star')だと崇拝され、テニソン（1809-92）には「歌における夜明けの星」('morning star of song')として賞賛されたという。フリーセンはさらに、ソロー自身がチョーサーにとても深い関心を寄せていて、それは崇拝に近い気持ちだったといっている[3]。以上によりフリーセンは、「夜明けの星」という表現を、全く肯定的に、賞賛の言葉として使用していることが明白である。

またフリーセンは、旧約と新約双方の聖書に言及しており、特に「ヨハネの黙示録」("The Book of Revelations")に注目している。そこではキリストが自らを「輝く夜明けの星」('the bright and morning star')と呼んでいるからである（22章16節）。フリーセンはさらに、キリストが、自らの教義と功績を受け継ぎ、世の人々にそれらを広めようと志す者に対して、「夜明けの星を授けよう」("I will give him the morning star.")と宣言する箇所（第2章28節）を重要視している。

こうして「ヨハネの黙示録」では、「夜明けの星」という言葉は、キリストの言動とイメージに直結しているために最も肯定的で神聖な表現と見な

されうる。フリーセンのさらなる指摘によれば、ソローも聖書を新約、旧約共によく参照し、彼の作品に引用したという。従ってフリーセンは、ソローの用いたこの表現が全く肯定的であり、新旧両方の聖書に浸透しているあの啓示的で神聖な意味とニュアンスを、ソロー自身も必然的に受け継いでいると確信しているらしい。

　一般的には「夜明けの星」という表現についてのこのように肯定的で高い評価は妥当であるだろう。けれども、こうした評価を『ウォールデン』の結句に当てはめてみるならば、いささか曖昧さが生じてくる。というのもソローは、「太陽は夜明けの星にすぎない」("The sun is but a morning star.")と主張しているが、なぜ「すぎない」というのだろうか。原文ではどうして 'but' が添えられているのか。

二　円形を失う太陽

　太陽はむろん我々の太陽系内の主体であり、我々を育む絶対的な存在であるが、作品『ウォールデン』の結末部では、その太陽のもたらす黎明が「人間の精神の目覚め」と対比され、その結果人間の目覚めよりも下に位置づけられている。つまり「心の目覚め」の方が大きな光の太陽となり、元々の太陽は、単なる一つの星と見なされてしまうのである。太陽の存在価値が相対化され、貶められているわけで、ソローの用いた 'but' という語がそれを提示している。

　それならば、「モーニング・スター」という表現そのものは本来どんな意味であるのか。辞書によれば、当然まず第一に「明けの明星（金星）」（Venus, Lucifer）を挙げているが、それだけではなく、夜明けに肉眼で見える他の四つの惑星、水、火、木、土の各惑星も入っており、さらには遠く太陽系外の恒星たちをも含めている。従ってソローのいう星もこのうちのどれかに該当するはずである。

　普通に考えれば、それは特に美しい輝きを見せる金星のことであろう

が、「モーニング・スター」をむしろ否定的にいうのであれば、あえて金星とは限らない。'a morning star' と不定冠詞をつけているのも、それが特定の星ではないことを示唆しているようである。ちなみにソローは、「孤独」("Solitude")という章の中で、以上のような考察の手がかりを与えてくれる。

　　我々の住んでいるこの地球そのものは、宇宙の中の一点にすぎない。あなたは、かなたの星の上で、おたがいに最も遠い地点に住んでいる二人の者たちが、どれほど隔たっているとお思いですか。その星の円盤の形は（遠すぎて）我々の望遠鏡では識別できないのですが。それならば私がどうして孤独を感じるはずがありましょうか。我々の惑星は銀河の中に位置しているのではないですか。（133）

　ウォールデン湖畔に一人で住むソローに対して、コンコードの町民たちが、彼の味わっているはずの孤独感のことを問うた際に、ソローは、物理的な距離が心理的な孤独感に比例するものではないと反論する。たがいに共鳴し、共感する要素がないならば、いくら多くの知人たちに囲まれていても孤独だというのである。地球からはるか離れた星の上で、「おたがいに最も遠い地点に住む二人の人ら」は、その星自体が我々から見た場合は一点にすぎないのだから、そのたがいの遠い距離も我々にとってはないに等しい。つまり最も遠いはずの物理的な距離がその意味を持たなくなってしまう。距離が孤独ということに関わらないことをソローはこうした比喩で説明したのである。
　この箇所でソローの用いた語句、「円盤の形が望遠鏡で識別できない星」('the breadth of whose disk cannot be appreciated by our instruments')というのは興味深い。というのも、その星は、我々の太陽系とは別の区域に所属するはるか遠方の星を指しているらしいからである。逆に言えば、もし我々が別な太陽系に旅をし、そこから我々の太陽を見返したならば、太陽は円盤（円球）としての幅を失い、単に「光の一点」と化してしまうのである。
　科学解説のエッセイストとして著名なアイザック・アシモフ（Isaac

Asimov, 1920-90）は、我々が宇宙空間に出た場合に、太陽からどれほど離れれば太陽を円盤として見るのが不可能となるかを推測している。

　　我々の太陽はごく普通サイズの恒星である。それでもし太陽を1光年（約9兆4670億km）先に置いたとすると、その見かけの直径は円弧の0.03秒となる。（角度の1度は60分で、1分は60秒。）肉眼の場合、ある天体を円盤として見るためには、その天体が少なくとも3分の直径を持つことが絶対必要である。我々の太陽も、距離が1光年も離れてしまえば、たとえパロマー天文台の5メートル幅の鏡を持つ特別な望遠鏡を使うとも、ごく小さな円盤として見ることも不可能となる[4]。

（余談になるが、この推測に基づいて試算すれば、太陽は1光年のわずか6千分の1の距離、約15億7780万kmで円盤としての見かけを失うのである。土星は太陽からの距離が14億2400万kmであり、従って太陽をかろうじて円盤形で見ることが可能である。しかし土星の外側にある天王星では、距離が28億7900万kmとなり、太陽は一点としての姿になってしまう。土星から天王星に向かう宇宙旅行者は、その途上で太陽が円盤から光の点へと変わるのを目撃することになる[5]。）これでみると、太陽は我々の太陽系の内部においてでさえも、光の一点の存在と化してしまうのである。

三　宇宙の中の住居

　むろんソローは、現代天文学の成果によるこうした具体的な計算値を参照することはできなかった。けれども、すでに19世紀初頭においても、近代科学の発展の兆しに接することはありえた。それで彼にとっては、想像上ではあるが、自己を地球からはるか離れた宇宙の場に置いてみるという機会はあったに相違ない。「私が住んだ場所と住んだ目的」（"Where I lived and what I lived for"）の章がこれを示してくれる。

私の住んでいた所（ウォールデン湖畔の小屋）は、夜ごと天文学者た
ちによって観測される宇宙の数多の領域と同じくらい世間から遠い場
所だった。我々にとっては、めったにないすばらしい所といえば、そ
れがちまたの騒音や騒動から遠く離れ、太陽系のどこかもっと天上的
な領域における、カシオペア座の背後のような場所を想像しがちだ。
私は、自分の住まいが、実際にこのように奥まってはいるが、とこし
えに新しく、純粋無垢な宇宙の区域に位置していることを認識したの
だった。もしも、プレアーデスかヒアーデスの星団、またはアルデバ
ラン星やアルタイル星の近くの区域に住む価値があるならば、確かに
私はそうした場所にいた、つまり私が後にしたあの（街中の）生活か
ら同じくらい遠い場所にいたのだった。それで私の一番近い隣人にとっ
てさえも、我が家の光は、ごく小さなものに縮小し、またたくのだっ
た。それも彼には、月の出ていない晩にのみ見えたのだ。<u>私が住まっ
ていたのは、まさにこのような宇宙という天地創造の場であった。</u>（87-
8、下線は引用者による）

　これによると、ソローはウォールデンの湖畔から夜空をよく見上げていた
ようである。彼が確かに天文学に関心を持ち、多くの星々や星座の名前と
位置に詳しかったことがわかる。夜空を見ながら彼は、自分を遠い宇宙の
領域に置いてみて、そこから我々の太陽系と太陽をふり返って見る気持ち
になったのであろう。そうなると彼は、太陽が円盤としての完全な見かけ
を失い、宇宙の中に無数に点在している恒星たちの一つに縮小した姿をイ
メージできたのである。
　こうして我々の太陽は、ソローが思い浮かべた物理的な距離によって矮
小化されたのだが、これに対比される「人の精神の目覚め」の方は、距離
によって減ぜられることはない。というのも、ソローの主張によれば、人
の心の孤独は、物理的な孤立の距離によって生じるものではないとしてい
るからである。つまり人の精神にとっては、他者への思いやりや共感があり、

それが人と人をつなぐ役割を果たしているのならば、自己と他者との距離は問題ではなくなるわけである。同様に「精神の目覚め」の方も、それがその人の心の中の問題であるかぎり、物理的な距離によって直接左右されるものではないことになる。

とはいえソロー自身は、こうした精神主義に徹しきっていたのでもなかった。実は先にふれたように、19世紀初頭から前半にかけての近代科学・技術の発展に彼は大いに影響されたのである。彼が生涯において生業としたのは土地の正確な測量であったし、父親の鉛筆製造の仕事にも協力し、黒鉛の画期的な改良を行なったこともよく知られている事実である。

天文学の歴史を概観する際に、ロバート・ウィルソン（Robert Wilson）は、19世紀のことを「望遠鏡の時代」（'the age of the telescope'）と呼び、望遠鏡による宇宙像の獲得をその時代の豊かな収穫とみなしている[6]。ちなみに1838年には、ダゲール（Louis Jacques Daguerre）が写真術を発明し、それをジョン・ハーシェル（John Hershel）が天文学の分野に取り入れた。彼はネガのフィルムを現像する技術を開発し、天体望遠鏡で天体写真を撮るためにそれを活用することに成功した。彼の父親のウィリアム・ハーシェルは著名な天文学者であり、全天における星々、星団、星雲の分類を行なっていたが、息子のジョンは天体の写真撮影を可能にすることによって、父親の天体分類の成果をさらに裏づけたのだった。また彼は、それにより我々の銀河系の構造を画像化することにも取り組んだ[7]。

一般にも天体を撮影する試みが次々となされていった。例えば1847年には、ボストンのケンブリッジ地区の丘に、ソローの母校ハーヴァード大学のために大型の天体望遠鏡が設置されて、翌年には土星の8番目の衛星が発見されたという。当時、そのことは地元の人々の間で画期的なニュースとなったのであろう。

さらに遡ってみれば、1814年には、フラウンホーファー（Joseph Von Fraunhofer）が太陽光のスペクトル分析によって分光学の道を開き、それを基に、星々の成分をその星々の光の分析によって推定することを可能にした。さらに1838年にはベッセル（Friedrich Wilhelm Bessel）が、太陽を回

る地球の半年ごとの位置と軌道の直径を基にして、三角測量の原理を用い、白鳥座61番星への距離を約100兆キロメートルと算定するのに成功したのだった[8]。

　このような数々の天文学上の発見や科学技術の発展を通して、天文学の成果が一般人の知識と興味を拡大していった。人々の関心は、太陽系の範囲を遠く超えて、宇宙空間のかなたへ、銀河系へと及んでいった。作品『ウォールデン』のあちこちに見つかる宇宙への言及は、こうした天文学上の発見や観測技術の大いなる発展と、世間における敏感な関心や好奇心の影響を無視できないのである。

四　超越の図解

　ソローはすでに『一週間』の川旅において、それまでの意に染まぬ自己の人生を見つめ直し、今後のために新たな充実した生き方を模索しようという意図を保持していた。それは、彼が期待していたフロンティアの探求にもうかがえるものである。彼にとってその新たな生き方を得るためには、その足がかりとして、それにふさわしい未知の新たな場所としてのフロンティアが必要であった。彼がその旅で到着したニューハンプシャー州の川沿いの地域では、期待した新たなフロンティアの場はすでに消滅していたが、その代わりに彼は、想念としてのフロンティアという発想を獲得できた。それは、たとえその対象が既知のものであっても、人がそれに真に向き合うならば、その至るところに目新しい想念としてのフロンティアが開けるという発想であった[9]。

　ソローが「ライフ」（人生と生活）という対象を選び、それに真に向き合うことを試みたのは、いうまでもなくウォールデン湖畔においてであった。それによって彼が、人生というものを表面的に生きるのではなく、その神髄をつかみ、その神髄を生きることが真の目標となった。そのような試みのためには、むろん彼の主張である「想念としてのフロンティア」の発想

があり、それが実践されたわけである。さらにそれを根本から支えたものは、彼の学んだ超越主義の基本的な理念、「物事の表面を乗り越え、その核心（実相）に到る」という発想と姿勢であった。それで、もしライフに真に対面するならば、ライフの見慣れた陳腐な見かけを乗り越えることができるという。この「超越」こそがソローの根本の信条であったと考えられる。

　彼がその「超越」を具体的に説明せんとする一例が、『ウォールデン』の「結論部」に見出される。それは、古代インドの叙事詩『マハーバーラタ』における「クールー（Kourou）の町のある芸術家」の話の引用部分である。その芸術家は、「完全無欠な一本のつえ」を作ることを思いつき、それに取り組んだという。その人物は理想主義者であり、自らの雑念を一切払い、つえの制作にひたすら専念しているうちに時間の流れを超越してしまう。その理想のつえが完成したときに、その芸術家も永遠的な存在と化してしまった（326-27）というのである。

　さらにソローは、時間のみならず、空間での超越をも提示しようとする。すなわち彼は、「クールーの芸術家」に見られるように、人の精神の限りない成長と発展の可能性を期待し、それをさまたげる現実の生活の閉塞した状況からの心の脱出を目指したが、その脱出を空間的なイメージとして、地球から宇宙空間への想像上の旅という発想で表現している。元来新大陸アメリカへのフロンティア探求の旅は、いわゆる「インドへの道」という表現でなされてきたが、そのいわば続編として、今度は新たに、（想像上ではあるが）、地球から果てしない宇宙に向けて出発しようというのである。アメリカにおける実際のフロンティアは、一応1890年代に消滅したといわれている。したがって、ソローの提示する宇宙空間への新たなフロンティアの探求の発想は、ソローのみならず、失われてゆく地上のフロンティアの代わりに、新たな心のフロンティアの発見とその限りない拡大を求める一般のアメリカ人たちの願望をも包含し、それをイメージで提示しようとするものでもあった。

　　いまこそ西の最果てを目指して旅立とうではないか。その道はミシシッ

ピー川や太平洋にぶつかっても止まらず、かといって老朽化したシナ、もしくは日本に通じているわけでもなく、この地球と接線をなして進み、夏も冬も、昼も夜も、日が沈み月が落ちたあとも、ついには地球が沈んだあとも進み続けるのだ。(322)

こうしてソローが目指す心の脱出の旅は、彼の住むウォールデン湖畔から始まり、アメリカの大西部へ、さらに太平洋岸へと至る。そしてそこからあたかも宇宙船に乗ってゆくように急上昇して地球を去ってゆく。太陽と月と地球が視野から消え去るのは、自己の位置が太陽系を離れたことを示唆しているかのようである。それからもさらに銀河系の先の方へと限りなく進み続けることは、ソローの心が現実生活の桎梏、つまり人生の表面上の囚われから脱出（超越）し、真の目覚めと新たな人生の獲得へと向かう意欲と姿勢を象徴するものであった。

　もしも彼の心の位置が狭い太陽系の範囲内に留まっているのならば、それは、彼がまだ旧来の人生観からさほど抜け出ていないことを暗示するであろう。ところが、実はそうではなく、その範囲を乗り越え、彼の心はこうしてはるかな銀河系のかなたへと向かうのである。ソローによれば、そもそも地球そのものが、太陽系内にのみ限定されるものではなく、より広い視野から見れば、実は「銀河の中に位置しているではないですか」（". . . is not our planet in the Milky Way?" 133）（116頁の引用個所参照）ということになる。

　このようにソローの心が、いわば遠く宇宙飛行をして銀河系のかなたにまで達し、そこから太陽系の太陽をふり返ってみるならば、太陽は一点の星と化して見えるであろう。それはソローの心の脱出（超越）をイラストする光景なのである。先ほどの解釈によれば、人の心の真の目覚めは、それがその人の心の中の問題であるかぎり、物理的な距離などによっては左右されるはずがない、ということであった。それはそのとおりであるが、人の心の「真の目覚め」を象徴し、それを明快にイラストするためには、天文学の発展によって把握された新たな宇宙空間の距離や奥行とそれに基

づいた宇宙像を活用することがソローにとっての便宜となったのである。

五　パロディーとしての太陽

　この論の最初に戻ってみると、ソローによって、太陽は「夜明けの星」にすぎないと見なされ、一点の星の大きさに矮小化されたのであるが、その星のことをフリーセンは明けの明星、すなわち金星に限定して捉えていた。もしその星が金星であるならば、むろん太陽系の枠内の存在であるから、元の太陽からの距離は短い。太陽の元の位置からその金星までの距離が、ソローの心の「超越」を示し、「真の目覚め」の程度をイラストするのであれば、その程度は知れたものになってしまう。それでその度合いを強調するためには、それがやはり太陽系をはるかに越えた銀河系のかなたの一恒星（光の一点）であらねばならない。

　こうして太陽の光は、ソローの説く「真の目覚め」という心の光に対比され、いわばそれによってパロディー化されてしまう。パロディーは、一般にその対象を風刺し、茶番化する。その対象はその影響にさらされ、矮小化、卑小化されてしまうのである。それが主な作用ではあるが、しかしそれだけに留まるものであろうか。否、パロディー化されたものは、ただ一方的に貶められるのではない。御輿員三氏の説によれば、それが本来持っていた能力や魅力は、そう簡単には消失せず、「たとえ鬱屈し屈折した形においてではあっても存在する」という。いやそれどころか、「パロディーされている対象が、逆に、ひそかに、パロディーしているものの上に光被している面がある」[10]とみなしている。

　「光被」とは文字通り光でおおうことである。パロディーされているものが、自らは卑小化されながら、パロディーしているものを祝福し、光で包む場合があるという。御輿氏は、そのような例として、英国中世期のキリスト降誕を扱った奇跡劇「羊飼い劇第二」（"Secunda Pastorum"）を取り上げている。その引用を許していただけるならば話の筋は以下のようである。

その劇では、マックという男が、三人の羊飼いを欺き、羊を一頭盗んで帰宅する。彼は女房のジルとしめしあわせ、羊を揺り籠のなかに隠し、生まれたての赤ん坊に見せかける。後で羊飼いたちは追いかけてくるが、マックのこの計略により一応引き下がる。けれども、彼らは生まれたというその赤ん坊にお祝いをやろうと思いつき、引き返してくる。そして揺り籠の中をのぞきこんでマックの計略を見抜く。盗人のマックを懲らしめるために彼らは、シーツの上に彼を載せ、吊るし上げにするのである。この劇は、この後で本物のキリスト降誕の場面に変化し、賛歌の合唱で締めくくられるという。

マックの起こした事件の内容は、キリスト生誕の聖なる場面をパロディー化したものといえる。羊を揺り籠に隠すという場面と生まれたキリストを飼い葉桶に入れるという場面が重なっていることはいうまでもない。しかし、聖なる降誕の場面は、このパロディーによって茶化されてはいるが、それだけに留まってはいないようである。というのも、マックの家の場面で、いったん引きあげた羊飼いたちがマックの許に戻ってくるのは、彼をまだ疑っていたからではなく、赤ん坊にお祝いをやりたいという愛の行為からであった。さらに、事が露見して、羊飼いたちがマックを吊し上げる際も、それは懲罰であるとともに、胴上げという行為の持つ歓楽の気分を誘うものでもあった[11]。従ってこうした行為は、キリスト降誕劇の発する愛と喜びの表現を裏から反映するものだといえよう。つまり聖なる降誕劇は、マックの茶番劇によってパロディーされながら、逆にその茶番劇に光被し、その状況を祝福しているのである。
　ソローに戻るならば、彼のいう太陽のパロディー化された姿、「夜明けの星」も同様な作用を及ぼしているのではなかろうか。太陽の光は、人の心の真の目覚めの状況と対比され、その価値を減ぜられて、その円形としての幅を失い、はるかに遠い銀河系の奥に位置する一恒星の見かけの大きさ、つまり「光の一点」に収束される。しかしその評価は、その見かけの大き

さのことだけには留まらないのではないか。

　夜明けに見る一恒星の光は、微小なものではあるが、まだ暗い空を背景にして燦然と輝く純粋な光であるだけにきわめて美しい。その美しさは、人の心の真の目覚めという状況に文字通り光被しているのではなかろうか。即ちその真の目覚めを祝福し、美しい光で包んでいるとも考えられる。それならば太陽は、形の上では貶められながら、その光の美でもって人の心の真の目覚めを飾り、祝福しているわけでもある。

　このような星の発する光の作用を思うときに、ヴィクター・フリーセンの説がよみがえってくる。フリーセンは 'a morning star' が麗しい「明けの明星」であると信じて疑いを挟まなかった。しかし、真の目覚めの度合いをイラストするために必要な大きな距離という点では、それが金星ではなく、むしろ一恒星であるべきだということは、これまでに繰り返し述べたとおりである。

　それでも、明けの明星の光の美しさのことはやはり捨て難い。そうなると、'a morning star' とは、一恒星であり、と同時に明けの明星、金星でもあると考えられないであろうか。むろんそれは、物理的な意味では不可能である。が、心理的な意味合いでは成り立ちうるのではないか。一恒星は、その距離によって人の心の目覚めの大きさを示し、明けの明星はその目覚めの壮麗さを象徴するからである。それでも、一つの存在をあえて二つに見立てるのはやはり無理だとするならば、言い換えねばなるまい。その一恒星は、恒星としての距離の遠さを我々に感じさせながら、同時に、その光の美によって明けの明星のイメージをも伴うものである、と。

　いずれにせよソロー自身は、表現上の矛盾にあまりこだわる人ではなかった。クルーチ（Joseph W. Krutch）によれば、ソローはその主張をより効果的にするために、時には理屈に合わない言い方を強行することも辞さなかったようである[12]。『ウォールデン』の結論部において、太陽を軽視するような表現をあえてとったことも、太陽の軽視自体がソローの真意であったわけでは決してない[13]。ちなみに作品「ウォーキング」には、太陽を西部開拓の偉大なリーダーになぞらえた一節があり、またその作品の末尾では、日

没の直前に、太陽の金色の光に照らし出された山野のみごとな描写が見られる。

　私が目撃する毎度の日没は、太陽が沈んでゆくところと同じくらい遠く美しい西部へゆきたいという願望で私を満たすのだ。太陽は毎日西の方へ移住してゆき、私たちに後に続くようにといざなうように見える。彼はまさに、国々がその後についてゆく偉大なる西部開拓者（'the Great Western Pioneer'）なのだ[14]。（219）

西部への移住は、ソローの生涯にわたる夢であった。その西部移住を導くリーダーの象徴が太陽であったとするならば、太陽のイメージはソローにとって決しておろそかにできないはずのものであった。それをあえて矮小化し、心の夜明け、心の真の目覚めのためにパロディー化したのは、その目覚めがいかに大切かを告げるものである。太陽はこうして矮小化されたが、それだけでなく、人の心の真の目覚めを祝福して光被するものであると見なすならば、太陽に対するソローの実際の思い入れを、読者の我々もより公平に扱うことになるであろう[15]。

註

1. Walter Harding, Ed. *An Annotated Edition of Walden*（Boston and New York: Houghton Mifflin, 1995）324.
2. Victor Carl Friesen, "Thoreau's Morning Star", *The Thoreau Society Bulletin,* No. 204, Summer, 1993. 1-3.
3. ソローのチョーサーに対する関心と尊敬の念は、たとえば *A Week on the Concord and Merrimack Rivers* の "Friday" の章の 366-74 頁中に見出される。「チョーサーは、彼以後の詩人たちと比べると、実に自然で快活なので、まるで春が人格化した

もの（'a personification of spring'）と見なせるほどだ」（368）と述べ、「チョーサーは読者を信じこみ、何事も包み隠さず、うち明けて話す」（371）とその率直な文体を賞賛している。

4. Issac Asimov, *Fact and Fancy* (New York: Doubleday, 1962) の第 9 章を要約した。
5. 同書同章に基づく。
6. Robert Wilson, *Astronomy through the Ages* (London: Taylor & Francis, 1997). 91-120.
7. 中田公子「ホイットマンと宇宙」、渡辺正雄編『アメリカ文学における科学思想』（研究社出版、1973 年）194-95 頁。
8. 野本陽代『宇宙の果てにせまる』（岩波新書、1998 年）38-50 頁。
9. 本書第一部、第四章の「新たなフロンティアの創造」44-45 頁。
10. 御輿員三「パロディー覚え書き」、『英語青年』第 113 巻、第 3 号（研究社、1967 年、3 月号）140-41 頁。
11. 同書、141 頁。
12. Joseph Wood Krutch, *Henry David Thoreau* (New York: William Morrow, 1947) 248-87.
13. 金星のことを 'Lucifer'（光の天使であったものが、神に反逆し、地獄に落とされ、悪魔と化した存在）と見なす発想がある。しかしソローには、以下の本文のように、実際には太陽を軽視し、貶める意図はなかったのだから、太陽をパロディー化しても、「落ちた天使」とまで見なす発想はあり得なかったと思われる。
14. 作品「ウォーキング」の引用個所の訳文は試訳を用いたが、飯田実訳『市民の反抗』（岩波文庫、1997 年）に収められているものを参照した。
15. このことは、本書の第一部第五章の内容にも当てはまることで、夜を「心の目覚めの朝」とするとしても、ソローには、実際の太陽をないがしろにする気持ちはなかったのである。

第二章

アメリカ・ルネッサンス期の文化・文学における宇宙意識：概観もしくは瞥見

序

　欧米の社会においては、18世紀後半から19世紀前半にかけて、近代的な自然科学の発達が次第に顕著になっていったが、天文学に関する種々の発見やそれに基づく成果もその主要な一部分を構成する要素であった。いわゆるアメリカ・ルネッサンス期のアメリカ文化・文学の思潮や実際の作品の中に近代天文学における発見や成果がいかに採り入れられ、かつどのような影響を及ぼしているのか、またそれに関連して、当時の合衆国の文人たちは、宇宙に関してどのような意識や観点を持っていたのか等々、近代天文学とアメリカの文化・文学の関わる一連の諸問題に取り組んでみることがこの章の目標である。

　むろんこのような問題はそれ自体が幅広く、漠然としていて焦点が絞り難い。文化・文学対自然科学という取り合わせは、元々折り合いが悪く、テーマが反目し、木に竹を接ぐような無理な結果を生む恐れがあるであろう。けれどもあえて、なるべく具体的に、当時のアメリカの代表的な文化人・文人たち、たとえばエマソンやソロー、ポー、ホイットマン等の生き方や実際の作品を参照し、それらに新たな天文学上の知識や認識が反映している実例をいくつか検討し、それによって彼らが抱いた宇宙観や宇宙への意識を探索してゆきたい。なお、これらと、我々現代人の持っている一般的な宇宙観や宇宙意識とを比較、検討し、両者の相違点も適宜指摘してみたい。

まず学会の方に目を向けると、米文学と宇宙との関連を直接扱おうと試みたものは、2000年度の日本英文学会九州支部大会（於大分大学）において開催されたシンポジウム、「アメリカ文学における宇宙意識」であった。この際に、ソロー、ユージーン・オニール、ゲイリー・スナイダーなどが扱われ、各々の宇宙観や宇宙への意識が検討され、かつたがいに比較対照された（筆者もソローの分を担当した）[1]。その結果であるが、一口に宇宙といっても、各作家によってその受けとめ方は様々であり、自然科学でいう物質としての宇宙と、各作家の抱く精神世界を象徴する宇宙との境界線が必ずしも定かではなく、シンポジウムの討論の成果としての単一で明快な結論は得られなかった。しかしそれだけに、比較検討した近代、現代の作家たちの宇宙観は個性と変化に富み、さらなる研究意欲をそそられた。

さらに2003年度の日本アメリカ文学会（於椙山女学園大学）においては、シンポジア（I）で「アメリカ・ルネッサンス期文学における宇宙」という題目が設定され、主にエマソン、ポー、ホイットマンと彼らの宇宙への想いが検討された。19世紀前半の天文学における宇宙像を基にして、3人の作家・文人たちの抱いた宇宙観や宇宙への意識を探り、それらが実際の作品にどのように反映され、表現されているか等を比較検討した。このシンポジウムへの参加者数は少なく、いわば興行的には失敗のように見えたが、それでもこのような新たなテーマにあえて取り組んだことはこの学会では始めてのことであり、また後にその成果が種々の形で公表、出版されており、そのパイオニア的な意義はあったと考えられる[2]。

ところで、昨今天文学における研究や観測の成果は著しく、例えば宇宙の年齢が約137億年であることが認識されたし、火星の砂漠をゆく無人探査車「キュリオシティー」による中継で、実際我々がその場にいるかのように火星の地表を目撃できた。1969年のアポロ11号による月着陸の成功や最近における宇宙ステーションでの各種の活動や実験など、人類の宇宙空間への進出も目覚ましいものがあり、一般世間の宇宙への関心も徐々に高まっている。それらが自然科学上の大成果であるのみならず、それが今後私たちの心にどのように影響してゆくかが注目される。と同時に、現在の

みならず、遡って、過去の文化・文学においても、宇宙の事象がいかに反映しているか、また当時の天文学がどのように影響しているのか、等々のことが問われ、それも興味をそそるテーマとなってくる。現代の天文学における上記のような真に著しい成果についての認識と、先に述べたアメリカ文学における意欲的な発想のシンポジウムへの参加体験などが、筆者にとっての手がかりとなり、良き刺激と導きを得て、このような宇宙と文化・文学という壮大なテーマにあえて取り組むようになった次第である。

一　ライシーアムにおける天文学の講演など

まずアメリカの大衆文化から検討してゆくことにする。アメリカ・ルネッサンス期において合衆国の大衆文化の特色の一つとなったものは、人々を啓蒙するための民間レヴェルでの文化活動の組織、ライシーアムであった。この時期にはアメリカ全土で 3000 ものライシーアムの組織が生まれたという。その文化啓蒙活動の中で最も盛んに行われたのは講演会であった。講演は人々に知識や教養を施すための最も直接的で効率のよい方法であった。ちなみにエマソンやソローにとっての郷土であったマサチューセッツ州コンコードの場合を見てみよう。

コンコードのライシーアムは 1829 年の初頭に設置された。アメリカ・ルネッサンス期の終焉を仮に 1850 年と見なすならば、コンコードではライシーアム設置以来の 22 年間に、合計で 445 回もの講演が行われた。ケネス・キャメロン（Kenneth Cameron）の資料によれば、それらの講演のテーマは、学術や文化のほぼあらゆる領域にわたるのであるが、特に自然科学を扱った講演は 63 回に及んでおり、全体の講演数の 14.2％を占め、全分野中で第 1 位である。このことで、近代自然科学の顕著な発展が、当時の一般の人々にとっても大きな興味と関心の的であったといえるであろう[3]。

さらにコンコード・ライシーアム開設の初年度（1829 年度）を見てみると、その 1 年間の講演総数は 24 回で、分野別にみると、自然科学の講演は

14回を占め、全体の58.3％となっており、断然第1位である。第2位の文学・語学と心理学についての講演は各2回にすぎなかったから、1位の自然科学とは比較にならない。その自然科学の講演の1例を見てみよう。同年9月16日の講演は「自然哲学（物理学のこと）について」という演題で、幻灯機が使用された。幻灯機は当時「ファンタスマゴーリア・ランタン」（'phantasmagoria lantern'「変幻極まりない映像の灯」）と呼ばれ、流行し始めたのであるが、この装置の使用もあって、聴衆はこの講演に感激し、'splendid' という言葉を発した。自然科学によせる聴衆の熱い期待と関心がこの1語に集約されているようである。

「天文学について」の講演（同年10月11日）にもやはり幻灯機が使用された。続いて11月18日の講演も同題名の講演で、やはり幻灯つきであった。同じ講演者で、同じ題名であることから判断すると、これは前回の繰り返しのようであるが、このアンコールは天文学への人気の高さを示唆していると思われる。ところでこの講演に伴った幻灯では天体写真が使用されたのであろうか。否、当時はまだ写真術は開発されておらず、手書きの天体画像が使われたと考えられる。それでも聴衆の心を引きつけるには十分であった[4]。コンコードでの天文学の講演は、翌1830年には2回、1831年には3回実施され、その後も1836年に到るまでほぼ年1回は行われた。このことはやはり当時の民衆にとって天文学が人気の分野の一つであり続けた証だと考えられる。

写真術はその開発以来、近代科学・技術の象徴的な役割を果たしたが、本格的な天体研究にとっても最重要な貢献をしたといえる。写真術は1837年にフランス人のダゲール（Daguerre）によって発明され、イギリスの高名な天文学者ハーシェル（William Hershel）の息子ジョンがこの技術を天文学に取り入れた。即ち彼は、写真のネガを焼きつける方法を開発し、天体望遠鏡からの映像を定着させることによって天体の撮影を実現させたのだった。天体望遠鏡自体の改良は、すでに18世紀後半に彼の父ウィリアムが、鏡を用いた反射望遠鏡を作成したことによってなされ、その精度が飛躍的に高められていた。この天体望遠鏡の改良と写真術の応用により次々と天

文学の成果が上げられていった。以下その具体例をいくつか一覧表の形でたどってみよう[5]。

- 1830 年　冥王星の発見（アメリカ人のトムボー（Clyde Tombaugh）による）
- 1840 年　月の撮影
- 1845 年　太陽の撮影
- 　同年　　海王星の発見（フランス人のルヴェリエ（Urbain Leverrier）による）
- 　同年　　海王星の衛星トリトンの発見
- 1847 年　ハーヴァード大学に大型の屈折望遠鏡の設置
- 1848 年　この望遠鏡により土星の 8 番目の衛星発見
- 1849 年　海王星の衛星ネレイドの撮影
- 1851 年　太陽の日食の撮影

以上のように 19 世紀前半期においては、天文学の研究が次第に活発な展開を見せはじめ、特に天体の観測や撮影で顕著な成果を上げており、またそれがライシーアムでの講演などを通して一般の人々の人気を呼んだのであった。専門家のみならず、一般の人々の間でも、宇宙への関心や意識が育ってゆく時代となった。ロバート・ウィルソンという天文学者は、特にこの時代を「望遠鏡の時代」（'The Era of the Telescope'）と呼び、こうした成果の特色を集約している[6]。

　このほかさらに、1814 年にはフラウンホーファー（Fraunhofer）が光の研究をし、太陽光がプリズムを通る際に、その光が分光して生じるスペクトルの帯にいくつも暗い線が現れることを発見し、これにより天体の分光学を開始した。これは後に、恒星の出す光を分析し、そのスペクトル上の暗線を調べ、太陽光の場合と比較することにより、その星の組成を解明する手段となった。この方法によって、数多くの恒星の組成が太陽のものとほぼ同様であることが突き止められたのだった[7]。

　また 1838 年には、ベッセル（Bessel）が地球から恒星までの距離の測定

に成功した（白鳥座 61 番星までの距離を 100 兆マイルと算定）。ベッセルは、太陽を回る地球の軌道の直径を視差として使ったのだった。即ち、半年間の時間差によって、我々はその軌道の直径の両端に位置するのであるから、その各位置を利用したのである。半年前と後で、その各々の位置から特定の恒星を眺めて、その星までの角度を測り、地球が太陽を回る軌道直径を底辺として、三角測量の要領でその星までの距離が割り出せたのである[8]。

二　エマソンとソローの場合

エマソンは早速自己のエッセイ「円環」("Circles", 1841)[9]においてこの視差を比喩として使うために次のように借用した。

　　天文学者は、どの星の視差（'parallax'）を知るためにも、まずその基礎として、地球の軌道の直径をちゃんと心得ていなければならない。（312）

このエッセイの同じ個所で、エマソンは、文学というものが果たしている実際的な役割を述べているが、それによると、文学とは、「我々が自分たちの実際の人生を見渡し、現状の把握と反省ができるような一種の足場を提供してくれるものだ」（312）と論じている。この「足場」（'platform'）が、天文学研究の新たな手がかりとなった「視差」あるいはその基となった地球が太陽を廻る「軌道直径」という発想によって裏付けられたのである。こうして文学の実用的な役割を論じる際に、当時の天文学の斬新な発見にそのイメージの裏付けを得て、文学の役割そのものも新鮮なニュアンスを帯びたわけである。

エマソンは生涯にわたって天文学に興味を持ち続けたという。彼の最初のヨーロッパ旅行（1832 年）の際には特に天文学に深い関心を寄せていた。それでイタリアに向かった折に、フィレンツェの天文学者で光学研究者のジョバンニ・アミチ（Giovanni Amici）教授を訪問し、天体観測のた

めの光学装置を見学させてもらった。エマソンの読書の範囲は真に広大であったが、その中にウィリアム・ハーシェルの『自然哲学研究序説』(*A Preliminary Discourse on the Study of Natural Philosophy*, 1830) と『天文学概論』(*A Treatise on Astronomy*, 1835) が含まれていた。前者は、ケプラーの3法則とニュートンの力学の体系との関連を述べており、後者はケプラーの3法則そのものを詳細に記述したものである[10]。この法則についてのアイザック・アシモフの解説を集約して引用すると、

> ケプラーの法則は惑星の運動の法則を述べたもので、その第1は、太陽をめぐる惑星の軌道が円ではなく、楕円であることを示している。従ってその軌道は焦点を2つ持っている。焦点の一つは太陽であり、もう一つの焦点は空白である。第2の法則では、ある惑星の運動の速度は、太陽からの距離が変化するとそれに伴って変化するという。第3の法則では、いろんな惑星が太陽をめぐるのにかかる時間は、太陽からの各々の距離に関係しているとする。ケプラーの法則は、惑星の運動を地球上から観測した実測値にぴたりと合うもので、コペルニクスのとなえた惑星の円軌道の説を修正し、いわゆる地動説を真に世の中に根付かせる契機となった。ニュートンはケプラーの法則に学び、惑星が太陽をめぐる軌道運動についての法則を天上だけのものとするのでなく、地上での物体の運動の説明にも適応させるべく、物体間の引力に関する力学を展開したのだった[11]。

エマソンはこうしたいきさつをよく理解し、天文学への関心を深めていったと考えられる。さらにエマソンは、天文学者を扱った書物として、ガリレオやニュートンの伝記も読んでいる。エマソンには科学解説者としての一面があるが、それはこうした書物によって育成されたといえる。彼のそのような面は、特に文化啓蒙運動のライシーアムにおいて発揮され、彼自ら「天文学」と題する講演を行なったのだった。

ただしそのような講演でエマソンは、天文学を純粋な科学として扱った

のではなかった。それをあくまでも彼の説明の手段として用いたのだった。というのも彼は、自然界と人の精神世界との間には一種の対応関係があると見なしているが、その対応を認識させてくれる具体的手段として使ったのである。ちなみにその講演で彼はこのように述べている。「天文学のなした発見は、人類のために、自然の偉大さと人間精神の偉大さとの折り合いを調停してくれるものだ」(". . . . to the human race the discoveries of astronomy have reconciled the greatness of nature to the greatness of mind."[12]) こうしてエマソンは、科学を賞賛しても、それによって人間精神の世界をなおざりにすることは決してなかった。

エマソンは観念的にのみならず、感覚的にも星空を眺めるのが好きであった。郷土コンコードで彼はよく夜の散歩をしたが、その目的は主として星の観察であった。彼の初期のエッセイ「自然論」("Nature", 1836) が壮麗な星空への賛美で始まっていることは余りにも有名である。

> 私は孤独ではない。けれども、もし一人になりたい人がいたら星を見せてやればよい。あの天空からさしてくる光が、彼と彼が（日常）触れるものとを隔ててくれる。大気がなぜ透明にされたか、その意図はといえば、即ち、天体によって、崇高なものがいつも存在していることを人間に知らせるためだ、と考えてもよさそうだ。都会の街頭で見ると、全く偉大だ。もし星が千年に一夜だけ現れるとしたら、さぞ人間はそれを信じてあがめ、一回だけ示された神の都の記憶を幾世代もの間保ち続けるであろう。ところが毎夜これらの美の使節はたち現れて、その教訓の微笑で宇宙を照らしてくれるのだ[13]。(7)

星々の姿が、それを眺める人々に神の存在を直観させるという主旨はここに明らかであるが、その主旨を支えているのは、やはりエマソン自身が実際に星空を見つめた際の感動であり、その気持ちが率直に披瀝されている。たとえば「美の使節」('these envoys of beauty') という表現にそれが示されている。'envoy' とは単なる使者（メッセンジャーやエイジェント）である

だけではなく、envoi でもあり、それは「詩文の結びに添える献辞」の意味も含んでいる。もし神が「詩」に喩えられるならば、星々はその詩に添えられる「献辞」となるわけである。「詩に添える捧げもの」であるからそれ自体が美しく、エマソンの美的共感をよく伝えるものである。以上のようにエマソンにおいては、「視差」への言及に見られるような認識、つまり科学としての天文学の成果の認識と、美しい夜空の眺めとしての星々への感覚的な賛美が、たがいに矛盾せず調和し合っており、そのような幸せな一致は彼の種々のエッセイ中によく見受けられる。

「もし星々が千年に一夜だけ現れるとしたら」("If the stars should appear one night in the thousand years")、人々がどんなに感動して、記憶にとどめるだろうか、とエマソンは問いかけるが、これに対抗して、現代人のアイザック・アシモフは、1941 年に「夜来たる」("Night-fall") という SF の短編作品を出した。それを集約すると、

　その話では、我々のところとは別な太陽系に、ある惑星を囲んで六つの太陽が存在しているという。一日の時間経過の中で、その太陽たちが次々と交代して惑星を照らすので、夜は一切来ないのである。ところが二千年に一回、その太陽の一つに日食が起きるという。その間、その惑星はついに暗黒となってしまう。その惑星の住人たちにとって初めての星々が夜空に出現する。住人たちはその光景に感動したであろうか。アシモフによれば、それどころか、住人たちは初めての夜の暗黒に心をひどく圧迫され、星々の群れの光景を目にし、名状しがたい不気味さを感じてしまう。その結果として、彼らはやみくもに光を求め、手当たり次第に周りに火をつけ、その結果、ついに世界が破滅の状態になってしまうのである[14]。

アシモフはこうしてエマソンの「千年に一度」の発想をパロディー化したわけだが、彼の真意は何であったのか。エマソンの発想が美しすぎて、その美を破壊してみたいと思ったのだろうか。確かに我々の心には、美に

感動するとともに、その美を壊してみたいという破壊の本能も共存する。また、20世紀という破滅と幻滅の時代を経過した我々にとっては、エマソンの理想主義的な発想はどうも素直には受け止めかねる。それが空虚な幻影のように見えてしまうのである。アシモフによるパロディー化の意図もこうした理由によるものであろう。それでも、パロディー化された対象に関していえば、前章で見たように、それが本来持っていた能力や魅力は、そう簡単には消失せず、「たとえ鬱屈し屈折した形においてではあっても存在し続ける」[15] のである。こうしてエマソンの説く星々の魅惑の話は、あたかも壊された宝石の断片のごとくに輝き続け、今日においてもやはり捨てがたいのである。

　一方エマソンの弟子と目されるソローの場合はどうであろうか。エマソンの素直な天文学の受け入れに対し、ソローの方は一見批判的であった。代表作『ウォールデン』（1851年）ですぐ目につくのは、第1章「経済」（"Economy"）における天文学批判ないし揶揄の言葉である。1845年にルヴェリエが海王星を発見し、そのすぐ翌月には海王星の衛星トリトンが発見されたのだが、この頃ソローは『ウォールデン』の執筆と推敲をしている最中であり、これらの発見は世間における最新の科学ニュースであったはずである。ところがソローは、こうした天文学の業績には冷淡であり、「海王星の新たな衛星を発見しても、人は目の中の塵を見つけることはできない」（51）と批判している。つまり人間は自分に迂遠なものは発見できても、自分に直結した肝心な問題にはなかなか取り組めない、というほどの意味であろう。ものを見る目を曇らす塵埃を除去できないので、大事な人生の問題が見えて来ない、と言いたいのであろう。

　天文学上の新知識について、同様な趣旨の批判が、彼のエッセイ『月』（第一部第五章参照）にも散見される。たとえば地球から太陽までの距離が算定されたことについてである。当時の学校教育においては、太陽までの距離は9500万マイルとされていたのだが、ソローにとってはどうもそれに実感が湧かなかった。「自分は一度もそんな距離を歩いたことがないからだ」

(23)というのである(今日の数字では、その距離は約9400万マイル、即ち約1億5000万kmで、当時の算定はかなり正確だったが)。「自分で試したことのないことは信じない」という言い方は、野外の散策者であり、自然の事物の直接の観察者であったソローの面目躍如である。要するに、科学的知識をそのまま鵜呑みにするのではなく、何よりもそれを自らの力で確かめよ、という忠告であった。

　天文学者とその武器である天体望遠鏡についても、同様にソローの批判はなかなか痛烈である。

　　肉眼は望遠鏡を当てた目よりも容易にもっと遠くを見ることができるかもしれない。それは、その目を通してみるのが誰かによるのだ。肉眼よりすぐれた望遠鏡は発明されたことがない。あんな大型の望遠鏡では、作用の力は大きくても反作用の方もやはり大きいのだ。詩人の目はすばらしい熱狂状態でぐるぐる回り、大地から天空を包みこんでゆく。けれども天文学者の目はめったにそんなことはしない。その目は天文台のドームより遠くを見ることはしないのだ[16]。(23)

いささか極端な天文学者批判だが、これはソローの全くの本心だったのだろうか。実はそうとも言い切れないのである。ソローは天文学を毛嫌いしていたのではなかった。あの海王星とその衛星の発見やソローの母校における大型の天体望遠鏡の設置などの出来事は、地元の人々に一種のセンセーションを巻き起こしたことであろう。ソローの行なった天文学批判の言辞に透けて見えるのは、こうした世間の人らの興味本位の付和雷同的な受容である。ソローは人々のこうした無批判な反応に対して、アンチテーゼを与えたかったに相違ない。

　「望遠鏡が大型化すると反作用も大きくなる」というのは、現実の現象であって、大きな望遠鏡では、より遠くの星々や天文現象が見えてくるが、その像は、ゆがんだり誤差を伴ったりしてくるのである。また、それにかけて、この言葉には、人々が「天文学の発達に気を取られているうちに、

その反作用として、もっと大事な人生上の問題意識が薄れてくる」という趣旨の警告が含まれているのかもしれない。

　ソローが常に説く最重要な主張、つまり人々が自分たちの人生を再検討し、それによって真の生き甲斐を探求するように、という呼びかけこそが彼の最関心事であった。彼は機会を見つけてはこの主張をくり返したのである。天文学が人生上の問題に触れえないことは確かにソローにとって不満であったに相違ない。だからといって彼は天文学に敵対していたわけではなかった。

　彼はむしろエマソンよりもっと頻繁に夜の散策を続けていた。そのことは彼の『日誌』や作品『月』および『ウォールデン』の処々を参照すれば明らかである。ただソローは天文学の専門家の言説にたよるのではなく、自らの目による観察と自らの心で受けとめた率直な印象の方を重要視したのである。従ってソローの天文現象と天文学に対する姿勢は、実はアンビヴァレントであった。彼のもう一つの側面、肯定的な宇宙観、宇宙意識については、次章で検討してゆきたい。ここでは彼の批判的な言辞のみをピックアップし、エマソンの素直な天文学の受け入れとソローの皮肉な対応との対照が目立つことを指摘するにとどめたい。

三　ポーとホイットマンの場合

　ポーの短編小説「ハンス・プファアルの無類の冒険」("The Unparalleled Adventure of One Hans Pfaall", 1835)[17]は月世界への旅を扱っている。もともと月への宇宙旅行というテーマの作品はポー以前になかったわけではない。古くはシラノ・ド・ベルジュラック（Savinien de Cyrano de Bergerac, 1619-55）の『月世界旅行記』（*L'Autre monde ou les etetats et empires de la Lune*, 1657）があり、その他数編のすでに発刊されていた作品や小冊子の存在についてポーは自己作品の「付記」の部分で言及している（103-8）。

　けれどもポーによれば、こうした先駆的作品は、いずれも真の意味での

科学的な根拠に基づく宇宙旅行記ではなかった。「こうした様々な作品においては、目的とするところは常に風刺である。その主題は、我々地球人の慣習と対比して月世界の慣習を描くことである。月世界への旅行自体を詳細にわたって真実らしく描こうとする努力は、どの本にも見られない」（108）という。この不満を解消し、ポー自ら科学的な根拠に基づく空想宇宙旅行の物語を目指したのがこの作品であった。

　ポー自身の作品評価によると、「「ハンス・プファアル」においては、科学的原理というものを、地球から月への現実の旅行に適応して真実らしさを与えようとしている点で、その構想はまさしく独創的と言わねばならない」（108）と自賛している。ポーのこうした意図が実際に作品に実っているか否かは後ほど検討するとして、彼自らが誇っているように、科学の原理を作品の内容に適用するという姿勢は確かに当時としては目新しいものであった。これは、近代科学技術の発達が顕著になり始めた19世紀前半の時代精神や気運を如実に反映したものといえよう。こうしてポーは、19世紀後半から20世紀前半にかけての本格的な科学小説の作家ジュール・ヴェルヌ（Jules Verne, 1828-1905）やH.G. ウェルズ（H（erbert）G（eorge）Wells,1866-1946）の先駆者ともなっている。

　それではポーの作品で、彼自身の主張のごとく、科学原理が作品の内容に適用されているのはどのような場面にであろうか。主人公プファアルは、宇宙旅行の手段としてロケットではなく気球を用いている。実際の気球の使用は、すでに1783年にフランスのモンゴルフィエ（Montgolfier）兄弟によって試みられ、熱した空気により300メートルの高度に達したとされている。同年水素ガスの使用も始められ、こうした気球の使用は18世紀後半における近代の科学技術発展の黎明期を代表し、象徴するものであった。

　この機運は19世紀初期のポーの時代に入り、益々勢いを得ていった。実際に大空の旅を可能にした気球が宇宙旅行の序章の役を演じるのは自然であったが、普通の気球では上昇能力に限界がある。ポーは水素に代わる特別なガスを想定した。そのガスは、「還元することが不可能と長い間考えられてきたアゾート（錬金術において想定された全ての金属の根本元素）の

一成分であり、その密度は水素の密度の約37.4分の1以下」としている。この気球用のガスは空想の産物ではあるが、水素による浮上能力をもっと強化したものという設定であり、現実の能力をさらに延長、拡大したものだから、まるで根拠のない空想とは異なるものである。

　またすでに触れたように、18世紀後半にウィリアム・ハーシェルが天体望遠鏡を改良して以来、天体観測の技術が進んでいったが、月の険しい地形がより明確になってくるとともに、宇宙空間や月面に空気が存在していないらしいことも明らかになってきた。ポーはその空気が皆無とはしていないが、極めて薄いものとし、主人公の生存のために大気を凝縮させる装置を使用させている。その装置は、「空気を抜いて注意深く栓で蓋をした球体のガラスの器」であり、ポンプの働きをするのである。これもやはり架空の装置ではあるが、宇宙空間における空気の希薄化という現実に対処しており、ポンプという現実の装置を応用したものであるから、その現実感は強いといえよう。

　さらに、望遠鏡の発達にも刺激を得たらしく、ポーの作品には宇宙空間から見た地球の光景が生彩をもって描かれている。むろんそれはポーの想像した光景ではあるが、その精密な描写において、改良された望遠鏡によるめざましい天体観測の成果が反映していると考えられる。

　　ここまで上昇してくると、地球の眺望は実に美しいものであった。西と北と南の方は、目の届く限り、果てしもなく広がったおだやかな海で、刻一刻その青い色は深みを増していった。東方はるかかなたには、大ブリテン島の島々とフランス、スペインの大西洋の沿岸全部が、アフリカ大陸北部の一部といっしょに広がっているのが、はっきりと認められた。個々の大建築物は全く目につかず、人類のほこる大都市は地球の表面からすっかり姿を消していた。今はぼんやりした斑点のように小さく見えるジブラルタルの岩から、星をちりばめた大空のように、輝く島々が散らばっている地中海が目の届くかぎり東の方に広がり、ついにはその全水量が水平線の深淵にまっさかさまにたぎり落ちている

ように思われた[18]。(73)

　この描写には地球表面を部分的におおうはずの雲の姿は見当たらないが、その他の点ではまるで現実のスペイス・シャトルか宇宙ステーションから撮った映像を見ているようで、十分な実感が味わえる。ポーは、さらに遠ざかった地球の全体像がどのように見えるのか、その姿も描いている。

　　　地球全体の色と概観がひどく変わったばかりでなく、地球の直径がはっきりと小さくなったのに気がついた。地球の目に見える全地域が、程度は多少異なるが、一面に淡黄色を帯び、ある部分は燦然と輝いて、目に痛いほどであった[19]。(89)

　「地球は青かった」のではなく、黄色く輝いているとしたのは事実に反するが、それにも根拠がなかったわけではない。ポーが宇宙における地球の姿を想像する際に、逆に月を手本にし、黄色い月の姿から地球の色合いを類推して描いたからであろう。さらに距離を置いた次のような地球の描写も、やはり事実ではないが、それなりに一種の実感を味わわせるものではなかろうか。

　　　地球は、直径2度ほどの、巨大な、鈍い色の、銅の楯に似た姿で、頭上の空にじっと動かず、その一端は、燦然とした金色の三日月形の光に染められていたのだった。陸地や水らしいものは見あたらず、全体が刻々変わる斑点におおわれ、熱帯と赤道帯が帯のようにめぐっていた。(97)

　この描写は、月の方から見た地球の満ち欠けに触れている点でもなかなか科学的と思われる。その他、宇宙旅行中の報告に関して、方位、距離、速度、角度、密度、時間、気圧等々、綿密な数字が処々にあげられており、SF作品の古典として、この作品は今日でも秀作であることは否めない。唯一の

重大な欠陥は、宇宙空間における無重力状態についての言及がないことである。

とはいえ、主人公が、気球内に猫や鳩を一緒に積み込んでいて、宇宙空間においてその生き物たちがどのように反応するかを観察していることも科学の実証精神を表すものとして興味深い。周知のように、現代のスペイス・シャトルや宇宙ステーション等においても、いろんな生物の積載と実験の試みがなされていることを思うと、ポーのこうした先駆的な設定が再評価されてくるのである。

ホイットマンの『草の葉』(Leaves of Grass) の初版は1855年に出版されている。この作品の中でホイットマンが天文学に深い関心を示し、それをいかに詩行に反映させたかは、たとえば中田公子氏の論文、「ホイットマンと天文学」において明確に論じられている[20]。以下それを参考にし、ホイットマンが天文学のいかなる領域や事象に最も関心を寄せたかを検討してみたい。

中田氏によれば、ホイットマンは「科学の詩人」と呼ばれ、科学のなかでも、「詩人の想像力を大きく刺激したのは、広大な宇宙を対象にした天文学であった」。その天文学の中でも、ホイットマンが最も数多く詩に表現したのは「天体力学」であったという (200)。天体力学の主な研究対象は、天体が占める位置とその運動であり、天文学におけるこの分野は、学問として一応18世紀中に完成を見たのである。

けれども、専門家は別として、天文学がアメリカの一般の人々に強い興味を喚起し、浸透し始めたのは、やはり19世紀前半のことであり、既述のように望遠鏡の改良による種々の天体観測のめざましい成果と、それを映像として定着化する写真術の発達によるところが大きかったであろう。すでに理論化されていた天体力学の現象を一般人に映像として認識させ得たのはこのアメリカ・ルネッサンス期であったと考えられる。『草の葉』でうたわれているアメリカの民衆のダイナミックな生活力と生き様は、天体力学で示された宇宙における天体たちの壮大で悠々たる運行や営みといわば

呼応するものであった。
　ホイットマンは、地球の営みの一つとして潮汐現象をうたい、ポーと同様に地球の姿を宇宙から眺めるという発想を表現している。ポーはそれをもっぱら視覚に訴える静止した画像として示そうとしたが、ホイットマンはむしろ太陽系内における地球の運行の姿を動きとして表現しようとしている。その一例は、次の作品「世界へのあいさつ」("Salute au Monde")の第4節である。

　　何が見えるかい、ウォルト・ホイットマン。
　　君があいさつし、君に次々とあいさつする人々は誰なのか。

　　一つの大きな丸い奇跡が、宇宙空間を回転しつつ進んでゆくのが
　　見える。
　　その表面に、ちっぽけな農場が、村々が、廃墟が、墓地が、刑務所が、
　　工場が、宮殿が、あばら屋が、蛮人の小屋が、遊牧民のテントが見える。

　　その地表の一方に、人々の眠っている影になった部分が見え、
　　もう一方に日の当たる部分が見える。
　　光と影の興味深い迅速な交代が見える。

　　遠くの土地が見える。その土地は、そこに住んでいる人らには実感があり、そばにあるように見えるのだ、
　　ちょうど僕の土地が僕にとってそう見えるように[21]。

この全体の光景が、宇宙空間から見た地球の表面の姿であり、その第3行目「一つの丸い奇跡が、宇宙空間を回転しつつ進んでゆくのが見える」("I see a great round wonder rolling through space")、というのは、まさにその地球の運行の姿の形容である。地球を「奇跡」と呼ぶのは、その住民たちのにぎやかで多種多彩な生活や文明の有様を示すものであり、また同時に、宇

宙空間における地球の確固とした存在とその雄渾な動きを讃えているのであろう。その地球の回転（自転）によって生じる昼夜の交代も「迅速」な動きとして把握されている。

　さらに、太陽系内のいろんな惑星たちの運行がうたわれ、彗星や流星たちの動きも好んで用いられている。彗星はいわば「宇宙の中で漂流する放浪者」であり、普通の惑星や衛星たちの固定された運行とは異なり、エクセントリックで自由な動きに見える[22]。その動きはことにホイットマンの気に入ったらしく、自分自身を彗星になぞらえてもいる。その一例は「自分自身の歌」("Song of Myself") の最終部分（52節）に見られる。

　　斑のあるタカが、急襲するように私のそばを通過し、私をとがめる、
　　私の無駄口となまけぶりを嘆くのだ。

　　彼同様に、私も全く野育ちで、説明のつかない者なのだ、
　　世界の屋根の上で、私は野蛮な金切声をたてる。
　　……………………………………………
　　私は空気の如く出発し、去ってゆく太陽に向けて白い巻き髪を振る、
　　私は自分の肉体を渦にして放出し、レースのような切り口で吹き流す。

　ホイットマンは、自分のことを、野性のタカが閉口してとがめるほどに野放図な人物だという。そのタカよりもさらに野性的であり、自由奔放な気持ちの彼は、ついに地球を出発し、彗星となって宇宙空間へ出てゆく。そして太陽の周りをまわり、自分自身を渦にして思い切り放出するという。その放出されたものは、彼のおびただしい詩句や詩行となっていったのであろう。

　次に流星については、例えば「流星の一年」("Year of Meteors") という詩がある。それは、ある年の一年間（1859~60年）をホイットマンが回顧するという趣旨の詩である。その末尾の部分に、自己をやはり流星になぞらえている個所が見受けられる。

つかの間の不可思議な彗星や流星の一年——見よ！ここにも一つ、
同様につかの間の不可思議な流星が！
私が君たちの中をあわただしく飛び進み、すぐに落ちて消えてしまう
とき、この歌はいったい何なのか、
私自身が、君たち流星の一員でないならば、何なのか。

　最後の行は、一瞬輝き、はかなく消えてしまう流星の運命に彼自身をなぞらえている。が、そこに潔さや悲哀はあっても、それが何かの不幸や悲劇を予告する不気味で不吉な前兆とはなっていない。従来の文学作品では、彗星や流星には、えてしてそのような不吉な傾向があると見なされたのだが、ホイットマンの場合は、全く別で、頓着なく、自由自在に自己を彗星や流星の奔放な動きに同化させているのである。
　（余談になるが、日本でも平成13年になって、江戸末期（天保8年、1837年5月）の日付のある九谷焼の絵皿が見つかった。その皿の外側の面にハレー彗星の絵が2か所描かれている。その「先端は鋭くとがった黄色い矢じり形。続いて青と白のだ円形の尾の部分がある」[23] という図柄である。その印象は、生き生きとして奔放に飛ぶ彗星の感じであり、色彩も、黄、青、白のコントラストが明るく見え、彗星の姿と動きをこだわりなく肯定的に捉えていることがうかがえる。そこに驚きはあっても、不吉な前兆という様子は全く見られない。そのような生彩のある描き方は、ホイットマンの自由自在な彗星の受け入れ方と相通じるものがあると感じられる。）
　太陽系からさらに恒星の世界へとホイットマンの関心は広がっていった。恒星たちの誕生から死に至るまでの一生をテーマにし、その生成、発達、衰退、消滅の大いなる変動のプロセスに焦点を当てている。その他、恒星たちの固有の運動、変光星の脈動現象、たがいに軌道を回り合っている連星の有様等々、天体たちのダイナミックな営みがやはりホイットマンの最たる関心であった。太陽系や銀河系の起源のことも彼によってうたわれている。彼は、ラプラス（Pierre Simon de Laplace, 1749-1837）の星雲説（宇宙

空間において希薄なガスである星雲が回転運動をし、次第に凝縮して恒星たちやその大集団である銀河が誕生したという説）を信奉していたが、これも回転するダイナミックな星雲の動きや営みが彼の心を捉えたといえるのではなかろうか。むろん天体が生まれ、成長するという宇宙における一種の生命現象にも彼は大きな魅力を感じたことと考えられる。

四　アメリカ・ルネッサンス期の宇宙像

　以上、天文学がアメリカ・ルネッサンス期の代表的な4人の文人たちの作品に反映している具体例をいくつか検討し、この時期のアメリカ文化・文学思潮における天文学の反映やその影響を瞥見してみた。天文学者のロバート・ウィルソンはこの時代を「望遠鏡の時代」と呼んだのであるが、改良された望遠鏡や観測器具・装置による観測の成果が、4人の文人たちのいずれにおいても、宇宙への関心をかきたて、彼らがそうした科学の成果を作品の中に取り込み、新鮮な形容や比喩の手段として使用、援用したことが明らかとなった。「望遠鏡の時代」という表現に照応するごとく、文人たちの宇宙についての反応は、主に視覚（映像）を中心にしたものであり、彼らが実際に作品で扱ったものはイメージ化された天体現象であった。ホイットマンの天体力学的な表現ですらも、その力学の理論を直接表現したものではなく、むしろ詩行の中にイメージ化された天体たちの運行、運動の姿を捉えたものであった。

　考えようによれば、「望遠鏡の時代」は今日でも続いており、さらにそれが強化、先鋭化されているとみることもできよう。ハワイ島の火山マウナロアの天文台は、大気のゆらぎによる映像のぼやけをできるだけ減らすために海抜4,100米余の山頂に設置され、巨大なケック望遠鏡が使用されている。同じくハワイ島の最高峰マウナケア火山の山頂近く、海抜4139 mの地点には、日本の国立天文台が設立した望遠鏡、口径8.2 mの世界最大級のすばる光学赤外線望遠鏡が次々と成果を上げている。アメリカ航空宇宙局

（NASA）のハッブル望遠鏡は、地上約600km上空の軌道上を周回する宇宙望遠鏡で、いわば宇宙の天文台の働きをしている。またスペイス・シャトルによる直接の宇宙空間の観察が繰り返されたし、ヴォイジャーやヴァイキング等の無人探査ロケットの発進も続けられ、今日の宇宙観測は途方もない規模（距離）と精度の天体映像をもたらしている[24]。さらに、探査機のヴォイジャー1号は太陽系の最果ての位置を越え、太陽系外にまで進んでいる由である[25]。

　それらの成果として、太陽系内の遠い惑星やその衛星たち、たとえば天王星や海王星とそれらの衛星たちの鮮明な映像、木星の衛星たちの表面地形や火山活動の様子、太陽系から遠く離れて見える我々の銀河系や他の銀河の種々様々な形や構造、さらには地球から百二、三十億光年という距離にあり、ほぼ宇宙の果てに位置するという準星（クェイザー）等の姿が次々と公にされた。こうした観測の成果の規模と質、量は、アメリカ・ルネッサンス期のものとはとうてい比較にならないほど抜群である。

　しかしながら、このような成果がいかに大きいとしても、それらが天体観測による映像・画像の収穫である限り、19世紀前半の「望遠鏡の時代」のそれと基本的にはつながりを維持したものといえるであろう。ただその規模が大拡張され、途方もなく先鋭化されたのであるが、天体観測という根本の姿勢においては相共通しているのである。近代科学の時代に入り、19世紀前半期の文人たちが当時としては目新しい天体の写真を見たり、話に聞いたりして新鮮な驚きと興奮を感じた状況は、やはり今日の我々が天体観測のめざましい映像やニュースに接した際の心境とつながっているはずである。

　とはいえ、近代と現代の両方の時期において全ての状況が共通しているわけではない[26]。たとえば宇宙そのものの全体像についてはどうであろうか。アメリカ・ルネッサンス期の時代には宇宙の全体像についてどのようなイメージが形成されていたのだろうか。またそのような全体像があったとして、それが当時のアメリカの時代精神にどのような影響を及ぼしたのであろうか。

第二章　アメリカ・ルネッサンス期の文化・文学における宇宙意識：概観もしくは瞥見　*149*

　宇宙が全体としてどのような形と構造をしているのか、そのイメージについては、すでに 18 世紀中頃に哲学者のカントや天文学者のラプラスが推論しており、宇宙空間内のガスが次第に凝縮して個々の天体や銀河を形成していったという星雲説をとなえていた。次に 18 世紀末から 19 世紀初頭にかけてウィリアム・ハーシェルが、既述のように望遠鏡を改良し、鏡を用いた反射望遠鏡を駆使して実際に宇宙全般の観察を行なった。彼は、星々が集まって構成された星団と、その星団が雲のように見える星雲を観察し、宇宙全体における星々とその集団の「カタログ」（一覧表）を作成した。ハーシェルの息子ジョンは、ダゲールの写真術を天文学に取り込んだ人であるが、父親によるカタログ作成の研究を引き継いだのであり、この父子によって具体的な宇宙の構造の図が初めて作成されたのだった。（下図）

　ハーシェル父子によれば、宇宙全体で明確にできる銀河（星々の大集団）は 1 つ、我々の太陽系が所属するこの銀河系のみであり、しかも我々の恒星である太陽がほぼその中心にあると見なしたのである。ところで、ハーシェルが 1784 年に示した銀河系の形態と構造の図は、現代の天文学で示されるものとかなり似ている。その形は円盤のレンズ状をしており、その円盤の周辺部から幾本か腕が突き出ている。ただしその腕はまっすぐに外側に向けて伸びている。だからそれは、今日の銀河のイメージにあるように、その腕が渦巻き状になって銀河中心部の円盤を囲み、それにからみつくような姿にはなっていない。なおハーシェルの提唱した全宇宙の規模はこぢんまりとしていて、直径が約 6000 光年、厚さが約 1100 光年だとみなされていた[27]。

現代の天文学では、宇宙全体の中にこうした銀河が、宇宙の観測可能な範囲では約1700億個も存在しており、しかも我々の銀河系の中で、我々の太陽はその中心部分にはなく、周辺部の腕の付近に位置していることが突き止められている。

　現代の天文学におけるこのような銀河の構造や存在のあり方の解明は、主にシャプレイ（Harlow Shapley）、カーチス（Huber Curtis）、ハッブル（Edwin Hubble）たちの研究成果によるという。シャプレイは星々の大集団について、それが何であるかの問を提起し、それに基づいてカーチスは、宇宙の中に「島宇宙」（銀河）が多数存在することを提唱した。またハッブルは、1923年に変光星の変光の周期を物差しとして用い、それに光の速さを勘案することによって、地球からその変光星たちへの距離を導き出した。その結果、それらの変光星たちが含まれている星々の集団の多くが予想外に遠く、我々の銀河系の外にあることを証明できた。こうして当時の天文学者たちは、ついに、銀河が大宇宙の中に、あたかも大洋中の島々のように数多く存在し、群居するという島宇宙説を提示したのだった[28]。

　けれども、それに先立つアメリカ・ルネッサンス期の人々は、やはりまだハーシェル父子の説を信奉し、我々の銀河系を宇宙の中心に置き、我々の太陽をそのまた中心に置いたのだった。それゆえに、我が太陽系が、ひいては地球が、文字どおり宇宙の中心にあるという発想になったと考えられる。

　以上のような宇宙についての発想は、自から宇宙全体における人間存在の位置づけに大きな影響を及ぼしたのではなかろうか。即ち19世紀前半期の人々にとっては、人間こそが大宇宙における中心的な主人公であり得たのである。このことは、古代や中世の社会において見られた天動説における地球中心主義を想起させるだろう。ただしこの19世紀前半期における発想、つまり全宇宙がイコール我々の銀河系だという見方は、古代・中世に見られた地球中心主義をさらに拡大し、単に太陽と地球の関係においてだけでなく、それを宇宙全般の規模におし広げた状況といえるのである。なぜなら、宇宙の中心にあるのは我々の銀河系であり、しかも宇宙全体で明

確に確認され得た星々の大集団（銀河）はこの銀河系のみであったから。さらにその銀河系の中心に位置している恒星が我々の太陽であったからである。

　もっとも、18世紀中頃の哲学者カントや天文学者ラプラスは、むしろこうした銀河が数多く宇宙に存在するはずと推測したのだった。いわゆる「島宇宙」の発想の始まりである。ところが皮肉にも、19世紀に入って、望遠鏡の改良により我々の近辺の宇宙空間がある程度明確に把握されるようになったために、我々の銀河系の構造がクローズアップされ、その存在が強調された。それによってあの宇宙規模における一種の天動説、つまり宇宙全般における我々人間の絶対的な位置づけが生じてしまったのである。

　ホイットマンは「自己のうた」（"Song of Myself", 1855）において、「ウォルト・ホイットマン、1つの宇宙（'a kosmos'）」とうたい出している。自己イコール宇宙だというのは何という自信の表明であろうか。現代人ならば一驚するはずである。けれどもホイットマンは自分を特別に英雄視していたのでもない。その詩の続きでは自己を、「人々の上に立つ者でも、下に位置する者でもない」、普通人だというのである。だとすれば、ここでいう人々の一人一人が各自の宇宙でありうることになる。ホイットマンからすれば、自己のみならず、当時の一般民衆の皆が宇宙的であるほどに気宇壮大であったらしい。

　こうしてホイットマンが「宇宙」というときに、それは全くの観念だけの表現ではありえなかった。というのも、すでにみたように、彼の天文学への想いは深く、彼の詩行の多くに天文学上の新知識が反映されているからである。従って彼が「宇宙」というとき、彼の脳裏には何か当時の天文学の成果に基づく発想とイメージが揺曳していたとみることができよう。おそらくは、ハーシェルの描いた銀河の図式、我々の銀河系を中心とする宇宙像、ひいては我々の太陽系と地球をさらにその中心とみなす宇宙観が常に彼の中にあったといえるであろう。なぜなら、自己を宇宙の中心に位置づけるのでなければ、言い換えれば、自己を全宇宙の代表者とでも見なすのでなければ、「自己イコール宇宙」という等式はとうてい成立し得ない

だろうからである。
　こうした壮大な「自己信頼」と「人間肯定」は、ホイットマンのみならずエマソンの思考のパターンにも共通するものである。というのも、エマソンの「大霊」('Over-soul')は、やはり全宇宙の中心に位置し、宇宙の森羅万象を生み出したのであり、大霊はそれらと共に我々人間の心('soul')にも結びついているという。大霊と人間は、ちょうど会社組織における本店と支店のような関係を保っており、それで我々の心が直接大霊の方向に向かい、大霊に焦点を合わせるときに、大霊の持つ生命力が豊かに我々の中に流入するというのである。
　その大霊が宇宙の中心にあり、我々の心と直結しているのならば、我々の存在も、宇宙の外縁部にではなく、やはりその中心付近にあるといえるのではなかろうか。ハーシェルのあの天動説的な宇宙の図式になぞらえてみるならば、宇宙の中心に我々の銀河系を置き、そのまた中心に太陽を配置する場合に、その太陽の位置に大霊がくることになる。すると、その太陽光線が（言い換えれば大霊の生命力が）豊かに注がれる地球の位置に我々自身を置くことができるであろう。
　エマソンがそこまで図式的に大霊を位置づけたとはいえないかもしれない。しかし、それでも大霊を単に観念のみの存在とするだけでなく、やはりそれを支えるなにか基本的な宇宙のイメージがエマソンにはあったはずである。というのも、エマソンはホイットマンと同様に、生涯にわたり天文学に深い興味を持ち続けたからである。従って、彼が大霊を宇宙の根元だというときに、その「宇宙」という発想は、やはり具体的に当時の最新の天文学が提示した成果となんらかの関わりを持ったはずだからである。それならば、エマソンの描く大霊のイメージは、漠然とではあれ、その存在をハーシェルの宇宙図に重ね合わせたものといえるであろう。

　エマソンの「円環」というイメージもまた宇宙の中心という発想に関わっている。大霊が人間を含めて宇宙における全ての存在を生み出し、それらを進化発展させてゆくさまを円の拡大というイメージで表しているからで

ある。その場合、宇宙に描かれる個々の円について大小はあるにしても、どの円も中心は共通なのである。つまりその同心円の中心にやはり大霊がいて、それが宇宙の中心点となっているわけである。ハーシェルの描いた宇宙図にみる銀河系の円盤状の構造も、円盤から伸び出した腕の存在により、内から外へ向けての円盤の拡張、発展を示すものであるから、その意味ではエマソンの円環のイメージとやはり関わっているのではなかろうか。

　一方ソローは天文学の個々の成果には批判的であった。それが彼の主張する主要な人生の問題とは直接かみ合わなかったからである。けれども、ハーシェルの図式が示す宇宙像、我々の銀河系をその中心とする発想、つまりは宇宙において人間を中心とみなす位置づけに関して、ソローには何ら異存はなかったはずである。というのも、彼自身にとっては、彼の住んでいたウォールデン湖畔という場所がまさに宇宙の中心であり得たからである。即ちそこでは、彼が世事に妨げられることなく、真の自己性を発揮でき、真の人生のあり方と生き甲斐を求めて、いわば限りなく彼の心が成長できる絶対の場であり得たからである。そのことは次の表現にも端的に示されている。

　　ひとびとは真理が、太陽系のはずれとか、いちばん遠い星のむこうといった、はるかかなたに存在するか、アダム以前なり、最後の人間のあとに存在すると考えている。永遠の時間には、確かに真実で崇高なものがある。けれども、そうした時間や場所や機会はすべて、いま、ここにあるのだ。神自身もいまこの瞬間、栄光の頂点に達している。あらゆる時代が通りすぎてゆくあいだも、神がいまほど神聖なときはふたたびめぐってはこないだろう。したがってわれわれは、自分をとりまく実在の世界をたえず内部に浸透させ、そこに身を浸すことによってのみ、崇高にして気高いものを理解することができるのである。宇宙はいつだって素直にわれわれの思索に応えてくれる。いそいで行くにしろ、ゆっくり行くにせよ、われわれの軌道は敷かれているのだ[29]。
（97, 下線部は引用者による）

「神自身が、いま、この瞬間、栄光の頂点に達している」("God himself culminates in the present moment, ...")という意味は、もしそれを時間的な観点から空間的な観点に置き換えてみるならば、神とそれに従うソロー自身が、まさに全宇宙の中心に位置しているということになるであろう。

　この時代の宇宙観がこのように概して楽観的であったのに対し、ポーのみは、その宇宙論「ユリーカ」("Eureka", 1848)において、「崩壊と消滅に向かいつつある宇宙」という発想を述べている。即ち宇宙は生成、発展して今日の姿に達しているが、それが固定したものには留まらず、次の段階として崩壊し始め、いずれは消滅に向かうというのである。

　ポーがその根拠としたのは、ニュートンの唱えた万有引力であり、それにより宇宙の全ての要素が引き合って、合体し、世界は一つに収縮してしまい、結局無に帰してしまうのである。しかし宇宙は無の状態に留まってはおらず、また生成へと向かうという。この発想はいわゆる「脈動型の宇宙」といわれるものである。生成、発展、崩壊、消滅をサイクルとして、宇宙は永遠に脈動を続けるのだという。なぜならそれは神の脈拍に基づくからというのである。ポーの考えには、現代の「ビッグ・バン」という宇宙創造の説に似た面があり興味深い。

　ポーによれば、もし現在の宇宙が固定しているか、あるいは発展しているのでなければ、消滅に向かうのであり、それによって未来は閉じてしまうので、世界は悲劇となるわけである。それでもポーは、当時の宇宙の構造として、我々の銀河系を宇宙全体の姿とみなし、我々の太陽系を宇宙の中心とする発想を否定していたのではなかった。その宇宙がいずれは消滅するとしても、現状はこの太陽系と地球が宇宙全体の中心だとするハーシェル以来の発想に準じていたのである。

五　現代の宇宙観瞥見

　以上見てきたように、アメリカ・ルネッサンス期の文化・文学思潮においては、自己を基盤とし、人間全体の存在を思いきり肯定し、打ち出す発想が主に表現されている。そしてこうした人間中心の発想は、当時の天文学が提示した宇宙像、即ち我々の銀河系を確認できる唯一絶対の存在として宇宙の中心にすえるという発想とうまく合致できたのだった。これに対して我々現代人の抱く宇宙像はそこからどのように変化したのであろうか。

　今日では、全宇宙における銀河の数はおよそ千数百億個と見積もられており、我々の銀河系も唯一絶対の存在ではなく、銀河全体の中の千数百億分の一の存在に縮小してしまった。また、そもそも宇宙の中心という発想そのものが消え去ったのである。いわばシャボン玉の表面上における各点のごとくに中心がなく、宇宙上のどの地点も全く同じ立場にあるということで、銀河の位置の相対化がなされてしまった。このような徹底した相対化が今日の宇宙像の特色であるといえよう。

　さらに我々の銀河系の中でも、我々の太陽系はその中心部にあるのではなく、その外縁のところに位置していることが突き止められた。銀河系の中心部には広大なブラック・ホールがあり、そこは何者の生存も許されない超高圧、超高温の死の世界であろうと推測されている。

　こうした無慈悲な宇宙像を踏まえて、アイザック・アシモフは、人間存在をあたかも宇宙の孤児のごとくに表現している。それは、「我々は孤独なのか」("Are we alone ?")という題名のエッセイにおいてである[30]。アシモフは、人間が広漠とした宇宙の中で孤独であり、人間以外の宇宙人たちが存在していることをぜひ探知したいと願っているという。その理由として、「もしも人間たちよりも進んだ文明を持つ宇宙人たちが存在しているのならば、人間たちの将来がもっと希望を持てることになる」からというのである。高度な科学技術の発達の先には、当然ながら核戦争の脅威が待ち構えている。けれども、もし人間の文明よりも進んだ別な文明が現実に宇宙のどこ

かに存在しているならば、その宇宙人たちが、こうした核戦争の危機と脅威をのり越えることができた証だと見なしうるであろう。こうしたサバイバルの成功の先例が実際にあるのならば、人間もそれに見習うことが可能になってくるというのである[31]。

　アメリカ・ルネッサンス期の時代には、人間はともかくも宇宙の中心に位置し、いわば宇宙の主役、代表者であり得たのだが、現代においては、アシモフのいうごとく、「宇宙の孤児」たらざるを得ない状況のようである。そうであるならば、アメリカ・ルネッサンスの時代と現代の我々の時代との間に、基本的な宇宙観、またそこから引き出されてくる人間観に関して、なんという乖離が生じてしまったことであろうか。

註

1. 司会は福島脩氏（当時大分大学）で、発題は大島由起子氏（福岡大学）、山里勝己氏（当時琉球大学）、それに筆者が担当した。
2. 司会は筆者が担当し、アメリカ・ルネッサンス期の宇宙像についての概説的な説明を行なった。続いて高橋勤氏（九州大学）が、「エマソンと天文学」の題目で発表され、次に野口啓子氏（津田塾大学）が、「ポーの宇宙観と19世紀前半のアメリカ」、さらに吉崎邦子氏（当時 福岡女子大学）が、「ホイットマンの『草の葉』における宇宙」という題目で発表された。

　　なお発題者の方々は、この折の成果を踏まえてさらに研究を進められ、後に以下のような書物を出版された。野口啓子氏（単著）『後ろから読むポー』（彩流社、2007年）、吉崎邦子氏（共編著）『ホイットマンと19世紀アメリカ』（開文社出版、2005年）、特に第3章第3節「草の葉における詩的宇宙」、高橋勤氏（単著）『コンコード・エレミヤ——ソローの時代のレトリック』（金星堂、2012年）、特に第8章「果てしなき宇宙」。
3. コンコード・ライシーアムについての具体的な資料は、Kenneth Walter Cameron,

ed. *The Massachusetts Lyceum During the American Renaissance* (Hartford, Conn. 1969) 中の Concord 関係の部分に基づくものである。

4. 小野和人『ソローとライシーアム――アメリカ・ルネサンス期の講演文化』(開文社出版、1997 年)、15-9 頁。

5. 野本陽代『宇宙の果てにせまる』(岩波新書、1998 年)、38-50 頁。

6. Robert Woodrow Wilson, *Astronomy through the Ages: The Story of the Human Attempt to Understand the Universe* (London：Taylor & Francis, 1997) 91-120. なお著者は、宇宙マイクロ波背景放射の発見によってビッグ・バン理論の裏付けをしたという天文学者。

7. Isaac Asimov, *The Secret of the Universe* (New Yok, London, Toronto, Sydney, Auckland: Doubleday, 1991) 105-10.

8. Otto Struve and Velta Zebergs, *Astronomy of the 20th* Century (Macmillan, 1962). 小尾信也・山本敦子訳『20 世紀の天文学』(白楊社、1965 年) 第 2 巻『星の世界』79 頁。

9. *The Complete Works of Ralph Waldo Emerson* (Boston and New York: Houghton Mifflin, 1903) の第 1 巻 "Nature" を用いた。

10. Harry Haydon Clark, "Emerson & Science", *Philological Quarterly*, X, 3 (1931) 231.

11. Asimov, *The Secret of the Universe,* 92-6. アシモフによるこの解説は、ケプラーの法則そのものではなく、その法則から導き出される結果を具体的に述べたものである。

12. Arthur Cushman Mcgiffert, Jr. ed. *Young Emerson Speaks, Unpublished Discourses on Many Subjects by Ralph Waldo Emerson* (Boston: Haughton Mifflin, 1938) 176. なおエマソンと天文学の関わりについては、渡辺正雄編『アメリカ文学における科学思想』(研究社、1974 年) のうち、伊藤美智子「超絶主義の科学」の第 3 章「エマソンと科学」、60-69 頁を参照した。

13. 酒本雅之訳『エマソン論文集』(上巻) (岩波文庫) 40 頁の個所を引用した。本書の意図に合わせてごく一部分を変更した。

14. この作品は同年に *Astounding Science Fiction* 誌 9 月号に掲載。著書としては、*Night-fall and Other Stories* (New York: Doubleday, 1969).

15. 本書の第二部第一章、71-2 頁。

16. 小野和人訳『月下の自然』（金星堂、2008年）34頁。
17. Edgar Allan Poe, "The Unparalleled Adventures of One Hans Pfaall", *Edgar Allan Poe's Works* (New York: AMS, 1973) Vol. 1. 103.
18. 小泉一郎訳「ハンス・プファアルの無類の冒険」、『ポオ小説全集』第1巻（東京創元社、1974年）、73頁の個所を引用した。なおごく一部分を改変した。
19. 同書、93頁。その次の引用も同書から。102-3頁。
20. 中田公子「ホイットマンと天文学」、『アメリカ文学における科学思想』の第8章、173-202頁を参照した。
21. 筆者の試訳。以下の詩も同様。
22. 実際には彗星の軌道も惑星の軌道と同様に、太陽をその一つの焦点とする楕円軌道をとっている。太陽系の最果てのところから太陽にいたるまでの極端な楕円軌道をとっているわけである。
23. 2001年10月4日付の朝日新聞の記事による。
24. Donald Goldsmith, *The Astronomers* (Community Television of Southern California, 1991)の第1章。野本陽代、R. Williams 著『ハッブル望遠鏡が見た宇宙』（岩波新書、1997年）。
25. 2013年9月12日、NASAの発表による。「ヴォイジャー1号太陽系脱出、地球発35年、人工物で初」。
26. むろんアインシュタインの相対性理論とルメートル、ガモフたちによる宇宙膨張説、ビッグ・バン理論は20世紀の最重要な理論であることはいうまでもない。
27. 『Yahoo! 百科事典』、「銀河系」の項目の「1. 銀河系と銀河の発見史」による。
28. 小尾信也、山本敦子訳『20世紀の天文学』第3巻『銀河系と宇宙』66-75頁。
29. 飯田実訳『森の生活』（岩波文庫、1995年）下巻、174頁を引用した。
30. Asimov, *Frontiers* (London: Mandarin, 1991) 299-302.
31. Asimov, *The Dangers of the Intelligence and Other Science Essays* (Boston: Houghton Mifflin, 1988) の第3章。

第三章

ソローと宇宙 [1]

一 ソローの反感と共感

　ソローが生きたアメリカ・ルネッサンスの時代は、アメリカ文学における一つのピークの時であったのみならず、近代科学技術が大きな躍進を開始した時でもあった。これは天文学についてもいえることで、ソローの代表作『ウォールデン』においても、当時の天文学の最新の成果が言及されている。それは、1846 年に英国人のラッセル（William Russell）によってなされた海王星の衛星トリトンの発見のことである（海王星自体はフランス人のルヴェリエによって同年 9 月に発見されていた）。トリトンの発見は海王星発見のわずか 17 日後のことであった。

　1846 年といえば、ソローが『ウォールデン』の執筆や推敲をしている最中であり、こうした発見は当時のアメリカの世間で目ざましい科学ニュースであったはずである。ところが、これについてのソローの反応は批判的であり、反発的であった。「人は海王星の新しい衛星は発見できたとしても、自分の目の中の塵は見出せないものだ」（*Walden,* 51）というのである。つまり、人間は自分にとって迂遠なものは発見できても、自分に直結した肝心な人生上の問題には取り組めない、というほどの意味であろう。

　これだけを取り出すとソローは、宇宙の有様や天文学の知識にはまるで無関心であったかのようである。けれども、『ウォールデン』の別な個所を参照すると必ずしもそうではない。実際にはソローは自然観察者にふさわ

しく、宇宙の星々にも結構詳しかった。たとえば、ウォールデン湖畔にある彼の小屋が人里離れており、夜にはいかに静寂であるかを強調する際に、それがあたかも遠い宇宙空間に位置しているごとくに形容してみせた。

　本書第二部の第一章第三節で引用した部分を集約すると、「その小屋は、ちまたの騒音や騒動から遠く離れていて、いわば宇宙のかなたのカシオペア座の背後にあるかのようだ」という。それはソローにとって常に新鮮さを失わない、純粋無垢な場所であった。ソローはさらに、プレアーデスやヒアーデスの星団、アルデバラン星やアルタイル星の名もあげ、自分の住まいがそういった星々の近くに位置している、ともいう。それで夜には、彼の小屋の光が、彼に一番近い位置にいる隣人にとってさえも、「まるで星の光のようにまたたくのだ」と形容している。それも「月の出ていない夜に限って見えた」とのことである。

　ソローがこうして夜空の星々に目を向け、想像上で自己の住まいをその位置に置いてみるシーンでは、やはり彼が宇宙の眺めに対してきわめて共感的であったことが明白である。それは、彼の先輩エマソンの「自然論」（"Nature", I）の冒頭に現れる星空の賛美の一節を想起させる。エマソンは星々の壮麗な光景に感動し、「この眺めが千年に一回であったなら、人類は代々これを奇跡として子孫に語り継いだことだろう」（7）と言い、星々が神の存在を直観させる美の使節だと主張している。ソローの方は、神という言葉は用いていないが、宇宙をやはり永遠性を帯びた神聖な場だと見なしている。「私が住まっていたのは、まさにこのような宇宙という天地創造の場であった」（88）という言葉にもそれがうかがえる。天地創造はやはり神の技だからである。

　しいて両者の相違をあげるならば、エマソンは星々を、人の眺める客観的な対象とみなしているのに対し、ソローの方は、遠い星々の位置する宇宙空間に自己の住まいを設定し、その中で自己が生きるという状況を想定していることである。

　むろんそれは現実のことではなく、単なる想定にすぎないが、それでもソローとしては、ただ宇宙を見上げ、それを眺めるだけの対象に留めるこ

とでは満足できなかった。場所がどこであれ、その中で自分が生き、行動する姿勢を示すことが彼の基本的な発想であった。ソローが単なる知識としての天文学とそれを追求する天文学者たちにあき足らず、不満を述べているのも、そうした彼独特の行動的な発想のためらしい。

　彼が自ら膨大な『日記』（*Journal*）の中から、夜の思索と散策を扱った部分を抜粋し、再編集した作品『月』（*The Moon*）[2]には、いくつかこうした不満が述べられている。

> 我々の科学は、いくつか格好の話の種となってくれる。星々への距離や星々の大きさについての堂々たる解説によって。でも、その星々が人間にとってどのように関わるかについてはほとんど全く教えてくれない。人がいかにして国土を測量し、船を操縦すべきかは教えてくれるが、いかにして人生の舵をとったらよいかは告げてくれない。（22）

> 　天文学者は、意義のある現象について、あるいは現象というものの無意義さについて盲目だ。ちょうどのこぎりをひくとき、木くずから目を守るため塵よけ眼鏡をかけている木びき師のように。問題は何を見つめるかではなく、何を読みとるかなのだ。（22-3）

さらにソローは、天文学よりも占星術の方を評価するような口ぶりさえもみせている。「むしろ占星術の方が、これ（天文学による成果）よりも高い真実の萌芽を含んでいた」（23）と。占星術師は何ら科学的な根拠のない材料を用いて、人の将来を占うのであるが、ソローはその弊害よりも、むしろ占星術師があえて人々の人生に関わろうとするその積極的な姿勢の方を評価したのであろう。

　天文学者が最も頼りとする天体望遠鏡についてもソローの批判は痛烈であった。「肉眼は望遠鏡をあてた目よりも容易にもっと遠くを見ることができるかもしれない。肉眼よりも優れた望遠鏡は発明されたことがない。天文学者の目は天文台のドームより遠くを見ることはしない」（23）とさえい

うのである。そして天文学者よりも詩人の方がはるかに全天の光景を、素早く、くまなく把握できるとみなしている。

　こうした天文学批判の言葉にはゆきすぎた非常識さがあるが、それにせよソローの言いたいことは明白である。即ち、天文学による新知識や情報が、そのままでは人生の糧になりにくいということ、また天文学者が客観的な事実のみを追求し、人間の生き方に全く無関心であること等に集約しうるであろう。しかしソローがそれをどんなに批判したにせよ、それは厳正な自然科学というものの立場上やむをえないことであろう。

　とはいえソロー自身は、あくまでも行動的な人生探求者であり、その成果を世人に伝え、人生教育を施す教師であり続けようとした。人生の意義を探るための新たな手がかり、またその成果を世人に伝達するための効果的な手段が得られない場合に、天文学と天文学者は、ソローにとって不満と焦燥を投げつける標的となった。けれども、注意すべきことは、ソローが実際には宇宙の現象や天体の姿には深い関心を寄せていたことである。すでに見たように、ウォールデン湖畔における小屋の位置を、宇宙の星々や星座の中に想定するという発想にもそのことがうかがえるのである。

二　ソローの宇宙進化論

　ソローが夜間、ウォールデン湖にボートで乗り出し、魚釣りをした話も興味深い。釣り糸を水中に垂らしながらも、彼の想いが、遠い天体の位置する広大な宇宙空間へとさまよい出て、「その宇宙進化論的な諸問題」（'cosmological themes in other spheres'）(175)へと引きこまれてゆくのだった。'other spheres' とは、即ちこの地球をはるか離れた宇宙の領域を指している。ソローのこの瞑想の具体的な中身は何だったのであろうか。

　一般に宇宙進化論といえば、この宇宙がいつ、いかにして発生し、かつ今日の形態にまで発展してきたかを問うものであろう[3]。この宇宙の誕生についての一般的な取り組みは、我々の太陽系がいかにして発生したかとい

う問いに始まった。
　それに関して、すでに 18 世紀後半に二つの論が提示されている。その一つは、フランスの自然哲学者ビュフォン（Comte de George-Louis Leclerc Buffon, 1707-88）の説（1745 年）である。ビュフォンによれば、彗星が偶然に原始の太陽に衝突し、その反動で太陽からいくつかの塊が飛び出し、惑星になった。この惑星たちの太陽をめぐる動き（公転と自転）もこのときの衝撃により生じたという。この説に対し、10 年後、哲学者カントが、さらにその数年後、フランスの天文学者ラプラスが星雲説をとなえた。
　星雲とは、原始の宇宙空間の中で層をなしていたガスや塵の雲のことで、カントによれば、そうしたガスや塵の雲が回転を始め、平らな形となり、その中心部分が引力により周りの物質を集めて太陽となった。太陽から離れた他の部分も、同様にして引力の主に作用した個所が惑星になったという。
　ラプラスの理論も基本的にはカントの説に重なるものであった。ソローが生きていた 19 世紀前半に置いては、ビュフォンの太陽と彗星の衝突説とカント・ラプラスの星雲説は共存していたが、星雲説の方が主力になっていた。彗星と原始太陽の衝突は、理論的にはありえても、実際の可能性はきわめて薄いとみなされたのである[4]。
　それならばソローは、やはり星雲説の方に加担していたのだろうか。実際にはそれは不明といわねばならない。彼は「宇宙進化論的諸問題に引きこまれた」というのみで、その結果には触れていないからである。けれども、ビュフォンの説に即していえば、ソローは彗星にも関心があったらしい。ウォールデン湖畔をかすめて疾走する蒸気機関車の描写にもそれがうかがえる。その機関車は、むしろソローの思索生活をさまたげる騒々しい厄介物ではあったが、そのダイナミックな動きには、なにか壮大な天体の動きを連想させるものがあった。
　それでソローは、何台もの車両を牽引しているその機関車の雄姿を彗星の形と動きになぞらえている。

その軌道は回帰曲線を描いていないようだし、あのような速度と方向からして、再びこの太陽系に戻ってくるかどうかわからないのだから、むしろ彗星に似ているというべきかもしれない。(116)

これは蒸気機関車の威勢よい進行をたいそう誇張した表現ではあるが、それでも実際にこの機関車は、ソローの郷土コンコードの村人たちの平穏で固定的であった従来の農本的な生活をかき乱し、あわただしく流動的な商業中心の生活に変えてしまった。だから、それはまさに、太陽や太陽系内の惑星たちの安定した軌道をおびやかす宇宙の漂流者、彗星になぞらえることがふさわしかった。

ちなみにソローは、彗星を題材にした詩、"To the comet" をすでに1837年（20歳）頃に作っている。

　　彗星によせて

　光学レンズのみせかけよりも、
　我が真心で見る方が、もっと遠くを見通せる。

　言ってくれ、天空をひき裂いている
　かなたの高みは何なのか、
　我らの太陽に集中してゆく光の流れ、
　それは、よその太陽系を抜け出してきた光なのか。

　人の目をひく異邦人、太陽系の放浪者、
　我らの空を支配する全権力の持ち主よ、
　おんみは知るか危険の兆し
　近づく戦か飢饉の先触れ。

　空の帝国からの特使だ、外務の長だ。

空中高いその進路によって
おんみは、不吉なことの全てにわたり
前兆をなすものか。

天空をゆく走者、
いかなる使命で、おんみは派遣されたのか。
我らの弱みを探知するために、やってきた最高司令の密使なのか、
星々や星座の中を、
帆を張らず、とも櫂で漕ぎ進みつつ、
星明りの国々を抜けてゆく、
尾を持った開拓者中の開拓者。
　おんみ、天の私掠船よ、
願わくば、こちらに接近せぬように[5]。

　この詩では、ホイットマンの場合とは異なって、自己を彗星になぞらえることはなく、全く他者として扱っている。災いの前兆という伝統的な迷信をふまえており、地球の秘密を探りに来た宇宙の密使というような不気味な連想も添えている。地球への衝突を恐れる微かな懸念もみえる。要するに宇宙空間を乱し、騒がす厄介者というイメージである。
　けれども、「帆を張らず、とも櫂で漕ぎ進む」("Sculling thy way without a sail") という箇所では、単なる観念ではなく、彗星の動きを実際に見て表現したらしいリアルな感じがある。「とも櫂」とは、二本のオールのことで、彗星の尾の吹き出しが、舟のオールの動きとそれにより生じた水面の波紋にたとえられている。また「尾を持った開拓者中の開拓者」("The pioneer*er* of a tail") という彗星への賞賛の個所もある。「開拓者」はソローにとって理想の生き方であったからである。その 'pioneer' という語にあえて比較級のような er を添えて強調しているのも面白い。やはり彗星は、蒸気機関車と同様に世の中を騒がす厄介者ではあるが、宇宙空間をかけぬけてゆくパイオニアとしてのその雄姿は、地上における機関車の持つダイナミックな

魅力とも重なっている。

　ところで、その蒸気機関車を運転する乗務員たちが、ウォールデン湖畔にいるソローの姿を見覚えて、挨拶するようになったという。ソローはこの鉄道の従業員と勘違いされたようだった。このエピソードを語りながら、ソローはこの勘違いをむしろ喜んでいたようにみえる。「私も地球の進む軌道のどこかで、保線の仕事をやりたいのだから」(115)　というのである。これはむろん比喩的な言い方であり、その真意は、世の人々が人生の軌道を踏み外さないように、真に生き甲斐のある人生を送れるように支援したいという彼の強い願いの表明であった。

　けれども、ソローが提示するこの宇宙的なイメージの願望を、比喩としてのみならず、そのまま文字どおりに受け止めることも一興であろう。広大な宇宙空間を、太陽系の一員として、我々の地球が悠々と進んでゆく。ソロー自身もその保線夫（'a track-repairer'）として、近くの宇宙空間に位置していて、地球の進行をじっと見守っている。もしその軌道に異常があれば、すぐに修復をするという構えでもって。やはりその宇宙軌道のイメージには、彼自身の積極的な参加と行動の姿勢が反映されている。

　こうしてソローが、蒸気機関車の走行に彗星の姿と動きを連想し、地球の軌道の乱れを懸念しているらしいことからすると、ビュフォンのとなえた彗星と原始太陽の衝突説も結構彼の関心を引いたかもしれない。ただ、宇宙進化論そのものについては、その正確な決定的な解答は得られないが、それにしても、その問いかけ自体に意義があるともいえるであろう。

　なぜなら、我々が宇宙の始まりと進化という根源的な、超越的な発想に向かうことにより、我々の意識が、決まりきった固定的な日常生活の枠を離れ、世事の末梢的なことにこだわらなくなり、より自由自在となれるからである。ソローが宇宙進化論に関心を示したのも、それによって、こうした意識の改革とそれに伴う人生上の収穫、つまり古い意識を捨て去り、新たな、より自由な人生への取り組みに向かうための心の姿勢が得られたからだと考えられる[6]。

　こうしてソローがウォールデン湖上で釣りをし、宇宙進化論に思いを馳

せている折に、パウタラ（ナマズ）が針にかかる。そのときソローが思い浮かべたのは、地上の水だけでなく、天空でも釣りができるのではないかという発想であった。釣り糸を天に向けて抛るということは、天空での収穫をめざすことになる。もし地上の水での収穫が淡水魚のパウタラという物質であり、肉体を養う糧であるならば、天空で取れる獲物は、きっと精神のための獲物、つまり新たな人生の糧となれる獲物であろう。「私は、いわば一本の針で二匹の魚を得た」(175)とソローが言っているのは、以上のような物心両面にわたる獲物という意味だと考えられる。

三　ソローの宇宙像

　宇宙進化論に関わってくるもう一つの問いは、進化した今の宇宙が実際にはどんな姿をしているかということである。むろん近代天文学は、この問いにも取り組みを開始していた。こうした問いに関連してソローは『ウォールデン』の「結論部」の冒頭で、イギリスの古典詩人ハビングトン（William Habington, 1605-54）の詩の一節を引用している。

　　あなたの見る目を内にむけよ。そうすれば、あなたの心の中に、
　　まだ発見されていない千もの地域が見つかるだろう。
　　そこを旅せよ。そうして自己の宇宙誌の大家となれ (320)[7]。

　この詩の趣旨は、むろん自分の目を心の内部に向けて、自分自身を探求せよ、と促すことである。原詩を引用したソロー自身の趣旨もその点に関して相違は見られない。けれども「宇宙誌」('cosmography')という言葉に注目するならば、それはソローにとって具体的にどんな意味を帯びているのだろうか。
　ただしその前に、原詩の作者ハビングトン（エリザベス朝後期に生きた詩人）にしてみれば、cosmography とは、「コスモスを描くこと」、すなわち「全

世界を地図のように描写すること」であったと思われる。その「世界」とは、人間を取り巻く全環境としての天と地を併せて指すものであった。けれども、天についてはまだ情報がさほど得られず、ほんの飾りの程度であったために、結局実質的には「大地」の研究、つまり図式的な地理学の謂いとなったのである。

ところが 19 世紀にいたると、ドイツの地理学者フンボルト（Friedrich H. Alexander Humboldt）やリッター（Karl Ritter）たちによって、より科学的で体系の整った地理学が確立されていった。リッターは、世界の各地域が、ばらばらに孤立したものではなく、たがいに有機的につながっていることを主張し、フンボルトは全世界に及ぶほどの広域な探検・調査旅行によってリッターの説を裏付けたのである。これによって新たな科学的で系統的な地理学が 'geographie' (geography) の呼び名で定着していった[8]。したがって cosmography の方は、古典的で時代遅れの呼称として見捨てられた。

けれども、逆にいえば、cosmography は、地理学としての立場を剥奪されたために、もっぱら宇宙（cosmos）のみを扱う分野に専念しうることになったともいえよう。ソローはこのような新たな意味でこの言葉を把握したと考えられる。というのも、19 世紀前半という時代は、近代的な自然科学の発展が真に開始され、天文学ももはや単なる飾りの程度ではなく、実質的にその華やかな科学の発展の一環をなしたからである。

それならば当時の天文学は、この宇宙をどのように把握していたのだろうか。前章で扱った内容を繰り返すことになるが、それを集約してみよう。すでに 18 世紀後半において、イギリスの天文学者ハーシェルは鏡を用いた反射望遠鏡を作成し、天体観測の精度を飛躍的に高めたのだった。ハーシェルはその望遠鏡を駆使して、自ら宇宙全般の観察を行なった。その際に彼は、星々が集まって構成される星団と、その星団が集まって雲のように見える銀河を観測し、宇宙全体の星々についての「カタログ」（一覧表）を作成していった。

ハーシェルの息子ジョンも、フランス人ダゲールによって開発された写真術を取り込み、父親の天体カタログ作成の研究を引き継いだ。こうして

第三章　ソローと宇宙

ハーシェル父子によってはじめて具体的な宇宙の構造がイメージされたのだった。それによると、当時宇宙で明確に認識できた銀河（星々の大集団）はただ一つ、我々の太陽系が所属する銀河系のみであり、しかも我々の恒星である太陽は、この銀河系のほぼ中心に位置すると見なしたのである[9]。

　このことは今日でいう宇宙像とは決定的に異なっている。なぜなら、今日では、こうした銀河の存在は、全宇宙でただ一つどころか無数といってよいほどであり、しかも我々の太陽は、そうした無数の銀河の一つの中で、その中心部どころか全く周辺の腕の部分に位置しているという。銀河の中心部はブラックホールであり、何ものの存在も許されない死の世界ということである。また無数というべき銀河のいずれもが、いわば宇宙という名のシャボン玉の表面に浮かんでいる粟粒のごとくで、お互いの位置は相対的であり、いずれも宇宙の中心部とは見なせない由である[10]。

　これに対して19世紀前半のソローの時代では、宇宙における我々の位置はまさにその中心そのものであった。なにしろ宇宙全体で、我々の銀河系が明確に指摘しうる唯一の銀河であり、その中で我々の太陽系がそのまた中心に位置していると見なしたからである。これはまさに中心の中心とでもいうべき発想であろう。古代、中世においては、我々の太陽系の範囲内で、地球をその中心と見なす天動説が盛んであったわけだが、19世紀前半においては、銀河系というレヴェルにおいて我々の存在が中心なのだと発想したのである。それはいわば、宇宙全体の規模において天動説が唱えられたようなものであった。

　このような自己中心的な宇宙観や宇宙像は、必然的に当時の文人たちにも深い影響を及ぼしたことであろう。エマソンは宇宙の中心に「大霊」を位置づけ、その大霊が、人間を頂点とした森羅万象の存在の源なのだと見なした。メルヴィルは、エイハブ船長の執念を通して、白鯨といういわば宇宙全体を表す象徴物に撃ちかかった。メルヴィルにとっては、人間一個人対全宇宙という壮大極まる対立の図式が可能であったのだ。

　ホイットマンにいたっては、「自分という存在が一つの宇宙」（"Walt Whitman, a kosmos"）だとうたっている。要するに、当時の天文学が提示し

たように、我々の太陽系と我々人間の存在が全宇宙の全く中心に位置しているのであるならば、我々そのものが宇宙を代表し、宇宙のエッセンスとしての存在でありうることになったであろう。その場合、そこにいる個々の人間たちは、ささやかな一小市民ではなく、それどころか、思いきり壮大な、宇宙的なスケールの英雄と見なされたわけである。

　ソローの場合も状況は同様であった。彼は自分の住むウォールデン湖畔をやはり彼なりの宇宙の中心と見なしていた。ただし彼の場合は、ただ自己の観念としてそのように思い定めていただけでなく、ウォールデン湖の湖水を通して宇宙へ彼の想いを馳せるという具体的で実際的なプロセスがあった。たとえば先ほどの場面、彼が湖水で魚釣りをしている際に、同時に天空でも魚釣りをしたというあの想定にもそれがうかがえる。

　ソローがウォールデンの湖水に大空を連想した直接の理由は、その透明度の高さにあった。「この湖水がもしごく小さくて、凝固したものであるならば、類まれな宝石としてどこかの皇帝の頭を飾っていただろう」(199) と述べ、この湖水を「空の水」('Sky water') とも呼んでいる。こうして湖水の透明度が高く、水面に空の雲を映しているのを眺めていると、ソローは自分があたかも空中にいるような錯覚をおぼえるのだった。ボートに乗っている自分が、まるで気球に乗って空中に浮かんでいるようで、水中の魚たちも彼の周りで空中遊泳をしている如くに感じられた (189-90)。

　ソローはこうして奇想を楽しんでいたのだが、それだけに留まることではなかった。大空は大地と共に我々を取り巻く二大環境の一つでありながら、しかも大地のように人が直接触れることはできない。けれども、触れえないがゆえに、かえってそれが深い憧憬の対象となってゆく。触れえないために神聖化されるという状況があった。それでもソローは、透明な湖水を媒介として大空にあえて触れようとしているのである。こうして大空への接触を湖水によってシミュレーションし、それによって彼の心と彼の人生が高められ、清められてゆくという期待があったと考えられる。

　大空へのこうした想いをさらに拡大し、より深化させたものが宇宙への憧憬ということになるであろう。澄んだ湖水の底の砂地から、ソローは「銀

河の川底にきらめく星々の砂」(98)を連想してもいる。こうして彼は、澄んだ湖水から大空に心を寄せ、さらに宇宙へと思いを馳せたのだった。

　湖水と宇宙が結びつくこのウォールデンという場において、彼自身も思いのまま、自由そのものの生活を行なった。即ち彼の精神が、なんらわずらわしい世事に妨げられず、自由自在に発揮され、彼という存在が、真の生き甲斐を求めて思いきり飛躍し、成長できる場となった。その意味で、ウォールデンは彼の宇宙の中心点となった。以上のような状況の中で、ソローは自己のこの上ない充実感を披瀝している。

　　永遠の時間には、確かに真実で崇高なものがある。けれども、そうした時間や場所や機会は全て、いま、ここにあるのだ。神自身もいまこの瞬間、栄光の頂点に達している。あらゆる時代が通りすぎてゆくあいだにも、神が今ほど神聖なときはふたたびめぐっては来ないだろう。(中略)宇宙は常に、忠実に我々の想いに応えてくれる。(97)

それならば、今ソローのいるウォールデンの場はまさに宇宙の中心だと見なされよう。なぜなら、今ここで、「神が栄光の頂点に達する」("God himself culminates")というのは、さらに言い換えれば、「栄光の頂点にいる神」を実感できる人間ソローも、やはりその頂点に神と共に位置していることになろうからである。

　ソローが引用したあのハビングトンの詩句に戻ってみると、そこにはやはり、自己という人間の存在が宇宙そのものだという発想がうかがえる。「自己自身を探求し、自己の宇宙誌を描く大家となれ」というからである。このような趣旨には、まさに自己中心の発想が強調されている。さらに言い添えれば、およそアメリカ文学の全般においてソローほど自己中心の作家はいなかったであろう。『ウォールデン』の冒頭部におけるあの有名な自己表現、「私という第一人称」の宣言が如実にそれを物語っている。「たいがいの書物では、＜わたし＞という第一人称は抜きにされている。ところがこの本ではそれがあくまでも維持される。自我に関するその点が、他と大

いに異なっているのである」(3) と。

そのような強い自己意識を抱き、思いのままに自己を表現することが、即ち「自己（自家製）の宇宙誌」('Home Cosmography') を描くということになるであろう。その場合、自己は卑小な存在ではなく、やはり壮大であらねばならない。そうでなければ「自己誌」が「宇宙誌」にはなれない。ホイットマンのいうごとく、自己は「一つの宇宙」でなければならなかった。当時の天文学は、我々の銀河系と太陽を中心とするという宇宙像を通して、結果的に人間を宇宙の中心にすえ、それによって、宇宙の主役としての人間存在の途方もない大きさを保証したといえるであろう。

四　宇宙への旅

こうしてソローは、ウォールデン湖畔を彼なりの宇宙の中心と見定め、彼自身の心の成長を心がけていった。しかし、宇宙の中心にいるということは、そこに静止し、安住していることではない。むしろそこからの絶えざる成長がそこに居続けるための必須条件となってくるのではなかろうか。ソローは、自己の精神のこのような成長の状況をやはり宇宙的なイメージで表現している（第二部の第一章第四節での引用を再掲する）。

> いまこそ、西の最果てをめざして旅だとうではないか。その道はミシシッピー川や太平洋にぶつかっても止まらず、かといって老朽化したシナ、もしくは日本に通じているわけでもなく、この地球と接線をなしつつ進み、夏も冬も、昼も夜も、日が沈み月が落ちたあとも、ついには地球が沈んだあとも進み続けるのだ。(322)

ここには、むろん新大陸開発のために、アメリカ人の祖先たちが行なってきた種々の旅と探検の歴史が集約的に言及されている。周知のようにその一つは、アメリカ大陸発見以前から試みられてきた西方航路を求める旅、

「インドへの道」を模索する旅であった。いま一つは、アメリカ大陸定着後、大陸を西へ西へと探検し、その領土を勝ち取っていった旅、「明白な運命」の旅であった。

けれども、ソローが示そうとする「自己探求の旅」は、アメリカ大陸を横断後、さらに太平洋に入り、再びアジアを目指すものではなかった。むしろその地点から急上昇し、宇宙空間に突入してゆくものとなった。その際に、この旅人は「最も遠い道程へと出発し、その道は地球と接線をなして進む」("Start now on that farthest way, which leads on direct tangent to this sphere. . . .") のだという。この表現には、実際に測量士であったソロー自身の実感、体感がこめられていると思われる。ソローの時代には、むろん宇宙旅行という発想そのものが荒唐無稽であったはずである。それでもやはりソローは、自分なりの実感をこめてそれを表現しようとしたのだった。

ところで、ソローがハビングトンを継承して説く「自己探求、自己発見の旅」とは、言い換えれば、「本来あるべき理想の自己を求める旅」でもあろう。そのためには、「自己が新たなより良い人生へと目覚めること、より生き甲斐のある人生への取り組みを開始すること」が必要となってくる。自己が日常生活における常識の殻を破り、新たな未踏の心の領域へと進入してゆかねばならない。つまり心の解脱が不可欠となってくる。

その解脱が、「宇宙空間への突入」という発想で表現されているわけである。即ち我々の精神が、いわば地球の表面という常識的な領域を這い進んでいるだけでは駄目で、そこからの思い切った飛躍、飛翔が不可欠だということである。またその際に、その飛躍と宇宙への突入のイメージをより実感のあるものにするべく、ソローは測量に関わる用語「接線」('tangent')を用いたのであろう。

この心の解脱の旅は、いわば太陽系の中を進み、ひいては太陽系を去ってゆくほどの大がかりな宇宙旅行となってゆく。「日が沈み、月が落ち、ひいては地球が沈んでゆく」("…sun down, moon down, and at last earth down too.)という形容がそれを示しているようである。これはやはり、人が実際に宇宙の旅に出て、宇宙船の窓から遠ざかってゆく地球や日月の姿を眺め

ているような描写だといえよう。
　こうして人が太陽系を去り、はるかに遠い宇宙の異境の地点から振り返るならば、我々の太陽が、円球としての見かけの幅を失い、輝く一点の恒星に収縮しているのが見えるであろう。その光景は、『ウォールデン』全体の締めくくりの言葉を想起させる。それは、前々章で検討したように、人が真に心の解脱を得、心の夜明けを迎えるならば、それに比して、「現実の太陽は夜明けの星にすぎなくなる」("The sun is but a morning star.")という趣旨のものである。やはり太陽が輝く一点の星の姿に化してしまうのである。それならば、ソローの心の解脱の成果が、こうして宇宙空間を遠く進んだ距離、その広大無辺な宇宙旅行の行程によって比喩表現されていると考えられる[11]。
　ところで、本書の各章でこれまでに種々検討してきたように、ソローは、心の解脱、即ち「本来あるべき自己の探求」や「理想の生き方の追求」に取り組んでゆく際に、普段の生活の場とは異なった非日常の空間や場所をあえて選び、その手がかりとしてきた。なぜなら、そのような場は、非日常の所であるが故に、彼を普段の生活から一時的にはずし、彼の固定していた自己の在り方をゆさぶり、その枠を壊す作用をしてくれたからである。
　ソローにとってそうした非日常空間の最たるものは、未開の荒野としての西部の地域であった。ところがソローは実際にはその西部にまで出かけなかった。それで西部のフロンティアは、イメージとして、現実の開拓者たちが行なった開拓のための苦闘の跡をとどめず、彼の心中ではあくまでも純粋無垢な理想の地であり続けたのである。
　すでに見てきたように、彼は大学時代に西部での開拓生活に憧れ、兄と共にその具体的な計画を立てた。コンコード川とメリマック川の旅では、西部地方に見られるような未開の荒野の片鱗をニューハンプシャー州の奥地に見出そうとした。また彼がウォールデン湖畔に建てた小屋は、西部の丸太小屋と同様な趣を目指したものであった[12]。作品「ウォーキング」では、彼の毎日の散歩が「西か南南西」へ向かうものだといっている。そしてさらに、沈みゆく太陽に西部行の偉大なリーダーをイメージしたのだっ

た。彼の晩年における最後の旅では、中西部のミズーリ州に赴いたのだが、それは西部への積年の夢をいささかでも果たそうとするものであった。

　周知のごとく、実際の西部においては、19世紀中頃に向けての黄金採掘ブームの後、1869年には大陸横断鉄道の開通があり、ついには1890年代においてそのフロンティアは消滅してしまった。けれどもソローの心中では、理想のフロンティアとしての西部のイメージは消え去ることはなかった。

　彼はその西部のイメージをさらに宇宙に結びつけようとしたのだった。先ほどの引用個所に見られたように、西部横断の旅がなされた後には、さらにその続きとして、「地球に対して接線をなして」宇宙というフロンティアへの旅が続くことになるのである。こうしてソローにおいては、非日常空間――西部――宇宙という三つの要素のつながりが提示された。

　このように西部フロンティアと宇宙を結びつける発想は、アメリカ・ルネッサンスの時代においては、ソローの独創的なものであり、エマソン、ホイットマン、ポーのいずれにおいても見かけないものであった。今日では宇宙を人類にとっての「最後のフロンティア」と呼ぶ言い方があるが、それはすでにソローにおいて発想されていたわけである。もっともソローに言わせれば、「最後の」ではなく、「これからの」という期待と祝福に満ちたフロンティアでありえたはずである。

五　現代人の立場から

　以上のようにソローは、読者に向けて「心の解脱」への呼びかけを行なうために、その比喩表現で、西部のフロンティアから続く道として、当時としては画期的であった宇宙空間への旅のイメージを用いたのである。これに対して現代人は、比喩ではなく実際の宇宙旅行に成功しつつある。それなのに現代人の多くは、ソローが提唱し、期待したような「自己探求」による心の充足や解脱にはまだ至っていないようである。あたかも現代の人々は、実際の宇宙旅行という物理的な技術の収穫を得るために、19世紀

前半のソローの時代には期待できたはずの心の収穫を手放してしまったかに見える。

　それに現代においての宇宙は、その中心部に人間が位置する栄光の場ではなくなった。我々は、無数の銀河の中の一つに、それもその周辺部に位置しているのみである。従ってアイザック・アシモフに言わせれば、我々地球人は、宇宙の中心人物どころか、「宇宙の孤児」にすぎない。それも核戦争による人類滅亡の危機におびえながら、我々の先輩としての宇宙人の存在をむなしく探し求めている孤児だというのである。そしてその宇宙人とは、人類よりも先に原子核反応の仕組みを発見し、その核の脅威としての核戦争の危険をなんとか克服して、平和共存の可能性を確立し得たかもしれない者たち、宇宙のどこかにいるはずの優れた先覚者としての知性体のことである。もしもこうした先例が宇宙の中に見出されるならば、人類にとっても、それを踏襲しうる可能性が出てくるというわけである[13]。

　ともあれ我々人類は、実際に月に到着できたし、地球周辺の宇宙空間に国際的な宇宙ステーションを設立できた。今後もしなんとか核戦争を回避できるならば、いずれは月に基地を建設し、さらにそこから火星での定住を目指すことであろう。そして火星のひどく厳しい自然環境（あたかも地球の砂漠を成層圏にまで持ち上げたような環境）を改良できたならば、人類はそこに第二の地球を出現させうるかもしれない。

　SF的な脱線話になるが、アシモフは、さらにその後の人類の旅についても可能性を模索している[14]。即ち人類は、火星からまた出発し、火星と木星との間に位置する小惑星帯へ到るであろうという。その小惑星のいくつかに着陸し、その内部を掘削して居住空間をこしらえる。それによって、小惑星の中を何重にも層をなして居住するならば、その立体的な利用法により、今日の地球人口の全てが一つの小惑星中に収容できる由である。いずれはさらに、その小惑星にロケット・エンジンを取り付けて、その小惑星ごと人類は太陽系を去り、隣の太陽であるアルファ・ケンタウリ等を目指すであろうという。こうして未来の人類ははるかに遠い大宇宙の旅に出かけることになる。

それはソローが『ウォールデン』の結末部で示した「心の旅」のイメージを実際に物理的に実現させるようなものだといえよう。しかしながら、心の解脱という精神的な解放の旅を物理的な現実の宇宙の旅に置き換えることによって、人類の心ははたしてどの程度満たされるものであろうか。大きな疑問だと言わざるをえない。

けれどもアシモフの主張によれば、このような宇宙旅行の場合、人類は、定住と旅という二つの相反する条件を同時に満たすことになるのである。というのも、人類は、小惑星の中に住んだまま、そのままの状態で、その小惑星に動力となるロケット・エンジンを取り付け、果てしない宇宙旅行に出発できるからである。ソロー流にいうならば、それは、小惑星の中という日常の住居にいながら、果てしない旅をして、宇宙の未知の領域という非日常の空間を同時に体験しうるのである。

このように、定住と旅、言い換えれば日常と非日常の場という本来矛盾するはずの両要素を理論上両立させ、結合させたことは、やはりアシモフの発想の手柄とすべきであろう。定住も旅も、共に人類の希求する二大要素であることはいうまでもない。このような定住イコール旅という新方式が、人類の心に新たな刺激と意欲を与えるとともに、ある種の余裕をも与え、ソローの説くような新たな人生観と生き甲斐を呼び起こしてくれるであろうか。また「宇宙のオデッセイ」としての果てしない旅が、人類の知的好奇心を次々と満たし、永遠への想いをさらに高めてくれるであろうか。

註

1. 本論では、前章（第二部第二章）の概説的な内容を基に、ソローの場合を検討するという趣旨であり、論旨の展開のために、前章と部分的に重複することを了解いただきたい。
2. 作品「月」については、本書第一部の第五章で主に検討した。

3. *Webster's Third New International Dictionary* (1971) によれば、cosmology とは "a part of the science of astronomy that deals with the origin and development of the universe and its component" (514) である。
4. Walter Sullivan, *WE ARE NOT ALONE* (New York: McGraw-Hill, 1966) の第五章。
5. Thoreau, *Collected Poems of Henry Thoreau,* Ed. Carl Bode (Baltimore: The Johns Hopkins UP, 1964) 中の詩（88 頁）を試訳した。原詩は以下のようである。

TO THE COMET

My sincerity doth surpass
   The pretence of optic glass.

Say what are the highlands yonder
Which do keep the spheres asunder
The streams of light which centre in our sun
And those which from some other system run?

Distinguished stranger, system ranger,
Plenipotentiary to our sphere,
Dost thou know of any danger,
War or famine near?

Special envoy, foreign minister,
From the empire of the sky,
Dost thou threaten aught that's sinister
By thy course on high?

Runner of the firmament
On what errand wast thou sent,

Art thou some great general's scout

Come to spy our weakness out?

Sculling thy way without a sail,

Mid the stars and constellations,

The pioneer*er* of a tail

Through the stary nations.

 Thou celestial privateer

We entreat thee come not near.

6. ソローのこのような心の姿勢については、本書の第一部第一章で検討した。
7. ハビングトンの生涯と詩については、拙著『ソローとライシーアム――アメリカ・ルネサンス期の講演文化』(開文社叢書12、1997) の第四章第三節参照。
8. 水津一朗『近代地理学の開拓者たち』(地人書房、1994) の第一章「カール・リッター」3-29頁。
9. 桜井邦朋『天文学史』(朝倉書店、1990) 第七章「恒星から星雲へ」、98-105頁。
10. 同書、第八章「20世紀の天文学 (1)」、164-170頁。
11. 本書第二部の第一章の主なテーマである。
12. 作品 *A Week on the Concord and Merrimack Rivers* においては、「その人の今いる場所に、樹皮のついた丸太小屋を自分自身で建てさせよ」(304) という呼びかけの個所があり、ソロー自身も西部を意識しながら、自力でウォールデンの小屋を建てたと考えられる。本書第一部第四章第四節。
13. Isaac Asimov, *Frontiers* (London: Mandarin, 1991) 291-302, 及び *The Danger of Intelligence and Other Science Essays* (Boston: Houghton Mifflin, 1988) の第三章。
14. Asimov, *Is Anyone There?* (New York: Doubleday, 1968) の第五章。邦訳は、山高昭訳『生命と非生命のあいだ』(早川書房、昭和44年) 265-68頁。

第三部

ソローと宮澤賢治

第一章

二人の比較の基盤を求めて [1]

一　両者の類似や共通点

　宮澤賢治（1896-1933）といえば、誰しも思い浮かべるのは次の詩であろう。

　　　　雨ニモマケズ [2]

　　雨ニモマケズ／風ニモマケズ
　　雪ニモ夏ノ暑ニモマケヌ
　　丈夫ナカラダヲモチ／欲ハナク
　　決シテ瞋ラズ／イツモシズカニワラッテイル
　　一日ニ玄米四合ト
　　味噌ト少シノ野菜ヲタベ／アラユルコトヲ
　　ジブンヲカンジョウニ入レズニ
　　ヨクミキキシワカリ／ソシテワスレズ
　　野原ノ松ノ林ノ陰ノ
　　小サナ萱ブキノ小屋ニヰテ（以下省略）

　この詩は賢治が亡くなる寸前に手帳に書き残したものである。病床の中で、もし健康な身体に戻れるならば自分はこんな生活をしてみたい、と叶わぬ願を述べたのである。松林の傍らに簡素な小屋を建てて住み、何らかの形

で村の人々に生活の助言をしたいという気持ちであったと思われる。けれどもそれは実現しなかった。

　「簡素な小屋住まい」といえば、賢治の頭には西行や鴨長明、良寛などのことがあったのか、それともソローの『ウォールデン』を読んだことがあり、それをふと思い浮かべたのだろうか。自然の中の小屋住まい、菜食、村人たちへの助言などの要素を考慮すると、賢治をソローと結びつけたくなってくる。けれども賢治がソローの作品に直接触れる機会があったか否かはまだ確認されていない。

　それでも、ソローと宮澤賢治の共通点は数えあげるときりがない。両者とも、生涯独身のまま過ごし、短命であった。ソローは44歳、賢治は37歳で逝った。共に生前出版の作品はあまり売れず、真の評価を得たのは、死後百年前後を経過した今日においてである。その一家に関しても、共にその父親は生真面目な商人（ソローの父ジョンは鉛筆の製造と販売、賢治の父政次郎は最初は古着屋、その後金物店を経営）であり、母親のシンシアとイチは双方ともに明朗な性格で、家族たちの心を支え、一家団欒の中心人物であった。

　最も親しかった兄妹の死のことも共通している。ソローは兄ジョンの死を悼み、その追悼と彼岸の世界での永生を祈願する意図をこめて『コンコード川とメリマック川の一週間』を書いた。賢治も妹トシの死に際し、「永訣の朝」、「無声慟哭」などの一群の「とし子詩」で無限の悲哀を表現した。最愛の兄妹の死がいわば契機となり、両者は文人・詩人としての立場の確立を遂げたといえるであろう。

　両者は共に郷土愛が強く、また郷土を基にして世界中の地域へ想いを馳せた。ソローはいつもコンコードを旅人のように新鮮な気持ちで散策していたが、このことは賢治の花巻における行動についてもいえることであった。ソローは真冬のコンコード川流域に北極圏の大氷原をイメージし、賢治は北上川の支流の猿ヶ石川の岸辺をイギリス海岸と呼んだ。ソロー研究者のJ. A. クリスティーは、ソローが世界の各地へ想像力を向け、様々な場所のイメージを作品に描いたことに注目し、ソローを一種の「世界旅行者」

第一章　二人の比較の基盤を求めて

("World Traveler")と呼んだが、これも賢治にぴたりとあてはまることであった。賢治の作品を批判して「無国籍童話」という言い方があるが、彼の作品の場の設定は、それほどまでに世界各地のイメージに基づいているのである[3]。

さらに両者とも自然科学に造詣が深く、どちらも郷土の土地調査や測量に専門的に従事した時期がある。ソローは生業としてコンコードで土地の測量士をしていたし、賢治は盛岡高等農林学校の研究生として在学中に、主任教授の関豊太郎に協力し、郷土稗貫郡の土性調査に従事した。この調査報告書で賢治は「地形及び地質」と「地質土性略図」を担当したという[4]。

動植物の観察にも両者は秀でていた。両者の作品中に描写された種々の生物の表現の見事さは言うを俟たない。ソローを形容する「詩人・自然（博物）学者」('Poet-naturalist')という言い方は、即賢治にも通用するものである。五感の働きも両者共に抜群であった。ソローの言葉に「昇る太陽の音を聞く」、「沈黙のたてる音を聞く」というような、異常感覚ないし超感覚とでもいうべき表現があるが、賢治の場合にも、五感が複合的に働いたり、幻覚のように作用したケースは枚挙にいとまがないほどである。

人生の探求者としても両者は共通しており、世人に各自の人生の再検討と新たな生き甲斐の探求を促した点でも重なり合う。実際の学校教師としての年数は共に短かったが、いずれも人生教育の師として活躍したのだった。ソローに成人教育の場としてコンコード・ライシーアム（文化啓蒙活動の組織）があれば、賢治には地元の青年たちの啓蒙のために自ら創設した羅須地人協会[5]があった。

賢治は、「世界がぜんたい幸福にならないうちは個人の幸福はあり得ない」といっている。そこには大乗仏教の「大乗」という他者救済の発想に通じるものが見られるのである。ソローにおいても、他者の人生のあり方を改善するのが自己の最重要な任務だという強い自覚が生涯にわたって続いた。ソローの場合には、初期アメリカのピューリタンたちの抱いた新大陸における「新たな神の都建設」という使命感が一種の伝統として受け継がれていると考えられる。即ち、世の人々の心の救済を自己の使命として受け止

めるというソローの発想は、アメリカの植民地時代から続く＜使命感の伝統＞として彼の中に根付いていたのである[6]。

それでは宗教や信仰の面ではどうであろうか。ソローには、ピューリタニズムから発し、その教義をかなり自由化したユニテリアニズムを経、さらに古代の東洋哲学の影響を色濃く受けた超越主義があり、賢治には仏教の法華経があった。その二つの教理はむろん重なるものではないが、たがいに通底する基本部分があると考えられる。超越主義の基本的発想は、物事の見かけの外層を乗り越え、その内部に潜む真理（実相）を追求し、獲得しようとするものである。それと同様に法華経の方も、信仰によって世俗の欲望や雑念を振り払い、白蓮の花に喩えられる究極の真理を会得せんとする教えだといえよう。両者の発想は、共に古代インド哲学に源を持つものであるから、やはり根本義においては重なってくるのである。

小論の冒頭に戻るならば、賢治にはソローの行なったような自然の中での小屋住まいの体験はなかった。けれども、賢治が最晩年に、病床で手帳に書きつけた「雨ニモマケズ」の詩には、ソローのウォールデン生活を連想させる部分が多い。たとえば、「野原ノ松ノ林ノ陰ノ、小サナ萱ブキノ小屋ニヰテ」などの個所である。賢治の書き記した願はかなえられず、小屋住まいは単なる想定に終わってしまったが、それでも、そこに描かれた萱ぶきの小屋とそこでの簡素な生活の発想は、確かにウォールデンの森の小屋でソローの行なった新たなライフの実験に通じるものがあるといえよう。

二 比較研究の可能性

それならば、ソローが賢治に及ぼした影響はどうであっただろうか。ソローの作品『ウォールデン』は1854年に出版された。その頃の日本の状況はどんなであったのか。その出版の1年前の1853年には、合衆国の提督であったペリー（Matthew Calbraith Perry, 1794-1858）が黒船艦隊を率いて浦賀沖にやってきた。さらに、ソローが亡くなった1862年という年は幕末で、

明治維新（1867〜68）の数年前であった。一方賢治は明治29年（1896年）の生まれであるから、むろんソローとの直接の交流はありえなかった。

　賢治の残した蔵書にもソローの作品は一切見当たらない。賢治の作品にも、下書きのメモなどにもソローの名は残されていない。さらに、賢治が何かの機会にソローのことを知り得たという明白な証拠も見つかっていない。それでも、賢治が何らかの形でソローの影響を受けたかもしれないという可能性は否定できず、いくつかの推測がなされているのである。関口敬二氏によれば、その一例として、内村鑑三に『如何にして夏を過ごさん乎』（下巻、1899年）というエッセイの著作があり、その中でソローを「天然詩人」と呼び、「天然自然の中に最深の真理を見出した人」として賞賛している。内村の弟子であったキリスト教徒の斉藤宗次郎という人物が、後に賢治と親交を結び、内村のことをよく知らしめたという。賢治は、内村の著作を通してソローの思想に触れていたかもしれない[7]。

　それは魅力的な指摘であるが、やはり推測に留まるといわねばならない。それならば、比較文学の研究において、直接の影響関係を研究対象とするフランス式の方法論では、ソローと賢治の比較研究は無理で、その対象外とされてしまう[8]。それでも、しいていえば、両者を単純に較べ合う対照研究はありうるであろうが。とはいえ幸いにも、賢治の残した蔵書にはエマソンの作品があった。それはエマソンの作品を含む『世界大思想全集』（春秋社、昭和2〜6年）である。

　さらに賢治は、花巻地区の農民の青年たちに対して種々の啓蒙活動を行なっていた。そのための教材としての「農民芸術論興要」を作成する途中段階で、賢治は「農民芸術の興隆」と題する中間的なメモを残しているが、その中に2回エマソンの名が出てくる。それに関して天沢退二郎氏の「注解」がついており、それによると、「このアメリカの哲学者・詩人の著作を賢治は中学以来、戸川秋骨訳を原書と併読していた」とのことである。また氏は、エマソンの「詩人論」、「芸術論」が賢治の詩集『春と修羅』の「序」や「心象スケッチ」の概念の成立に影響しているという説を紹介している[9]。

　一方エマソンとソローの関係は、ハーヴァード大学での先輩後輩であり、

その後も師と愛弟子の間柄であり、ごく親密な友人同士であったことはいうまでもない。それならば、ソローと賢治は、エマソンを媒介としてしっかりと結びつくことになる。一応影響関係としては間接の間柄ではあるが、その縁はやはり深いといわねばならない。してみるとこの二人は、フランス式の厳密な比較文学の研究方法においても、まともな取り組みの対象になりうると考えられる。

三　賢治の宇宙への関心

　賢治の童話の代表作はやはり『銀河鉄道の夜』であろう。この作品に見られるように、賢治は宇宙や天文学のことに深い関心を持っていた。銀河や太陽系についても種々の言及をしているのである。たとえば、彼が作詞した花巻農学校の「精神歌」において、その第4連は次のようになっている。

　　日ハ君臨シカガヤキノ、／　太陽系ハマヒルナリ
　　ケハシキタビノナカニシテ、／　ワレラヒカリノミチヲフム
　　（第6巻、619）

ここで、今「太陽系が真昼」だと感じることは、作詞者の賢治も、いわばその太陽系内に住んでいるのだから、彼自身も真昼の状態にあることになる。つまり自己の心身が、あたかも真昼のごとく最高に充実していることを意識しているのである。賢治はまた、花巻農学校の学生たちに日常の意識を改革せよと呼びかけているようにも感じられる。それは、「ワレラヒカリノミチヲフム」の個所である。即ち、目を日常という狭い枠組みの中から解放し、広大な宇宙と太陽系の方に向け、燦々と輝く太陽を意識するならば、我々の精神も固定した日常生活の桎梏から解放される。そして「ヒカリノミチ」に象徴されるような本来我々の心がいるべき理想の領域に到り、宇宙の子として元々潜在的に付与されているはずの至高の能力を発揮

できるようになる、ということであろう。
　賢治は、星々や星座を題材にした歌曲を作詞・作曲している。その一つは、「あかいめだまのさそり」で始まり、「そらのめぐりのめあて」という北極星のことで終わる「星めぐりの歌」で、賢治の歌曲の中では世間で最も親しまれているものである。その他、賢治の根本的な生活信条を開陳していると考えられる一連の断片的なメモ、「農民芸術論」(全集第12巻(上)、7-20頁)の中にも宇宙とそれに関わる言葉が見出される。
　まず「農民芸術概論」の「結論」では「われらに要るものは銀河を包む透明な意志　巨きな力と熱である」(8)という。「銀河を包む透明な意志」とは、定かではないが、銀河を創造した神の意志のようなものを指しているのかもしれない。それが「透明」だというのは、神の意志であるから純粋そのものであり、純粋すぎて我々人間の理解と認識の網にかからず、素通しに通過するということであろうか。それでも肝心なことは、我々が銀河のことをよく知り、銀河の存在を常に意識するということであろう。またそれによって銀河の持つ「巨大な力と熱」が、銀河宇宙の一構成員である我々にも潜在的に付与されていることを知り、それを意識してそのエネルギーを現実の生活に生かせるようにしようという呼びかけであると考えられる。
　次に「農民芸術概論綱要」の「序論」においては、「自我の意識は個人から集団社会宇宙と次第に進化する」(9)と述べている。人の自我意識は、個人から人間社会に広がるだけでは十分でなく、全宇宙へと拡大する段階にまで至るべきだという。その広大無辺な領域への想いが人の心を拡大し、豊かに巨大にしてくれるわけである。さらに賢治は、「正しく強く生きるとは銀河系を自らの中に意識してこれに応じて行くことである」(9)という。
　「農民芸術の本質」の個所では、農民にとっての真の芸術とは何かが論じられ、「農民芸術とは宇宙感情の　地　人　個性と通ずる具体的なる表現である」(11)と定義している。賢治の「農民芸術論」は、羅須地人協会において、花巻の地元の若い農民たちに向けて掲げた新たな生活のためのスローガンであり、激励の言葉であった。

農民の働く農地は、単に人間生活のための場所であるのみならず、いわば全宇宙の構成要素の一つとしての大地であるから、農民たちはいわば直接に宇宙に接触し、宇宙に取り組んでいる人々であるとも見なせよう。そうであれば、農民は、宇宙の抱いている意志やそれを表す感情が直接流入している場所で働き、その意志と感情を直体験していることになる。それを受けとめて労働することが農民の芸術活動ということになるのであろう。むろんその芸術は一面的なものではなく、農民一人一人の個性によって多種多彩な表現となってゆく。こうして宇宙への意識を導入することによって、農地での肉体労働が新たな価値ある芸術にまで昇華しうることを賢治は提唱し、若い農民たちの士気を高めようとしたのだった。
　「農民芸術の綜合」という箇所に到ると、次のような呼びかけとなる。

　　まずもろともにかがやく宇宙の微塵となりて無方の空にちらばろう
　　しかもわれらは各々感じ　各別各異に生きている
　　ここは銀河の空間の太陽日本　陸中国の野原である（15）

「宇宙の微塵になる」ということは、日常生活における卑小な自我意識を捨て、自らが大宇宙を構成するものの一員であることを自覚することであろう。その形は「微塵」といえども、それが持つ意味と意義は、宇宙に通じるものとなるから巨大化しうるのである。しかもその「微塵」たちは、宇宙を構成するものとして各自の個性を失わず、その個性を豊かに宇宙に向けて生かし、表現することになる。そしてその「微塵」たちの生きている「陸中国」岩手は、銀河の中の太陽系に位置していることが再認識されるのである。

四　ソローの宇宙意識

　賢治と同様にソローも宇宙に深い関心を寄せ、宇宙を意識しながら生き

ていた。そのことは本書第二部の第一章から第三章にかけて縷々検討してきたことである。それをふり返ってみると、ソローは宇宙や天文学の新知識には懐疑的な態度であったが、それはそうしたニュースが単なる知識に留まり、彼の人生への影響力を持ち得なかったからであった。いわばソローは、自分がこの地上だけでなく宇宙の中でも生きていることを自覚し、宇宙に対して自分なりに働きかけができることを望んだのである。宇宙に対してのこのような行動的な発想や取り組みは、やはり賢治の提唱した宇宙観（人間たちの意識が宇宙とつながり、それによって人間たちが活性化され、宇宙を含めた全大地が、人間たちにとって、より積極的に生きるための場となりうる）という発想と重なり合うと考えられる。

　ウォールデン湖畔の森の小屋に暮らしていた際に、ソローには、静寂な夜の闇の中で、その小屋がまるで遠い銀河の星座のところに位置しているかのように感じられた。彼は、自分が宇宙の中で暮らしている有様をシミュレートしていたのである。また、そのウォールデン湖畔を威勢よく通過してゆく列車を見て、ソローは宇宙空間を飛び去ってゆく彗星の速やかな動きを連想している。そのけたたましい列車の音に辟易しながらも、それによって連想される彗星の自由奔放な、さながら宇宙空間におけるパイオニア的な驀進の姿に彼は確かな魅力を感じてもいる。

　さらにソローは、地球が宇宙空間を移動してゆく有様を想像し、自分がその地球の軌道を守り、必要な軌道修正をほどこすための「保線夫になりたい」とも述べている。このようにウォールデン湖畔は、ソローにとって宇宙のことを度々意識させる場所であった。ボートに乗って湖で釣りをしている際にも、彼は釣り糸を天にむけて抛ることも可能であるように感じ、獲物が釣れた際にも、天と地の両方の水で一度に二匹の獲物（精神と肉体の双方のための糧）を得たように思ったのだった。また彼は釣りをしながら、宇宙がいかにして創造され、発展してきたのかという宇宙進化論にも心を向けたという。

　自分の心を更新してゆくために新たなフロンティアを求めた際にも、彼は西部開拓の発想の続きとして、自らが太平洋岸に到り、さらにそこから

宇宙に向けて発進して行く様を想定したのだった。それは「地球に接線を描いて」宇宙空間に突き進んでゆくコースであった。ソローはこうして宇宙を意識し、宇宙をただ観察するだけでなく、自分の思索の中に十分取りこみ、自分がその宇宙の中で生き、活動しているような想定をし、それによって自己の視野を広げ、心を活性化させたのだった。

　それは賢治が、「農民芸術論」の中で、断片的ではあるがよく宇宙に言及し、宇宙を意識して生きることによって宇宙の子としての自覚を得、宇宙の持つ巨大なエネルギーを分け持とうとした姿勢とよく似ているといえる。ただ賢治の場合は、それが自己の自覚だけに留まらず、実際に羅須地人協会を通して、地元の青年たちを鼓舞し、新たな生き方を提示するためにも使用されたのだった。

　ソローにおいては、コンコード・ライシーアムでの講演活動で、宇宙のことをまともに演題にするまでには至らなかった。それでも、彼の代表作である『ウォールデン』の内容は、元々ライシーアムでの講演の原稿であったことを思い返すと、宇宙そのものが演題ではなくとも、宇宙という観点がソローには確かにあり、それが彼の講演の基調の一つとなったと考えられる。作品『ウォールデン』の中に点綴されている宇宙への種々の言及は、やはり講演においても使用された可能性がある。例えば、彼が地元コンコードの人々に、人生と生活の改革を促したとき、人々の心を日常生活での狭い限られた視野から解放するために、地上からではなく、あえて宇宙の方から地上を見おろすような発想を用いたとも考えられる。

　ちなみに「豆畑」（"The Bean-Field"）の章において、ソローは、太陽が地上のものたちを上から公平に眺めており、その分け隔てをしていないことを指摘する。それに対して人間たちは、「自分たちの畑を何よりも重要と考え、人間の手の加わらない原野を無視しがちだが、太陽は畑と原野を全く等価値で評価して見おろしている」という。ところが人々は、自然の風景を公平に味わうことをせず、ただ損なうのみで、土地を食い物にし、いわば「盗賊として」（'as a robber', 166）自然を知るのみだと批判している。

　こうした表現を聞いた人々は、たとえひと時でも、自分たちが太陽の位

置から地表を見おろしているかのように感じ、自分の視野が広がる思いがしたであろう。さらにそれが彼らの人生観や生活観に微妙に作用したであろうと考えられる。「豆畑」の章の内容は、ソローのライシーアムでの講演で2回述べられており[10]、聴衆の反応のよかった講演の一つだったと察せられる。

　比較してみると、賢治は、自分が宇宙の子であると意識することによって宇宙から活力を得ようとした。そして宇宙の与えてくれるその活力を、地元の若い農民たちにも想像させ、それによって彼らを鼓舞し、彼らの生き方を活気づけようとした。一方ソローは、シミュレーションで自分を宇宙の中に置いてみて、それにより自分の心の視野を拡大させようとした。またその宇宙的な視野をコンコードの住民たちにも施そうとし、それによって彼らの日常的な限られた生き方を反省させ、新たな意欲的な人生への取り組みに向かわせようとしたといえるだろう。こうしてみると、二人の宇宙への意識の持ち方はいささか異なっているように見受けられる。しかしながら両者は、いずれも、こうした宇宙への想いを通して、世の人々に働きかけ、その生き方を反省させ、活性化させようとしたのであり、その点では基本的に重なり合うのである。

五　エマソンとの関連

　以上のような両者の宇宙観や宇宙意識はどこから生じたものであろうか。また両者を間接的に結びつけているエマソンの存在は両者にどのように影響しているのであろうか。まずソローは、子供の頃から自然が好きであったから、当然その一環として、星々や星座、天文現象に興味を覚えていたことと考えられる。すでに3～4歳の頃に、ソローがベッドで夜寝付かずにいる折に、母親シンシアから、「どうして寝付けないの」と聞かれ、「星を眺めていたんだよ、星の向こうに神様が見えないかと思って」("I had been looking through the stars to see if I could see God behind them.")と言ったとい

う[11]。宇宙に関心を抱き、神の存在を宇宙の中に想定する発想がすでに芽生えていたのだった。

ソローは、大学生の頃に、先輩エマソンのエッセイ「自然論」を愛読した。ハーディングによれば、ソローは「自然論」の出版から7か月後、ハーヴァード大学の図書館で2回借りだし、後にその初版本を入手して生涯にわたる蔵書にしたという。その本は、ソローの生涯で将来を定める決定的な時期に現れ、「そこから彼の発想が発展してゆくための基本的な書の一つ（'one of the seminal books'）となったのである」[12]。「自然論」における星々の賛美の個所も当然強く彼の印象に残ったことと考えられる。

その後のエマソンとの長い付き合いの中で、彼はさらに宇宙への関心を深めていった。エマソンは、母校ハーヴァード大学のために1847年に設立された天文台に深い関心を持っていた。一方ソローは、1851年7月に、ペレス・ブラッド（Perez Blood）というコンコードの一住民の考案した85倍率の天体望遠鏡に関心を持ち、やはりコンコードの住人で寺男の役（教会の実務の世話）をしている人物と共にその望遠鏡を見学に出かけた。その二日後、さらに興味を深くしたソローは、今度は単身でボストンのケンブリッジ地区にあるハーヴァード大学の天文台にまで赴き、台長と会見したのだった。そこの2000倍の望遠鏡を紹介されるとともに、優れた視力の人は天文台でも役に立つと言われ、その肉眼の効用にもソローは気をよくしたという[13]。

こうしてエマソンの宇宙と天文学への傾倒ぶりは、やはり直接間接にソローに示され、彼にも受け継がれていった。エマソンの行なったライシーアムでの講演やエマソンを中心とする超越主義者たちの集い（トランセンデンタルクラブ）を通して、さらにエマソンとマーガレット・フラー（Margaret Fuller, 1810-50）を編集長とする雑誌ダイアル（*Dial*）への参加の折等に、エマソンの説く宇宙論や宇宙観はその主たる話題の一つとなったはずだからである[14]。

ただソローの宇宙についての受け止め方は、行動的であり、すでに見たように「彼自身があたかも宇宙の中で生きる」という姿勢を示したのだった。

それは、エマソンが学問的に、観照的に宇宙に相対したのとは対照的であった。ソローはエマソンから深い影響を受けながらも、彼独自の生き方により、エマソンとは異なる個性を発揮したのであるが、そのことは両者の宇宙観や宇宙への意識の持ち方の相違にも反映しているのである。

　宮澤賢治の場合においても、その自然好きは生まれつきであったといわねばならない。その自然の中にはやはり宇宙や星々のことが含まれていた。草下英明氏によれば、賢治が明確に天体に興味を示したのは、旧制盛岡中学の2年生の頃であった。「二階の屋根にまたがって星を眺めたり、紺色の紙に星を貼り付けて星座図を作ったりした」という[15]。このことは、賢治の弟である清六氏の言葉に基づくものである。「兄が星座に夢中になったのもその頃のことと思いますが、夕方から屋根に登ったきりでいつまで経っても下りて来なかった」とのこと。また賢治から清六氏への教えとして、「私達は毎日地球という乗物に乗っていつも銀河の中を旅行しているのだ」という言葉が記憶されている[16]。

　またこの年（1910年）の5月には、ハレー彗星が出現して、「延々百度に亘り巨大な姿を見せた」[17]とのことであり、一般世間でも取沙汰された。その現象も賢治の天文熱をさらにかき立て、屋根での天体観測に拍車をかけたことと考えられる。

　やはり草下氏によれば、大正11年（1922年、賢治26歳の頃で、前年から稗貫農学校の教諭をしていた折）に、通俗的な天文解説書として、吉田源治郎著『肉眼に見える星の研究』（警醒社）という書物が出版された。その中でさそり座の主星アンタレスのことが強調され、その星座の「目玉として、赤爛々たる」という表現が見られるという[18]。さそり座は、全星座中で賢治が最も関心を抱き、よく言及したものであるが、特に「星めぐりの歌」の冒頭に使われ、「あかいめだまのさそり」の一節が有名である。それが、吉田著の解説書中の表現と一致しているのが興味深い。賢治がこの書を読んだという確証はない。けれども、こうして一般世間においても、次第に天文学への関心が醸成され、賢治の作品を支えるための基盤が生じつつあったといえよう。

また賢治は、稗貫農学校（後の花巻農学校）の教諭時代（1921～26年）に時おり岩手県の水沢にある一種の天文台、緯度観測所に見学に出かけていた。この施設は、天体観測の科学技術を用いて、地学上の正確な緯度の測定を行うためのものであった。その方法とは、「天頂儀」という特殊な望遠鏡を用い、「天頂付近を通過する恒星を観測し、その通過時刻や位置を精密に調べることによって、観測地の正確な緯度経度を算定する」[19]ことである。

　賢治は「晴天恣意」という詩の中でその様子をうたっている。

　　あの天頂儀の蜘蛛線を
　　ひるの十四の星も截り
　　アンドロメダの連星も
　　しづかに過ぎるとおもはれる [20]

夜間のみならず、昼日中の晴天の折にも、こうした観測装置によって、そのごく細い蜘蛛の糸線をよこぎってゆく星々の動きが精緻にキャッチされていることは、賢治の宇宙への想いを一層かきたてたことと推測される。なお、賢治の全作品中で、天体に関する記述は704個所にも及ぶということである[21]。

　さて賢治は、「農民芸術論興要」の中でエマソンの名を2回記している。その1回目は、「農民芸術の興隆」という章で、「芸術はいまわれらを離れ多くはわびしく堕落した」という項目を置き、「エマーソン　近代の創意と美の源は涸れ　才気　避難所」と断片的に述べている（19）。実はこれは、戸川秋骨訳のエマソンの「芸術論」("Art")から抜き出したメモである。その箇所を含む訳文は以下のようである。

　　然るに近代の社会に於ける創意と美の源は殆ど乾渇し去れり。……而して今日の芸術家並に観賞家は芸術に於いて己の才気を示さんとし若しくは人生の害悪よりの避難所をこれに求む[22]。（下線部　引用者による）

即ち賢治は、「近代社会における芸術が退廃的となってゆく傾向があり、芸術家たちが自己の才気のみに頼りがちで、人生の諸悪に正面から立ち向かわず、退嬰的な美の世界に逃避している」と述べるエマソンにすっかり同意しているのである。

　それならば真の芸術とはどのようにあるべきか、という問いが生じてくるが、賢治はもう一度エマソンを引き合いに出している。やはり「農民芸術の興隆」の章において、その最後の方に、「ここにはわれら不断の浄い創造がある」という項目を置き、「ここに求めんとするものは自ら鳴る天の音楽　エマソン　斯ノ如キ人ハ」と記している（21）。これもやはり戸川秋骨訳の先ほどの個所の続きである。

　　抑も芸術は皮相的の才能たるべきものに非ず、人間の内心に於ける遥かの背後より出でざるべからず。然るに今や人々は自然を以て美なるものと為さず、而して美なる立像をつくらんとす。（誤れりといふべし）斯の如き人は世間の人々を以て趣味なき遅鈍なる度し難きものとなし、絵具袋と大理石の幾片かを以て自ら慰む[23]。（下線部　引用者）

「斯の如き人」とは、偽りの芸術家のことであり、「芸術の根本義を認識できず、ただ小手先の技を用い、絵の具や彫刻の材料をただ慰みの道具としてとり扱っている輩だ」とエマソンが批判しているのに対し、賢治は我が意を得たとばかりにそれを引用しようとしたのである。

　こうして賢治はエマソンを援用しながら、既存の芸術と芸術家を批判し、若い地元の農民たちにとっての新たな真の芸術とは何かを提示しようとする。賢治によれば、その新たな芸術とは、すでに縷々検討したように、宇宙に関わるものであった。若い農民たちの耕す大地は、いわば宇宙を構成する一大要素であり、宇宙を意識しながら働くことは、その大地に流入しているはずの宇宙の意志や感情と交流することになる。そしてその労働の中で、農民たち各自が個性を発揮し、それを大地を通して宇宙の中に表現してゆくならば、まさにそれが、新たな真の芸術を生み出すことになるの

である。

　賢治は、すでに旧制中学の頃に、エマソンの原書と戸川秋骨の翻訳を耽読していたという。それならば賢治は、当然エマソンの「大霊」という発想にもなじんでいたであろう。「農民芸術論」において、「宇宙を包む透明な意志」と彼がいうときに、その表現はエマソンの「大霊」の発想に深い影響を受けていたとも考えられる。というのも、エマソンの大霊とは、宇宙自体とその中の森羅万象を生み出したのであり、自らはその宇宙の中心に位置し、その万物と交流し合っている存在であるからである。賢治のいう「宇宙を包む意志」とは、まさにこうして宇宙を生み出した造り主自身の意志だと考えられる。

　その生涯において、エマソンと長く師弟関係にあったソローは、エマソンの超越主義と自然思想に学び、度々宇宙論や宇宙観を語り合える機会に浴したのだった。他方、賢治は、エマソンを愛読し、エマソンの宇宙への言及を噛みしめ、それを自らと地元の農民たちのための新たな芸術と芸術論の創造のために用いたのである。こうしてソローと賢治は、間接にではあるが、エマソンの芸術論や宇宙観、宇宙への意識などを通して、お互いに深く結びつくことになったと考えられる。

註

1. この章は、2003年度の日本ソロー学会大会におけるシンポジウム「ソローと宮澤賢治」に基づくものである。筆者が司会を担当し、「ソローと宮澤賢治──比較の基盤を求めて」という前置きの解説を行なった。それに続き、発題者として、岩政伸治氏が、「ソローと賢治の「時間」の意識」、小野美知子氏が、「ソローと宮澤賢治の自然観──「風」をテーマに──」、柴田まどか氏が、「ウパニシャッドの到達点──ソローと宮澤賢治」と題する発表を行なった。その内容は、いずれも学会誌『ヘンリー・ソロー研究論集』第30号（2004年）中に収録されている。

なお筆者の行なった解説の部分に加筆したものがこの章の内容となっている。
2. 宮澤賢治の作品からの引用は、『校本　宮澤賢治全集』(筑摩書房、1973-77 年)による。「雨ニモマケズ」は第 6 巻、353-54 頁。
3. 金子民雄『山と雲の旅』(れんが書房新社、1979 年)、2 頁、253 頁。
4. 境　忠一『評伝　宮澤賢治』(桜楓社、1975 年)、90-94 頁。
5. 「羅須地」という名称には種々の説がある。「羅須」は賢治のいう「修羅」の世界を逆転させたものだという説は、この協会が、いわば修羅場の反対の意味の理想郷を目指すものであったとすれば、妥当な解釈だと思われる。その他、英語の 'lusty'(「丈夫な、元気な、活発な」)も「羅須地」の表現の源としての候補になりうるのではなかろうか。「農民芸術概論」の「序論」において、「おれたちはみな農民である　ずいぶん忙しく仕事もつらい　もっと明るく生き生きと生活をする道を見つけたい」とあり、また、「正しく強く生きるとは銀河系を自らの中に意識してこれに応じて行くことである」としているからである。一方ソローの方にも、朝を告げる威勢のよい雄鶏の様子を、'lustily' と表現した個所がある (Walden, 84)。むろんこの語に関して二人の影響関係があるわけではないが、'lusty' の語に含まれる活力的なニュアンスが両者の表現に共通することを指摘したいのである。
6. 伊藤詔子『よみがえるソロー』(柏書房、1998 年)のうち、第一章「ピューリタン的言説からのアメリカの自然の解放」から「予型論と超越主義」、44-7 頁、及び「『ウォールデン』と＜アメリカのエレミヤ＞」、51-4 頁参照。
7. 関口敬二「日本におけるソローの受容——宮澤賢治の場合」、『ヘンリー・ソロー研究論集』(日本ソロー学会) 第 31 号、48-9 頁。
8. 大塚幸男『比較文学——理論・方法・展望——』(朝日出版社、1972 年)の第三章「フランス学派とアメリカ学派」、22-3 頁。マリウス＝フランソワ・ギュイヤール、福田陸太郎訳『比較文学』(文庫クセジュ、白水社、1996 年)、14-140 頁。
9. 天沢退二郎編『宮澤賢治万華鏡』(新潮文庫、2001 年)のうち「注解」(51)、419 頁。
10. 小野和人『ソローとライシーアム』(開文社出版、1997 年)、75 頁。
11. Walter Harding, *The Days of Henry Thoreau* (Princeton: Princeton UP, 1982) 12.
12. *Ibid.* 60.

13. Thoreau, *Journal* Vol. 3, *The Writings of Henry D. Thoreau,* Eds. Robert Sattelmeyer, Mark R. Patterson, William Rossi (Princeton: Princeton UP, 1990) 289, 296-97. Harding, *The Days of Henry Thoreau,* 291. Laura Dassow Walls, *Seeing New Worlds* (Madison, Wisconsin: The University of Wisconsin Press, 1995) 44.

14. エマソンにおける天文学と超越主義の関わりについては、高橋勤氏の「天文学と超絶主義思想」、『コンコード・エレミヤ──ソローの時代のレトリック』(金星堂、2012 年) 210-20 頁において明確に論じられている。

15. 草下英明『宮澤賢治と星』(学藝書林、1975 年)、21-2 頁。

16. 同書、3 頁。

17. 同書、22 頁。

18. 同書、31-2 頁、153-54 頁。

19. 同書、128-29 頁。

20. この引用個所の 1 行目は、「春と修羅　第二集」においては、「雲量計の横線を」となっている。けれども、賢治の下書き稿では筆者の引用のようになっている。草下氏も指摘しているように、下書き稿の方が緯度観測所の実際の装置にふさわしい表現だと考えられる。

21. 草下英明、同書、15-6 頁。

22. 戸川秋骨訳『エマーソン論文集 (上巻)』(玄横社、1911 年)、613-14 頁。エマソンの原文は以下のようである。*The Complete Works of Ralph Waldo Emerson,* Vol. II, *Essays,* First Series (AMS, 1968) による。

The fountains of invention and beauty in modern society are all but dried up. . . . But the artist and the connoisseur now seek in art the exhibition of their talent, or an asylum from the evils of life. (365-66)

23. 戸川訳　同書、615 頁。原文では、

Art must not be a superficial talent, but must begin farther back in man. Now men do not see nature to be beautiful, and they go to make a statue which shall be. They abhor men as tasteless, dull, and inconvertible, and console themselves with color-bags and blocks of marble. (367)

第二章

宮澤賢治の銀河系とソローの「天」

一 『銀河鉄道の夜』における銀河系

　徐々にではあるが人類の宇宙への進出が続き、国際宇宙ステーションの拡充がなされている。直接の宇宙関係者のみならず民間人たちも宇宙空間に出て、そこから眼下の地球の姿を観光するようになってきた。それはまだごく少数者の試みであるが、それとは別に我々一般人の意識も次第に宇宙の方に向かいつつある。我々はこうした宇宙開発に何を期待すべきなのか。また翻って、昔の人々はいかに宇宙を認識し、宇宙に向かって自分たちの心をいかに投影させていたのだろうか。こうした問いかけはそれ自体真に漠然としている。従って明快な回答も期待し難いであろう。が、それでもなお、何かを契機として、たとえば古今の文学作品を参照することによって、そうした回答の具体例を見出すことがありうるかもしれない。

　日本で宇宙を取り扱った代表的な文学作品は、やはり宮澤賢治の『銀河鉄道の夜』[1]であろう。この作品では、宇宙の星々とそれを包含する銀河系についての知識が実に巧みに使用されている。当時では目新しかったはずの科学的な情報として、また全くユニークな幻想の表現として。ちなみに作品の冒頭で、すでに銀河系の形と構造が明快に説明されている。その冒頭は、主人公の少年ジョバンニが、小学校の教室で担任の先生から理科の授業を受けるシーンであるが、その中で示されるのである。

　先生はまずジョバンニに問いを向ける。「大きな望遠鏡で銀河をよっく調

べると銀河は大体何でせう」[2]（123）と。ジョバンニの家庭は、父親が遠地に出稼ぎにゆき、母親は病気中で、彼自身も貧しい家計を支えるために日々印刷所でアルバイトをして疲れ、気分も鬱屈している。そのために、先生の問いに対する答えを知ってはいるが返答する意欲が湧かない。先生はそれを咎めず、星々の図を示しながらやさしく解説する。「このぼんやりと白い銀河を大きないい望遠鏡で見ますと、もうたくさんの小さな星に見えるのです」（124）と。さらに先生は、光る砂粒の入った両面凸レンズを指し、天の川（銀河系）の形態を説明する。

　　天の川の形はちょうどこんななのです。このいちいちのひかるつぶがみんな私どもの太陽と同じやうにじぶんで光っている星だと考へます。<u>私どもの太陽がこのほぼ中ごろにあって地球がそのすぐ近くにあるとします</u>。みなさんは夜にこのまん中に立ってこのレンズの中を見まはすとしてごらんなさい。こっちの方はレンズが薄いのでわづかの光る粒即ち星しか見えないのでせう。こっちやこっちの方はガラスが厚いので、光る粒即ち星がたくさん見えその遠いのはぼうっと白く見えるといふこれが今日の銀河の説なのです。（125、下線部は引用者による）

　いわば両面凸レンズの厚い中心部分では星々が多く密集し、レンズの薄い部分は星々の数が少ない。その凸レンズを少し遠くから見れば、砂粒は見分けがつかなくなり、天の川のように白く見えるという。それはそのとおりだが、先生は、我々の太陽系が凸レンズの厚い部分、即ち銀河系の中心部に位置すると仮定している。それは仮定ではあるが、この作品が書かれた当時では、実際に我々の太陽系は銀河の中心部にあると信じられていたようである。
　ところが 1996 年に出版されたこの作品の対訳本『英語で読む銀河鉄道の夜』（*Night On The Milky Way Train*）によると、この太陽系の位置に関する賢治の記述はいささか修正されている。その英訳者ロジャー・パルヴァース（Roger Pulvers）氏は、原文の下線部分を以下のように訳出しているのである。

Our Sun lies some distance from the centre to the edge and the Earth is very close by it.[3]

「我々の太陽は銀河系の中心から離れており、その端の方に位置している」という。これは原作の内容に逆らうことではあるが、パルヴァース氏はあえて今日の客観的な事実の方を優先させている。

　賢治の時代以降、より精度の高い天体望遠鏡の制作がなされ、さらに遠い星々からの光のスペクトル波を捉え、それを分析することによって、銀河系の姿はより正確精緻に把握されるようになった。光のスペクトルの両端にある赤と紫の帯が、もしいずれかの側にずれているならば、そのずれた度合いをみることによって、いろんな星団や星々の動きの方向（観測者の方に近づいているか、遠のいているか）とその速度が測れるという。ひいてはそれらの相対的な距離と位置が定められ、銀河系全体の規模と構造が把握されることになった。

　こうした操作によって銀河系における我々の太陽の位置も確認されるに至った。パルヴァース訳にあるごとく、この太陽系は銀河の中心部にではなく、両面凸レンズのたとえでいえば、そのレンズ内に収まるのでもなく、レンズの両脇からはみ出した腕の部分の一方側に位置している。さらに太

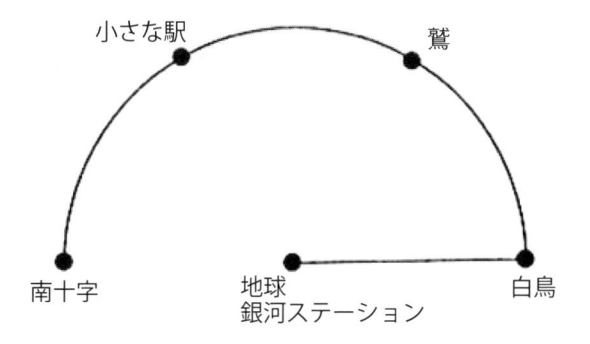

陽自身も、恒星として特別な存在ではなく、銀河系に無数にある星々のうちの、ごく平凡な一つと見なされている。最近ではこの認識が全く一般化しているためにパルヴァース氏は、原作に逆らってでも修正をせざるを得なかったのだろう。

　しかるに賢治自身は、我々の太陽が銀河全体の中心部にあると信じていた。それで作品中の銀河鉄道の列車は、銀河系の中心部にある太陽とその惑星、即ち地球における銀河ステーションから出発し、北に進んで、白鳥座に到着する。そこから鷲座へ、さらに「小さな駅」を経て、ついに南天のシンボルである南十字星に到る。こうして銀河鉄道は、銀河系の天空を北から南へ半周することになる[4]（203頁の図参照）。

　賢治は、太陽系が銀河の中心にあるというその位置づけを誇りにしていたのではなかろうか。というのも、一般に物事の中心部にあるということは、そのもの全体を統括する、あるいはし易い位置にあるということになる。またそれは、全体の内容の核心となり、全体を代表して、そのエッセンスを表象しうる立場にあると考えられる。太陽系は銀河の中心部に位置し、その太陽系の主は太陽であるとすると、そのすぐ傍にある我々の地球も、ほぼ銀河系の中心にあることになる。であれば、地球の主役である我々人間たちは、さらに銀河系全体の主人公だとさえいえるかもしれない。

　本書の第二部の第二章「アメリカ・ルネッサンス期の文化・文学における宇宙意識」で検討したように、太陽系を宇宙の中心に置くこのような発想は、19世紀前半期のみならず、20世紀に入った賢治の時代においてもまだ残存していた。全宇宙において確認できる銀河も我々の銀河系のみであり、「当時の賢治は、銀河系外の他銀河の存在はまだ諸説の一つと考えていた」[5]のである。こうした銀河系中心、我々の太陽系中心の発想は、当然賢治の気持ちを発揚させる主要な心の基盤となっていたであろう。

　1922年に賢治は、岩手県立花巻農学校の教諭として勤務し、この学校のために「精神歌」を作詞した。その第四番は以下のようになっている（第三部前章の引用個所を再掲）。

日ハ君臨シ　カガヤキノ　／　太陽系ハ　マヒルナリ
ケハシキタビノ　ナカニシテ　／　ワレラヒカリノ　ミチヲ　フム[6]
（全集第 6 巻、619-21）

　この「精神歌」の中でも「太陽系が真昼だ」ということは、太陽系の輝かしい栄光の姿を顕示しているのである。その栄光の基盤は、やはりそれが銀河の中心だという位置づけとも関連しているであろう。何事でも、それが全体の中で、中心ではなく隅の方に在るならば、光よりも影のような存在になってしまう。太陽系の主である太陽は、その系内の全てのものに「君臨し」、輝く光を注いでいる。それに浴する農学校の生徒たち、ひいては地球人たる我々全員もその栄光の道を歩んでゆく、というのである。さらに、この「精神歌」の歌詞は、第一番から四番まで、いずれも出だしは、「日は君臨し」という表現になっている。この「精神歌」は、やはり太陽と太陽系礼賛の歌、ひいてはその太陽系の主たる住民である人間賛歌ともいえよう。その礼賛は、太陽系についての楽天的なショーヴィニズムだといえるかもしれない。

二　「きれいな野原」と暗黒の陥穽

　とはいえ賢治は、銀河鉄道の旅において、そんなに手放しで楽天的になれたのだろうか。実は作品の展開につれてその楽天性に影がさしてくる。その一端はジョバンニが持つ切符のことである。車掌の検札の求めに応じて、ジョバンニは服のポケットに入っていた紙切れ（葉書を四つ折りにしたほどの緑色の紙片）を差し出す。それは、「いちめん黒い唐草のやうな模様の中に、おかしな十ばかりの字を印刷したものでだまって見てゐると何だかその中へ吸ひ込まれてしまふやうな気がする」(149) ものだった。
　車掌は、それが特別な切符であるようにじっくりと眺めていた。乗客の一人である「鳥捕り」もその切符に感心する。「こいつはもう、ほんたうの

天上へさへ行ける切符だ。天上どこじゃない、どこでも勝手にあるける通行券です」(150)という。万能で至高の切符である。けれども、その切符の模様は黒い唐草模様であり、神秘的だが陰気な感じもする。印刷された文字も、たぶん行き先を表示しているのであろうが、ジョバンニには判読できないので暗い感じを添えている。しかも、眺めていると、その中に吸い込まれそうな気分になるというから不気味である。太陽系をゆくための最高の切符がそんなに暗い感じでよいのだろうか。

ところで銀河鉄道の列車は、ついに終着駅の南十字星に到り、大半の乗客が下車する。それでも列車はまだ進んでゆき、ジョバンニと親友のカンパネルラはさらに乗り続ける。すると天の一角に暗い穴が開いているのが見えてくる。それは「石炭袋」と呼ばれる暗黒星雲であった。

　　ジョバンニはそっちを見てまるでぎくっとしてしまひました。天の川の一とこに大きなまっくらな孔がどぼんとあいてゐるのです。その底がどれほど深いかその奥に何があるかいくら眼をこすってのぞいてもなんにも見えずただ眼がしんしんと痛むのでした。(167)

暗黒星雲とは、天の川の所々にある暗黒の部分で、大量のガスや塵があるために、その背後に位置する星々の光が遮られている個所のことである。「石炭袋」はその一つであるが、形が黒い袋のように見えるためにそう呼ばれている。賢治の表現では、それがいかにも不気味に述べられている。英文のパルヴァース訳でもその感じが強調されている。

　　Giovanni shivered in fright as he looked at the Coal Sack. It was a huge black gaping hole in the river, and the longer he stared and squinted into it, the more his eyes smarted and he couldn't tell how deep the bottom went or what was down below it. (221、下線部は引用者による)

'shivered'、'fright'、'gaping' などの語にその不気味さがうかがえる。また下線

部において、「石炭袋」の孔の深さや形態についての不可解さが、単純に、手短に述べられているが、その表現の簡潔さのために、謎の深さの感じが強められている。

　ジョバンニが「石炭袋」の不気味さに圧倒されているとき、友だちのカンパネルラは、車窓の近くにきれいな野原があるのに気づく。そこには人々が集まっていて、亡くなった彼の実の母親もそこにいるのだった。「あそこがほんとうの天上なんだ」と彼は悟る。しかしジョバンニにはその野原が見えない。ただ天空に黒く不気味な石炭袋の孔が開いて見えるのみである。

　ではなぜジョバンニには「ほんとうの天上」が見えないのだろうか。実はその天上は、聖なる死者たちの赴く究極の場所であり、そのために生者であるジョバンニには関わりがないからであろう。彼の持っている切符に印刷された文字（行き先の表示らしい）が彼に判読できないこともこの理由によるからであろう。そしてこの段階では、まだジョバンニは、傍にいるカンパネルラがすでに死者であることを知らないのである。

　ここでジョバンニが持っているあの最高の切符のことに戻ってみよう。あの切符は「どこにでもゆける通行券で、ほんとうの天上にさえゆける」はずのものであった。実際、その切符は有効であり、銀河鉄道の旅の終わりで、ジョバンニは「ほんとうの天上」にまで行き着いたのだった。ただ彼自身は、それを自分の眼で見ることはできなかった。

　あの切符には黒い色の唐草模様があり、それを見ているとジョバンニは、「吸い込まれそうな気分」になったという。このことはあの「石炭袋」の暗黒の孔の存在とも呼応しているのではなかろうか。その孔は「大きなまっくろな孔で、どぼんとあいている」という。底がしれず、ひどく不気味であり、見ていると確かに吸い込まれそうになるであろう。最高の切符でジョバンニがたどり着いたのがそんな場所であったとは皮肉である。

　けれどもそこが「ほんとうの天上」の地点であるからには切符にまやかしがあったともいえない。またそれがジョバンニにとっては「暗い孔」の見える場所にすぎなかったにせよ文句はいえないだろう。なぜなら、前もって切符が与えていた不気味な印象、「それを見ていると吸い込まれそうな気

分」だということがこの結果を予見させていたからである。

　さて銀河の旅の結果として、カンパネルラは母親の待っているあの天上（「きれいな野原」）へと去り、ジョバンニもいつの間にか列車から地上に降ろされていて、気がつくと、乗車の前に自分が疲れて横たわっていた町はずれの丘の草原にまた戻っていたのだった。

　周知のごとく、今日では、銀河系の中心部にはブラックホールがあるといわれている。それは超強力な重力の場であり、その付近に近づく全てのものを容赦なくその重力で取りこむのである。いわば巨大な暗い孔のようで、その中に吸い込まれると、もう二度とその外に出ることは不可能という。賢治が暗黒星雲の「石炭袋」にイメージした黒い孔の形態もこのブラックホールによく似ているようである。

　とはいえむろん賢治は、ブラックホールの存在を知るよしもなかった。従って「石炭袋」の描写とブラックホールの類似は偶然のことであるが、広大な銀河系の中にこのような暗い陥穽があることを賢治が予感していたのはさすがと言わざるをえない。斉藤文一氏によれば、

　　彼（賢治）が、＜石炭袋＞に寄せた感情は激しいものであった。それは、純一に天文学的関心に限定されたものではなかったにしても、あるいは天界に配置された〝修羅〟の住まいとも、また「本当」の天上とも、思われていたのかも知れぬ。そして、かえってこのようであるからこそ、銀河鉄道はそこを行かねばならないのだろう[7]。

　以上を総括すると、賢治の描いた銀河系には明暗二つの相反する要素が共存していることになる。その一つは、我々の太陽系がその中心に位置し、この太陽系が真昼のような栄光の状況にあるということ。もう一つは、南十字星の近くに不気味な石炭袋という暗黒の陥穽があることである。銀河系の栄光と暗黒と。賢治はその双方の要素に相対し、暗黒の世界に関しても手をこまぬいてはいなかった。作品の主人公ジョバンニの言動にそれがうかがえるのである。

ジョバンニは、暗黒の石炭袋を見て慄然となるが、それでも気持ちを引き締め直し、これに堂々と立ち向かって言う。

僕もうあんな大きな暗（やみ）の中だってこわくない。きっとみんなのほんたうのさいはいをさがしに行く。どこまでもどこまでも……（167）

パルヴァース訳もやはり参照してみよう。

'I'm not scared of all that dark,' he said. 'I'm going to get to the bottom of everything and find out what will make people happy. . . .' (221)

'to get to the bottom' という箇所で、'bottom' は原作にはない語だが、これがあると実に効果的で、原作の趣旨がよく伝わる。それは、具体的にはやはり「石炭袋」の暗黒の陥穽の「底」を指しており、そこまでも行く、というジョバンニの決意を鮮明に表現していると感じられる。今流にいえば、ブラックホールの底までも行く、ということになるであろう。賢治自身も常々「世界がぜんたい幸福にならないうちは個人の幸福はあり得ない」[8]と言っていた。従って、ジョバンニの発したこの決意の表明は、きっと賢治自身の心の叫びでもあったと考えられる。

三　賢治の立場

賢治の抱いた「世界全体の幸福」という目標は、一見理想主義者の唱える空理空論的な発想のように聞こえるかもしれない。しかし必ずしもそうとはいえない。その証拠の一端として我々は、彼の次のような詩の一部分を挙げうる。

同心町の夜あけがた

＜冒頭部分省略＞
　馬をひいてわたくしにならび
　町をさしてあるきながら
　程吉はまた横目でみる
　わたくしのレアカーのなかの
　青い雪菜が原因ならば
　それは一種の嫉視であるが
　乾いて軽く明日は消える
　切りとってきた六本の
　ヒアシンスの穂が原因ならば
　それもなかばは嫉視であって
　私はそれを作らなければそれで済む
　　　＜途中省略＞
　われわれは学校を出てきたもの
　われわれ町に育ったもの
　われわれ月給をとったことのあるもの
　それ全体への疑ひや
　漠然とした反感ならば
　容易にこれは抜き得ない　（全集　第4巻、72-3頁）
　　　＜後半部省略＞

賢治の知り合いの程吉という人物は、賢治の持つぜいたく品の野菜や花に嫉妬する。おそらくは賢治の引く便利な、当時としてはハイカラな運搬の道具リヤカーをもねたんだことであろう。そうした嫉妬の視線は賢治の心をさいなんだに相違ない。賢治は、勤務していた県立花巻農学校を数年で辞めてしまったが、その後は、あえて地元の貧しい農民たちの中に分け入り、農業の技術改良をし、若者たちの心を激励するように試行錯誤の努力をしたのだった。

この第三部の前章で検討したように、賢治は、一連の「農民芸術論」を著した。その中で彼は、宇宙という視野を導入し、若い農民たちに宇宙の子としての自覚を促し、宇宙への意識により宇宙の持つ力とエネルギーに思いを向けさせ、農事に溌剌とした意欲を持たせようとした。またそれによって農民の辛い労働を四次元的な芸術にまで高めようと主張し[9]、実際にそれを目指して活動したのだった。

　けれども、彼の真意を理解できず、ただ金持ちの子弟で、社会的に高い位置に居る者の行なう気まぐれな道楽と見なしていた人々も周囲に少なくはなかった。中には、賢治の活動を革新的な非合法の政治運動と誤解した者たちもいた。その結果警察の事情聴取を受けたために、賢治は、その活動の場である「羅須地人協会」を閉鎖せざるを得なくなったという[10]。

　賢治は、自己の周囲にいるこうした人々の発する嫉妬、不信、憎悪の念にいたく傷ついたのだった。その人々が全て幸福になれない限り、自分に向かう彼らの視線が決して和らぐことのないことを彼は熟知していた。だから「世界全体の幸福」という目標は、彼にとって単なる空論ではなく、ごくリアルな、日常的なレヴェルの発想でもあったといえる。

　こうした目標において賢治とジョバンニの精神は共通していた。銀河の天空に見えるあの不気味な「石炭袋」の闇は、実は人の心の闇（賢治の言葉では「修羅の世界」）に通じていたのだと思われる。言い換えれば、あの天空の闇は、人心の闇を反映し、象徴するものであった。それ故に、ジョバンニが、あえて「石炭袋」の闇の中までも突き進んで、「みんなのさいわいを探しにゆく」と宣言したとき、その実際の意味は、人の心の闇に分け入り、その闇の中に幸福の光を導入し、闇を追放するということではなかっただろうか。そうして人心の闇を消し去ることによってこそ、我々の「太陽系は（真に）真昼」の状態になりうるのである。

　あの「石炭袋」の地点で、ジョバンニがこのような決意の表明をしたとき、彼は意識しないままに銀河鉄道の列車から降ろされ、彼が今まで住んでいた日常の世界へとつれ戻される。「石炭袋」の闇が、人の心の闇に通じるものであるからには、彼がこの地点で下車し、人々のいる日常世界に戻っ

てゆくことは、至極当然な成りゆきだといわざるを得ない。

四　ソローのフイッチバーグ鉄道

　一方ソローの方に目を転じれば、彼は、天上ではなく地上をゆく列車のことを述べている。それは、ボストンから西方のフイッチバーグに到る鉄道で、途中にコンコードの駅があり、その駅に着くしばらく手前にウォールデン湖畔を通過してゆくのである。ソローはウォールデン滞在中に、毎度この列車の姿を見たり、汽笛を耳にしたりしていた。(その力強い走行を彗星の運行にたとえた個所についてはすでに第二部第三章で検討した。101-2頁)

　インディアンたちが蒸気機関車を「鉄の馬」と形容したのをソローも受け継ぎ、この鉄の馬が、「雷のようないななきで山々をこだまさせ、足で大地をふるわせ、火と煙とを鼻の孔から吹き出す」(116)といい、「火を噴く竜」にもなぞらえている。その直接の騒音がソローを悩ませたのはいうまでもない。また、それによって導入された商工業中心の経済が、農本的で固定していたコンコードの村人たちの、つつましいが静穏な暮らしをかき乱し、ひたすら利潤を求めて狂奔する都会的生活へと転換をせまったのだった。ソローがこの列車の走行を彗星の動きになぞらえたとき、それが太陽系の運行をかき乱す恐れを暗示したのだが、それにはさらに、当時の世相のこうした急激な経済転換の様子が反映しているといえよう。

　けれどもソローは、こうした鉄道を通しての商業活動に賞賛の気持ちも添えている。

　　私にとって商業の取柄と見るべきものは、その企業的精神と勇気である……商業というものは、思いのほか、信念を持っており、明朗で、敏活で冒険的で疲れを知らないものである。貨車が轟々と音をたてて私を通りすぎ、私がロング・ウォーフからレイク・シャンプレインま

での道のりにわたってその香いをまきちらす貨物を嗅ぐとき、私の心はさわやかになり拡大される。(118, 119)

こうして話は、地元のフイッチバーグ鉄道のことから広がり、ボストンの港とカナダとの国境のシャンプレイン湖との間の貨物輸送にまで及ぶ。その積荷として、南国からのシュロの葉、マニラ麻、ヤシの実などが、またメイン州などの北部からの針葉樹の木材、家畜の群などが行き来する有様を眺め、自己の心の拡大を感じ、ソローは素直に楽しんでいる。

ソローの家庭の家業も主に商業であった。父親の行なう鉛筆の製造と販売にソローも力を貸していた。さらに遡れば、プロテスタントのユグノー教徒であった彼の曽祖父は、フランス本国でワイン商人をしており、政変でカトリックの勢力が強くなるとジャージー島に逃れたのだった。また祖父はその島で私掠船の乗組員になり、難破してアメリカに到ったという。商人と冒険の家系をソローはやはり意識していたのである。商業の持つ「企業的精神と勇気」('enterprise and bravery')を彼は賞賛しているが、それはまた西部開拓に赴く人々の心意気にも通じるものであった。

とはいえ鉄道の媒介による商業主義の行き過ぎは、人々の人生のあり方を狂わせた。何よりも利潤の追求が優先し、増加した利得はさらなる欲望を生み出してゆく。それに翻弄され、真の人生を見失った人々の「惨状」をソローは、『ウォールデン』の「経済」の章において、様々な比喩を用いて提示した。たとえば、「ヘラクレスの行なった十二の偉業も、私の隣人たちのしている苦行に比べれば易々たるものである」(4)と。

五　ソローにおける「天」

列車のたてる騒音と、経済の転換がもたらす利潤追求の弊害は、ソローの決して見過ごせないものであった。ソローは何よりも真の人生のあり方を説く人生教師であったからである。それで彼は、現実の列車そのものよ

りも、むしろその進行によって生じた蒸気の雲の列をもう一つの列車になぞらえ、それが天へと向かうのでその方を高く評価している。

　　朝の列車の通過は、それが現れる時刻の正確さでは日の出とよく似ているが、その朝日を見るのと同様な気持ちでもって、私は列車を眺める。後方はるかにのび、ますます高くのぼる雲のつらなりは、汽車がボストンへすすむとき天上に向うものであって、しばらくは日を隠し、遠くにある私の畠を蔭らす。それは天上を往く列車であり、それにくらべれば地上を這いつくばうちっぽけな列車は槍の穂の芒（のぎ）にすぎない。（116-17）

「天上をゆく列車」（'a celestial train'）は気高い存在だと見なし、地上をはう列車は「槍の穂先の芒」（'the barb of the spear'）のように取るに足らないとソローは見下している。この「天上の列車」は、言葉の上で、賢治の著した銀河鉄道のことを想起させる。しかしソローは、その実体が機関車の吹き出した蒸気の雲の連なりだというのみで、賢治とは異なって、そこから話を展開させてはいない。ただソローにとっても、「天」がやはり気高い神聖な場所であったことは明白である。
　ソローは、作品『ウォールデン』において、その「天」（heaven）という語を33回用いている。一方『宇宙』（universe）という語は17回使っている。「天」の方が「宇宙」より倍近く多い[11]。ソローが、「天」の方に肩入れしているのは確かである。それは何故なのか。だが、その問題に取り組む前に、一応「天」と「宇宙」とが持つそれぞれの意味を確認しておかねばならない。
　天と宇宙という語は、大雑把に言って似たようなものであるが、そのニュアンスは微妙に異なっている。天には、人間が憧れながらも、直接に触れえない神聖な場所という感じがある。いわゆる「大空」も天に含まれるのである。それに対して宇宙の方は、地球の上層大気の部分を越え、そこから先の、地球の重力の場を越えた別領域を指している。
　辞書によれば、「天」とは、「大きなアーチかドームのように大地を包ん

でいる空間の広がり」である。それは、「神の住まい」であり、また「聖なる死者たちの赴く場所」[12]だという。すなわち天とは、大地を包み、大地と接して関わりを持っており、神と聖人たちの霊が住まう場であるから、人間にとっても神聖な場所となるのである。一方「宇宙」は、「物質と現象の総体」であるという[13]。ということは、物質そのものが本意であり、人間にとって大事な精神の要素が重んじられない世界なのである。ソローが「天」の方を高く評価するのも、こうした意味合いを踏まえてのことであろう。

けれども私たちは、実際の習慣として、このような判然とした区別はしておらず、両者をほぼ同様なものとして扱っている。それも半ば当然であって、天と宇宙は、その領域を共有し合っている。天は我々を包みこむドームのように、宇宙も我々を囲む天球として。特にソローと宮澤賢治の時代、19世紀から20世紀初頭にかけては、すでに検討したように、宇宙の構造が限定的に把握されていた。識別可能な銀河（星の大集団）は、我々の銀河系のみであり、我々の太陽系はそのほぼ中心に位置しており、太陽とその傍にある地球はそのまた中心にあるということであった。その発想では、我々の太陽と地球が文字通り宇宙の中心なのであった[14]。

これは言い換えれば、「天」という発想とほぼ同様ことではないだろうか。というのも、このような宇宙像の規模は比較的狭く、小ぢんまりしており、我々が天という際にイメージする天空の広がりの規模と似ているからである。天の大きさはもちろん不特定ではあるが、大地と一応対応するような程度の規模が想定されるのである。一方、上記のような宇宙像においては、太陽と地球が宇宙の中心となるので、そのことは、我々が「天」というときに、地球を起点として天空を仰ぐ際の位置づけと似たような感じとなるのである。

これに対して、現在の宇宙像では、宇宙の中に、銀河は確認できるだけで千数百億個は存在するという。従って宇宙の規模は、ソローや賢治の時代の推定よりも、千数百億倍もの巨大な広がりとなり、太陽と地球の位置はその中心などではなく、またそれらはごく微細な存在となってしまった。圧倒的な宇宙の実体がより明らかになって来るにつれて、「天」という発想

は実体としての意味を失い、その概念だけが残ったのである。けれどもまだ賢治の時代までは、ほぼ天イコール宇宙であり得たのである。今日では、こうして天の実体は消失したが、それでも、まだ習慣的に「天」という言葉は使われており、天と宇宙を混用する状況は残存しているといえる。

　それ故に天と宇宙は、依然として、たがいに言葉を入れ替えても成り立つことが多い。「銀河鉄道」は「天を往く列車」でもありうるのである。ただし宮澤賢治は、彼の提示した銀河系の中に、天国である「きれいな野原」と暗黒の陥穽である「石炭袋」とを共存させている。彼の宇宙ないし天には、神聖さと邪悪の要素の両面が含まれている。それに対してソローの方は、空をゆく蒸気の雲の連なった「天の列車」に、何の難点も見出していない。それは、ただ聖なる天に吸収されてゆく聖なる雲の存在であり続けたのである。

　ソローは自分の居るウォールデン湖畔が、まさに天とつながり、純粋で神聖な場所となっていることを意識し、次のようにうたっている。

　　この湖に線一本の飾りも加えてみたいとは
　　つゆ思わない、
　　ウォールデンのそばに住んでいるときにこそ
　　私は神と天にもっとも近づくことができる。

　　私はその石ごろの岸辺、
　　その水をわたるそよ風なのだ。
　　私の手のひらのくぼみには
　　その水と砂があり、
　　湖の一番深い奥の区域は
　　私の想いの中に高く位置する[15]。(193)

ここでソローは天に対して何の疑いも持つことはなく、純粋に賛美しており、こうして彼がウォールデンに住むことが天に最も近づくための方途だ

としている。さらに彼は、ウォールデン湖の水を「空の水」('Sky water', 188) といい、「神のしずく」('God's Drop', 194) だと形容している[16]。

　ソローの言う天は、やはり宇宙ということとつながっている。ウォールデン湖畔の彼の小屋が、夜にはあたかも銀河の中の星座の辺に位置しているようだと述べた際に、その宇宙の場が、「天地創造の場」('that part of creation') だともいっている。つまり宇宙というものが、神の行う神聖な万物創造の根本の場だという意味であろう。こうしてウォールデンという土地は、ソローにとって、天にも宇宙にも通じるところであった。彼には宇宙もやはり神聖で、何の欠点や難点もあり得ない場所であった。

　既に見たように、ソローは作品『ウォールデン』において、「天」という言葉を「宇宙」という語よりも倍近く用いたのであるが、それでも両者の明確な区別はしておらず、混用している場合もあるのである。ただ、神の存在や神聖さ、純粋さを強調するような場合にはもっぱら「天」を用いているようである。ただし彼にとっては、天も宇宙も、ただ崇めるためだけの理想の場所には留まらなかった。それを心に想起することによって、天や宇宙の持つ規模の大きさやその神聖さ、永遠性が、彼の固定した日常の観念の枠組みをはずし、新たな人生への取り組みを意欲的に行うための糸口となってくれるものであった。

六　ソローの風刺

　ところで、宮澤賢治が天や宇宙に、「天国」と「暗黒の石炭袋」という二つのイメージによって、神聖さと邪悪さの両面を共存させたことと、ソローがそこに何の疑念も寄せず、ひたすら神聖で純粋な場所と見なしたこととは対照的である。それは何故であろうか。

　賢治が、地元で農業を営む貧しい青年たちを支援し、鼓舞するために「羅須地人協会」を立ち上げた際に、彼の周囲の世間の反応は、決して好意的ではなかった。彼の目指す真意を理解し得ず、彼の裕福な家庭や身分をね

たみ、金持ちの気まぐれな道楽とみなし、不信や憎悪を示したのであり、あげくには秘密裏の政治革命の運動として警察に通告する者も現れ、賢治の意図は挫折したのだった。こうして彼の被った個人的な不幸の事情が、「銀河鉄道」の終点における暗黒の石炭袋に反映していることは確かであろう。

　一方ソローの方は、地元のコンコードの人々によってどのように受け止められていたのだろうか。ソローの家庭は賢治のそれと比べると、つつましやかで、世間の人らの妬みを買うことはあり得なかった。また、貧しすぎて人々の憐憫や軽視を受けるものでもなかった。つまりコンコードではごくありふれた経済状態の家庭であった。問題はソロー自身にあったといえよう。

　その独特な生き方によって彼は、コンコードの人々に奇人、変人と見られていた。ハーヴァード大学出身という当時としては破格のエリートであったのに、出世を望まず、時おりの仕事としては、地元の人らから依頼された土地の測量やライシーアムでの講演会の講師をする程度であり、生涯定職を持たなかった。その短い人生と有能な才能はむだ使いされたとみなされていた[17]。実は彼自身は、世間の人々の人生をよりポジティヴに、より意義あるものにしようと生涯にわたって尽力したのだが、彼本人の人生がむだにすごされたと評価されるとは、皮肉の極みだといわざるを得ない。

　とりわけウォールデン湖畔での彼の小屋暮らしは世間で奇異に感じられた。それで彼のことが、「コンコードにおけるロビンソン・クルーソー」というような興味本意な発想で受け止められ、注目されていた。ソローは『ウォールデン』の中で、「ゴーントレット」（gauntlet）というむち打ち刑のことを引き合いに出している（"The Village" の章、168）。それは、処刑の執行人たちが二列に並び、受刑者がその列の間を通過する間に、両側から二重のむち打ちをする刑罰のことである。ソローは、コンコードの町中を歩いた際に、通りにたむろする町民たちの気ままな問いかけの標的になった。それで彼自身を、通りの両側の人々から受けたむき出しの好奇心というむち打ちの受刑者に見立てたのである。

　ソローがウォールデン滞在中に引き起した騒動、意図的な税金（人頭税）

の不払いとそれによる逮捕、コンコードの牢獄に一夜留置されたあの事件は、町民たちの好奇心を倍加した。町民たちは、むろんソローの逮捕が通常の犯罪にはよらないことを承知していた。それでもソローの真の意図はなかなか伝わらなかった。ソローの行なった提案、社会の組織と政治のあり方の問い直しのことはさほど理解され得ず、町民たちはもっぱら自分たちの入ったことのない珍しいコンコードの牢獄体験のことを知りたがった。

　その件はソロー自身のライシーアム講演で報告された。その中で彼は、奴隷制の廃止とメキシコ侵略の停止を訴え、そのために行政の抜本的な改革と住民一人一人が真の自覚を持つことを促した。けれども聴衆の好奇心をも満たすべく、牢獄の一夜の直接の体験も語ったのだった。牢獄の部屋の中で、ソローには、コンコード川の流れがあたかも中世の頃のライン川のように感じられ、窓越しに聞こえてくる町民たちの暮らしの物音が、ライン河畔の城と騎士たちのことを連想させたという。そのことは、彼の後の作品「ウォーキング」の中の一節で、中世ドイツにおいてなされた遠征、聖地エルサレム奪還のための十字軍出陣の場面にもつながっているものであった。ソローにとっての奪還すべき「聖地」とは、やはり人間としての正しい権利と義務、それに基づく真に自由な生き方に関わるものであった。彼はこうした脚色も添えて、町民たちの好奇心に十分応えたといえる[18]。

　けれども、ソローの入獄事件は、町民たちによってむろん名誉ではなく、不名誉として受け止められたはずである。一説によると、ソローの叔母マリアは、当日の夜中に、黒いヴェールをかぶり、ソローを逮捕した収税吏ステイプルズの家を訪れて、ソローの滞納した税の金額を支払ったという。叔母はひたすらソローの身を案じ、あえてこの行為をしたといわれている。けれども、一般にコンコードのような小ぢんまりした田舎町では、何事も隠しが利かず、何かの犯罪が起きれば、犯罪者本人のみならず、家族や親戚一同が巻き添えを食い、犯罪者の一員と見なされがちである。従って叔母は、身に降りかかってきた災難から、誰よりも自分を救うためにあの行為をなしたとも考えられる。黒いヴェールをかぶっていたことも、他者の視線から自分を守るためだったことはいうまでもない。叔母はこの事件を

全く不名誉だと感じ、それは一般の町民たちの見方と同じことであった。

　こうして生前のソローは、コンコードにおいては決して模範的なタイプの人ではなく、奇人、変人、極端な場合には前科者に類する人物だと見なされていた。こうした人物が周囲の人らの好奇心をかき立てたのは当然である。この好奇心に抵抗するべく、ソローは絶妙な皮肉を飛ばした。皮肉を言い、相手を風刺する才能では彼は抜群であり、その武器が『ウォールデン』の各所で発揮されている。富と名誉を求めてあくせくする町民たちの暮らしを、「ヘラクレスの十二の偉業よりもひどい苦行」と風刺したのはその一例である。

　やじ馬のごとく、干渉する人々がソローにつきまとい、ウォールデンの小屋にかこつけて彼を揶揄した。「これは自分がこしらえた家、これは自分がこしらえた家に住む男です」("Visitors"の章、154）と、彼らは歌のごとくに言い広めて、彼を揶揄するのだった。「しかし彼らは、次の行がこうであるのを知らなかった」とソローはいう。「この人たちは、自分のこしらえた家に住む男を悩ませる連中です」と。彼はこの種の人々の行為を「人間荒らし」（'men-harriers'）と呼んでいる。世の人々のため、人生改革と社会改革を促すソローの行為が、こうして大半の人々の側では、単なる好奇心という実りない結果に終わってしまった。その落差は、ソローにとってまさに怒りと嘆きの成果であった。

七　聖なる天

　ソローは、地元の人々のこうした仕打ちに不満や怒りを感じてはいたが、それを天に向けて訴えたり、天に皮肉や風刺の言葉を投げつけることはしなかった。彼にとって天は、やはり純粋無垢の神聖な場であり続けた。ウォールデンの湖水は天空の色を映し出し、ソローの心が天へと到るための媒介となってくれた。「ウォールデンに居るときに、自分は神と天に最も近づく」と彼はうたっている。さらに宇宙も彼にとっては天とほぼ同義語であった。

宇宙にもまだ暗黒星雲などは認められず、地上の諸悪を反映する要素は見当たらなかった。

これに対して賢治は、彼の周囲の人々の抱いた嫉妬、不信、憎悪など、人間の心の諸悪を天や宇宙の描写にも反映させた。暗黒星雲の石炭袋にもそれが暗示されていた。ソローが聖なる天空と見なした場所を、賢治は科学的に「気層」ないし「気圏」と呼び、「春と修羅」の詩においてその領域にも自己の怒りをほとばしらせた。

　　四月の気層のひかりの底を
　　唾し　はぎしりゆききする
　　おれはひとりの修羅なのだ　（全集、第2巻、30頁）

賢治の怒りが他者に向けられているのか、それとも自己自身へのものなのか、定かではない。あるいは彼にとっては、他者への怒りが同時に自己への怒りに転化したのかも知れない。ともあれ、「気層」（「気圏」）は彼の住む世界となった。普通であれば人の住む世界は、いわゆる大地を構成する「岩石圏」のはずであるが、賢治の意識は気圏をも自己の領域に取り込んでいた。

その「気圏のいちばんの上層」は、彼によって「きらびやかな氷窒素」の占める領域だと想定された。斉藤文一氏によれば、賢治は、その当時工業化されつつあった「空中窒素の固定」の方法からこの「氷窒素」の領域を思いついたらしい。氷窒素とは固体の窒素のことであり、極低温のもとで気体から固体化したものという[19]。こうして賢治の時代には、上層大気の層にも科学による認識が届いてゆこうとしていた。ソローにとっては、ひたすら純粋無垢な大空と感じられていた領域に、賢治の想定では、自分の手が及ぼうとし始めたのである。

また賢治は、初期短編作品「柳沢」において、1917年10月の夜中に試みた岩手山登山の体験を述べている。その際に中腹から見上げた山頂に見慣れない白光が見えたという。それは山頂に降った新雪の輝きであった。その雪を輝かせている夜光（「燐光」）は、斉藤文一氏によれば、夜の「超高

層大気中で見られるルミネッセンス（発光）の一つで、化学反応によっておこる」ものである。それは、「微光ではあるが、全天にわたるので、これらを加えれば銀河以上の明るさになる」[20] という。こうして賢治は、超高層大気の発する発光現象を理論上のみならず自分の眼で実感したのだった。

賢治はさらにそれを「オリオンその他の星座が送るほのあかり」（全集第 11 巻、「柳沢」256 頁）と形容している。宇宙を一つの大海にたとえるならば、賢治はまさにその波打ち際に立っていたわけである。いわば彼は天空に手を触れ、さらに宇宙に向けてその手を差しのべている状況であった。こうして彼は天空の領域を自分で実感できた。その実感により、天空は彼の心の生きる場となった。またそれによって天空は、彼が自分の感情（喜怒哀楽）を自在に表現できる場となった。言い換えれば、修羅としての自己をもそこに率直に投影することが可能になったのである。

一方ソローにとっては、既述のように、天はやはり「天」であった。純粋無垢な神聖な場であり続けた。それはまだ科学の対象としての「気層」ではなかった。天へはまだ人間の手が直接には及んでいなかったのである。従ってソローは、天空に向けてひたすら賛美の気持ちは述べても、人間としての自己の率直な感情（特に怒りや悲哀など）を自在に吐露することはあり得なかった。深夜に夜空を見上げて彼はこう述べている。

> 真夜中に牧草地の岩の上で（あるいは樹木のない丘の頂で）あおむけになり、星をちりばめた天蓋の高さについて思いをめぐらせてみたまえ。星々は夜の宝石であり、おそらく昼間が見せてくれるどんな持ち物よりもみごとなものだ。（*The Moon*, 3）

夜の天空も、その中にちりばめられた星々もこの上ない素晴らしい存在ではあるが、それらは、ソローの自家薬籠中の持ち物でないことは明らかである。それでも彼は、宇宙の中で自分が生きるという極めてポジティヴな姿勢を示した。彼が想定した宇宙という領域は、天空と同様に神聖そのものの場であった。宇宙は近代科学の力によって観察され始めていたが、そ

の神聖さを打ち消すような結果（たとえば暗黒星雲の発見など）はまだ見出されていなかった。

　唯一の例外は彗星のことであっただろう。ソローにとって彗星の気まぐれとも思われる軌道は、地上を驀進する列車の動きと結びつくように思われた。またその列車は、人々の静穏な暮らしをかき乱し、商業本意の利潤追求に奔走する生き方を強制するものであった。ソローは、その地上を往く列車を批判し、その代わりに天へと向かう蒸気の雲の列を「天を往く列車」として賞賛したのだった。してみると彼は、天および天を含む宇宙に対して、その神聖さを基本的に疑ってはいなかった。その神聖な場で、自分自身も神聖な気持ちで生きることを目指したのである。こうしてみるとソローは、賢治よりも楽天的な状況で生きることができたといえよう。

　けれども彼自身は楽天家ではなかった。本書の第一部第一章で検討したように、ソローは、彼の地元の旧マールボロ街道という廃道をテーマにした詩を作成した。それによると、その廃道は、そこを歩む人に非日常の体験をさせ、その結果、その人の固定され、マンネリ化した生活と人生に揺さぶりをかけ、新たな活力ある生き方へと導く効果を発揮するという。人生教師としてのソローは、その廃道を「生きている道」と反語的に呼び、人々がその道から新たな生き方を学ぶことを期待したのだった。とはいえソロー自身、そうした期待がなかなか報いられず、彼がいかに努力を重ねても、世間の理解は乏しく、その人生をポジティヴな方向に一変させる人々がいかに少ないかをよく承知していた。

　　この道はいったい何なのか、ここから出てゆく方向と、まれなことだが、
　　さらにどこかに到るという可能性はあるのだが[21]

と彼はうたっている。「ここから出て、どこかに到る」というのは、日常の惰性的なライフを抜け出して、真に生きる価値のある生き方を獲得することを意味している。でも、それが「まれ」('the bare possibility')だといっているのである。その可能性は乏しいのだが、それでもそれは絶無ではない。

ソローは人生教師として、その可能性に彼の短い生涯を賭けたのだと考えられる。

註

1. この作品には、原稿として第1次稿から4次稿まであるが、「本編（最終稿）は、作者が晩年（昭6-7?）にこの初期形原稿に大幅な改編を加えた結果成立したものである」という。『校本　宮澤賢治』第10巻、筑摩書房（1974年）380頁。
2. この作品の引用はすべて同全集に基づく。作品全体は、123-71頁に掲載されている。この箇所は最初の頁。
3. 『英語で読む銀河鉄道の夜』、ちくま文庫（1996年）19頁。
4. 畑山　博『「銀河鉄道の夜」探検ブック』、文芸春秋社（1992年）225頁。文中の図は同頁に掲載のものを引用した。
5. 天沢退二郎編『宮澤賢治万華鏡』（新潮文庫、2001年）、「注解」(49)、418頁。
6. 『花農六十周年記念誌』によれば、「精神歌」は公的な意図で作られたものではなく、賢治が「独自の考えで生徒たちの学校意識を高め、学校全体の精神的一体化を進めたい気持から作られたもの」という。（全集第6巻、996頁）
7. 斉藤文一、藤井　旭『宮澤賢治　星の図誌』（平凡社、1988年）149-50頁。
8. 「農民芸術概論綱要」、『全集』第12巻（上）、9頁。
9. 「農民芸術概論」、「農民芸術概論綱要」、「農民芸術の興隆」、いずれも『全集』第12巻（上）に含まれている。7-20頁。

　なお「四次元の芸術」とは、普通の完成された芸術品のことではなく、農民たちが大地で行う労働が、宇宙とつながることによって、より大きな力と美、神聖さを発揮し、芸術活動に昇華することをいっていると考えられる。その労働の場は、大地という三次元の軸と、その労働の継続という時間軸の合わさったもので、四次元のものと見なされうる。これにはむろんアインシュタインの相対性理論の発想が関与しているのである。

10. 境　忠一『評伝　宮澤賢治』(桜楓社、1975 年) 276-77 頁。『全集』第 14 巻、「年表」615 頁。
11. Marlene A. Ogden & Clifton Keller, *Walden A Concordance* (New York & London: Garland Publishing Inc. 1985) 95, 238.
12. *Webster's Third International Dictionary* によれば、"1. The expanse of space surrounding the earth. . . like a great arch or dome", "2. The dwelling place of the Deity: a celestial abode of bliss: the place or state of the blessed dead." (1046-47)
13. 同　書 "the whole body of things and phenomena: the totality of material entities: COSMOS." (2502)
14. 本書第二部第二章、「アメリカ・ルネッサンス期の宇宙像」88-94 頁。
15. 原詩は以下のようである。

    It is no dream of mine,

    To ornament a line;

    I cannot come nearer to God and Heaven

    Than I live to Walden even.

    I am its stony shore,

    And the breeze that passes o'er;

    In the hollow of my hand

    　Are its water and its sand,

    And its deepest resort

    　Lies high in my thought.

16. 上岡克己『『ウォールデン』研究──全体的人間像を求めて──』(旺史社、1993 年)、第五章、Ⅰ「"The Ponds"──美のコスモスを求めて──」、187-211 頁参照。上岡氏は、ソローがウォールデン湖のことを「宇宙の統一原理としてコスモス（美と秩序と配置の妙）が最も完全に表わされた姿」と見なしたことに言及し、さらに「地上の天」、「天は頭上ばかりか足下にもある」等の表現に注目する。さらにこの湖がソローにとって、「理想の黄金時代」を現出し、'eternity' の象徴としての意義を持つことを指摘している。
17. ソローの葬儀の際にエマソンが読んだ弔辞の一節にもその発想が見受けられ

る。「彼ほどの稀有な行動能力がむざむざ失われてしまったことが私には残念でたまらず、そのあまりに、彼に志のなかったことが彼の欠点だったと思わずにはいられないのです。志が欠けていたからこそ、彼は、アメリカ全体のために仕事をするのでなく、コケモモ摘みの一行の隊長になったのです。」(酒本雅之訳『エマソン論文集』(下)「ソーロウ」、『岩波文庫』、1963 年、303 頁。原文は、全集 The Complete Works of Ralph Waldo Emerson (Boston & New York: Houghton Mifflin, 1904) の第 10 巻 Lectures and Biographical Sketches における "Thoreau" の章、480 頁。

18. プリンストン版全集のうち Reform Papers (1973 年) の巻の "Resistance to Civil Government", 82 頁。小野和人『ソローとライシーアム』(開文社出版、1997 年) 第 5 章「ソローの入獄とライン河畔の幻想」159-80 頁。
19. 斉藤文一『宮澤賢治とその展開──氷窒素の世界』(国文社、1978 年) 21-4 頁。
20. 同書、22-30 頁。
21. "Walking", *The Writings of Henry David Thoreau,* Walden Edition, Vol. 5, 215.

ヘンリー・デイヴィッド・ソロー略年譜
（主に本書の内容に関する事柄）

1685 年	フランスでナントの勅令廃止。カトリックの勢力復活。ソローの曽祖父フィリップ・ソロー（プロテスタントでユグノー派）は、フランス本土から英仏海峡にあるジャージー島に避難。
1773 年	ソローの祖父ジャン（ジョン）・ソローは船員で、航海中に難破してアメリカ植民地へ到着。
1787 年 5 月	ソローの母シンシア・ダンバー、ニューハンプシャー州キーンで生まれる。
1787 年 10 月	ソローの父ジョン・ソロー、ボストンで生まれる。
1812 年 5 月	ジョンとシンシアが結婚。
1815 年	ソローの兄ジョン・ソロー Jr. 誕生。
1817 年 7 月 12 日	ヘンリー・デイヴィッド・ソローは、マサチューセッツ州ミドルセックス郡コンコードで誕生。
1828 年秋	コンコード学院(Concord Academy)入学〜 1833 年夏卒業。
1829 年 1 月	コンコード・ライシーアム（文化協会）の設立。
1833 年秋	ハーヴァード大学入学〜 1837 年夏卒業。
1836 年	ラルフ・ウォルドー・エマソンの「自然論」出版。ソローの愛読書となる。
1837 年	エマソンとのつき合いが深まる。
1837 年秋	コンコードの中央学校に就職。2 週間後に退職。
1837 年 10 月 22 日	『日誌』の記入開始。
1838 年 4 月 11 日	コンコード・ライシーアムでソローの初めての講演 "Society" がなされる。

1838年6月	コンコード学院の経営を引き継ぐ。兄ジョンと共同で経営し共同で教育を行う。
1838年10月	コンコード・ライシーアムで書記と評議員に選出される〜1840年12月まで務めた。
1839年8月31日	兄ジョンと共にコンコード川とメリマック川をめぐる2週間の舟旅に出発。水源のホワイト・マウンテンズの最高峰ワシントン(アジオコチョーク)山に到る。
1841年4月	兄ジョンの病気のためコンコード学院を閉校。
1842年1月	兄はかみそりの傷のため破傷風となり、死亡。
1842年7月	ナサニエル・ホーソーン夫妻が旧牧師館に入居し、ソローと親しくなる。コンコード川で一緒にボート遊びなどをする。
1844年夏	サドルバック(グレイロック)山に登山。
1845年7月4日	ウォールデン湖畔に自ら建てた小屋に住み始める。
1846年7月23日か24日	人頭税の不払いのために逮捕され、コンコードの刑務所に一晩留置される。
1846年8月31日	メイン州の森林地帯への旅に出発。クタードン(カターディン)山に登山。
1847年2月10日及び17日	作品『ウォールデン』の基盤となる講演「経済」と「私の身の上話」をコンコード・ライシーアムで行なう。
1847年9月6日	ウォールデンの小屋を去り、元の家に戻る。
1848年1月3日	コンコード・ライシーアムで「クタードン」という講演を行なう。
1848年1月26日	コンコード・ライシーアムで、作品「市民の反抗」の基盤となる講演を行なう。
1848年7月〜11月	『ユニオン・マガジン』に作品「クタードン山」が連載される。
1848年夏頃から	土地測量と講演がソローの生業として次第に定着してゆく。
1849年1月3日	コンコード・ライシーアムで「豆畑」の講演。作品『ウォールデン』の "The Bean-Field" の章の基盤となる。

1849年5月30日	『コンコード川とメリマック川の一週間』がマンロー社より出版される。
1849年10月	ソローとエラリー・チャニングはコッド岬に旅行。コーハセットで嵐のために起きた海難事故の跡を見る。作品『コッド岬』の冒頭部の基になる。
1850年9月	逃亡奴隷法成立。ソローを含め、ニューイングランドの奴隷解放論者たちが大反対し、その活動が強まる。
同年同月	エラリー・チャニングとカナダ東部に旅行。旅行記「カナダのヤンキー」の基になる。
1851年4月	コンコード・ライシーアムで「野性」（"The Wild"）という講演を行う。後にこの講演は分割され、「野性」と「ウォーキング」の二つとなった。作品化の時にまた合体され、題名が「ウォーキング」とされた。
1851年6月	夜中の散歩を続け、「新たな光（月光）で世界を見るために」夜の自然の中を歩んだ。作品『月』の基となる。
1851年7月	ハーヴァード大学の付属天文台を訪問、見学。
1853年晩夏	メインの森再訪。自然環境の破壊の進行を憂う。特に大量のムース狩りとストローブ松の乱伐を嘆く。作品『メインの森』第2部の内容となる。
1854年8月9日	『ウォールデン』をティクナー＆フィールズ社より出版。
1856年11月	ニューヨーク市ブルックリンに赴き、ウォルト・ホイットマンを訪問。この詩人の人柄と作品『草の葉』に好感を抱く。
1857年7月	エドワード・ホーアと共にメインの森へ旅行。インディアンのジョウゼフ・ポリスをガイドに雇う。このインディアンとの交流が作品『メインの森』第3部の主な内容となる。
1859年10月16日	ジョン・ブラウンの率いる一団がウエスト・ヴァージニア州ハーパーズ・フェリーで武器庫を襲撃し、逮捕される。12月にブラウンは処刑される。

1859 年 10 月 30 日	コンコードの公会堂にて「ジョン・ブラウンの弁護」の講演を行う。
1860 年 2 月 8 日	コンコード・ライシーアムで「野性のりんご」の講演。
1860 年 7 月	ソローの論説「ジョン・ブラウンの最後の日々」が「リベレーター」誌に掲載される。
1860 年 9 月 20 日	ミドルセックス農業協会で「森林樹の遷移」を朗読。
1860 年 12 月	フェアヘイヴン・ヒルで切り株の年輪を数え、研究中にひどい風邪をひき、気管支炎となる。以後著しく健康悪化。
1861 年 4 月 12 日	南北戦争の開始。
1861 年 5 月 11 日	青年のホレス・マンと共に中西部ミネソタ方面へ旅行。静養のため。しかし健康状態さらに悪化。
1862 年 5 月 6 日	ソローは結核のため死亡。享年44歳。死後に『日誌』のノートブックが 39 冊と別に一束のメモ（作品『月』の内容）が見つかる。
1863 年	妹ソフィア・ソローとエマソンの編集で『エクスカーションズ』がティクナー＆フィールズ社より出版される。「ウォーキング」を含む。
1864 年 5 月 28 日	『メインの森』出版。ソフィアとチャニングの編集でティクナー＆フィールズ社より。
1865 年	『コッド岬』出版。やはりソフィアとチャニングの編集。ティクナー＆フィールズ社より。
1906 年	ウォールデン版『ヘンリー・デイヴィッド・ソロー全集』の出版。ブラッドフォード・トーリーとフランシス・H・アレンの編集で、ホートン・ミフリン社より。
1927 年	『月』の出版。フランシス・H・アレンの編集で、ウィスコンシン大学のメモリアル・ライブラリーの出版局による。
1971 年～	プリンストン版『ヘンリー・D・ソロー全集』の出版開始。プリンストン大学出版局による。現在も継続刊行中。

あとがき

　本書の題名『生きている道』は、第一部第一章の章名から採ったものである。この章では、ソローの住んでいたコンコードの近辺に旧マールボロー街道という廃道があり、そこを散策することがソローにとって心の刺激となり、彼の生活と人生を活性化させる作用をしたことを述べた。そこは廃道であり、いわば死んだ道でありながら、ソローを生かす道だという逆説が生じたのだった。

　「生きている道」とは、こうして人の心を活性化させてくれる場のことであり、ソローは彼の身辺にそのような場所を種々見出した。それは彼にとって、決まりきった日常生活から彼の心を脱出させてくれる貴重な非日常の領域であった。宇宙も、そこに生きることを想定するならば、ソローの心を鼓舞し、拡大させてくれる意義深い場となった。また彼のみならず、宮澤賢治も同趣旨の発想を述べている。ソローも賢治も共に、自他の心を常に活性化させるべく、生涯を通じて尽力した人々であった。

　本書の作成で最も多く参照したのは故ウォルター・ハーディング氏のソローの伝記である。ウィリアム・ホワース教授にも学ぶところ大であった。氏はソローの色々な旅の行跡を自らも忠実にたどってみることを実行された方である。その著作にもその体験が述べられ、ソローの旅についての貴重な実証的報告となっている。それは本書でいう「非日常の場」のことに相当する場合が多かった。邦文文献では、日本ソロー学会の会誌や出版書に学び、またソローのみならずその関連の作家たちについても国内の優れた研究書や論文を広く参照することができた。

　本書第二部における宇宙についての解説は、アイザック・アシモフの著作が良き導きとなった。アシモフはSFの作者として、また科学解説の大家として著名であり、通俗的な作家だったと見なされがちだが、その論は実

に明快であり、的を得たものである。また宇宙を人間の住む場とする未来学の要素を含んでいて、ソローの宇宙観を現代人の立場から検討してみる際に一助となった。第三部においては、宮澤賢治の宇宙観に関して、斉藤文一氏（超高層物理学者）と草下英明氏（天文解説者）の著書を参照した。さらに別表で主に参照した各文献を表示する。

本書の構成の基本となった論文は以下のものであるが、これらに大幅な加筆と修正を施した。

第一部

第一章 「生きている道——ソローの詩「旧マールボロー街道」」*The Kyushu Review* 第2号、1997年。51-8頁。この論文は、さらに英訳し、次の書物に掲載された。改題 "'A Living Way' in Thoreau's Poem "Old Marlborough Road'", *Studies in Henry David Thoreau* (The Thoreau Society of Japan, Kobe, Japan: Rokko Publishing Co., 1999) 66-75.

第二章 「「クタードン」の制作過程：メモ、講演から作品へ」、『ヘンリー・ソロー研究論集』（日本ソロー学会）第25号、1999年。20-30頁。

第三章 「ソローのサドルバック山登攀」、田島松二編『ことばの楽しみ』（南雲堂、2005年）325-32頁。

第四章 「聖域としての水源——ソローの *A Week on the Concord and Merrimack Rivers* 試論」、『九州アメリカ文学』（九州アメリカ文学会）、53号、2012年。1-12頁。

第五章 「非日常空間としての夜——作品『月』について」、『ソローとアメリカ精神——米文学の源流を求めて』（日本ソロー学会、金星堂、2012年）105-21頁。

第二部

第一章 "The Sun As a Morning Star: A Study of the Closing Words of *Walden*"（英文）『ヘンリー・ソロー研究論集』（日本ソロー学会）第27号、2001年。1-12頁。

第二章 「アメリカ・ルネサンス期の文化・文学における宇宙意識：概観」、『英語英文学論叢』（九州大学）第52集、2002年。35-54頁。この論文はさらに次の書物に掲載された。『ヘンリー・ソローの人と作品における宇宙意識』（平成13年度～14年度科学研究費補助金　基盤研究（C）（2）　研究成果報告書）2003年。1-54頁。

あとがき

第三章 「ヘンリー・ソローの宇宙意識」、『英語英文学論叢』（九州大学）第 53 号、2003 年。1-19 頁。この論文は次の書物に掲載された。改題「ソローと宇宙」、『新たな夜明け『ウォールデン』出版 150 年記念論集』（日本ソロー学会、金星堂）2004 年。100-12 頁。

第三部

第一章 「ソローと宮澤賢治──比較の基盤を求めて」（シンポジウム「ソローと宮澤賢治」の報告）、『ヘンリー・ソロー研究論集』（日本ソロー学会）第 30 号、2004 年。38-43 頁。

第二章 「宮澤賢治と銀河系」、*The Kyushu Review* 第 13 号、2011 年。1-10 頁。

　以上、本書への転載を許可された日本ソロー学会、九州大学言語文化研究院、九州アメリカ文学会、ならびに *The Kyushu Review* の編集者で、『ことばの楽しみ』の編著者、田島松二氏に厚く感謝申し上げる。

　本年 2015 年は、日本ソロー学会の設立 50 周年記念の年にあたる。顧みれば、この学会で筆者は 38 年の長きにわたり育まれ、多くを学ぶことができた。本書の成立にもそれが色々な形で反映しているのである。歴代の会長、先輩、仲間の会員の方々の懇切なご指導、ご教示に厚くお礼申し上げる。

　また本書の出版に際しては、金星堂の社長福岡正人氏に快諾をいただき、佐藤求太氏には、編集、校正等に関して懇切丁寧なお世話をいただいた。感謝至極である。なお私事ながら、2010 年に職場で定年となり、身を置いた郷土、大分県由布市の穏やかな自然環境に対し、またこの出版のことでいささかの理解を示してくれた家族たちに対しても謝意を表したい。

小野和人

主な参考文献（英文）

Adams, Stephen and Ross, Donald, Jr., *Revising Mythologies, The Composition of Thoreau's Major Works,* Charlottesville: University Press of Virginia, 1988.

Asimov, Isaac, *Fact and Fancy,* New York: Doubleday, 1962.

―――, *Frontier,* London: Mandarin, 1991.

―――, *Is Anything There?* New York: Doubleday, 1968.

―――, *Night-fall and Other Stories,* New York: Doubleday, 1969.

―――, *The Dangers of the Intelligence and Other Science Essays,* Boston: Houghton Mifflin, 1998.

―――, *The Secret of the Universe,* New York: Doubleday, 1991.

Atkinson, F. Brooks, *Henry Thoreau, The Cosmic Yankee,* New York: Alfred A. Knoph, 1927.

Bode, Carl, *The American Lyceum,* Carbondale and Edwardsville: Southern Illinois UP, 1968.

Broderick, John C."The Movement of Thoreau's Prose", *Twentieth Century Interpretations of Walden,* New Jersey: Prentice-hall, 1968.

Buell, Lawrence, *Literary Transcendentalism,* Ithaca and London: Cornell UP, 1973.

―――, "Thoreau, Nature Writing, and Formation of American Culture", *The Environmental Imagination,* Cambridge, Massachusetts and London: Harvard UP, 1995.

Burkett, Eva M. & Steward, Joyce S., *Thoreau on Writing,* Conway, Arkansas: University of Central Arkansas Press, 1989.

Byrd, Robert C., *The Senate 1789-1988, Classic Speeches 1830-1993,* Vol. 3, ed. Wendy Wolff, Bicentennial Edition, U.S. Senate Historical Office, Washington.

Cameron, Kenneth Walter, ed. *The Massachusetts Lyceum during the American Renaissance, Transcendental Books,* Hartford, Conn., 1969.

Carruth, Gorton, eds.*The Encyclopedia of American Facts and Dates,* Seventh Edition, New

York: Thomas Y. Crowell, 1979.

Channing, William Ellery, *Thoreau, The Poet-Naturalist,* New York: Biblo & Tannen, 1902, 1966.

Christie, John Aldrich, *Thoreau As World Traveler,* New York & London: Columbia UP, 1965.

Clark, Harry Haydon,"Emerson & Science", Philological Quarterly, X, 3. 1931.

Cook, Reginald L., *Passage to Walden,* New York: Russell & Russell, 1949.

Dillman, Richard, *Essays on Henry David Thoreau, Rhetoric, Style, and Audience,* West Cornwall, Connecticut: Locust Hill Press, 1993.

Emerson, Ralph Waldo,"Essays, First Series", *The Complete Works of Ralph Waldo Emerson,* Vol. 2, Boston and New York: Houghton Mifflin, 1903, AMS, 1968.

Foster, David R., *Thoreau's Country,* Cambridge, Massachusetts, London: Harvard UP, 1999.

Fussell, Edwin, *Frontier: American Literature and American West,* Princeton: Princeton UP, 1965.

Friesen, Victor Carl, "Thoreau's Morning Star", *The Thoreau Society Bulletin,* No. 204, Summer, 1993.

Garber, Frederick, *Thoreau's Redemptive Imagination,* New York: New York UP, 1977.

Goldsmith, Donald, *The Astronomers,* Community Television of Southern California, 1991.

Harding, Walter,"A Check List of Thoreau's Lectures", *Bulletin of New York Public Library, LLX,* 1948.

―――, *The Days of Henry Thoreau,* Princeton: Princeton UP, 1982, 1992.

―――, ed. Thoreau as Seen by His Contemporaries, New York: Dover, 1989.

Harding, Walter & Michael Meyer, *The New Thoreau Handbook,* New York and London: New York UP, 1980.

Hawthorne, Nathaniel, *The House of the Seven Gables,* Ed. Seymour L. Gross, New York: W.W. Norton, 1967.

Howarth, William L., *The Literary Manuscripts of Henry David Thoreau,* Columbus: Ohio State UP, 1974.

―――, *The Book of Concord: Thoreau's Life as a Writer,* New York: The Viking Press, 1982.

―――, *Thoreau in the Mountains,* New York: Farrar Straus Giroux, 1982.

Kagle, Steven E., ed. *America: Exploration and Travel*, Bowling Green, Ohio: Bowling Green State University Popular Press, 1979.

Krutch, Joseph Wood, *Henry David Thoreau*, New York: William Morrow, 1974.

Lebeaux, Richard, *Young Man Thoreau*, Amherst: Univercity of Massachusetts Press, 1975.

Lewis, R. W. B., *The American Adam, Innocence Tragedy and Tradition in the Nineteenth Century*, Chicago and London: The University of Chicago Press, 1955.

Marble, Annie, Russell, *Thoreau, His Home, Friends and Books*, New York: AMS, 1969.

Mcgiffert, Arthur, Cushman, Jr., ed. *Young Emerson Speaks, Unpublished Discourses on Many Subjects by Ralph Waldo Emerson*, Boston: Houghton Mifflin, 1938.

McGregor, Robert Kuhn, *A Wider View of the Universe*, Urbana and Chicago: University of Illinois Press, 1997.

McIntosh, James, *Thoreau as Romantic Naturalist*, Ithaca and London: Cornell UP, 1974.

Metzger, Charles R, *Thoreau and Whitman, A Study of Their Esthetics*, Washington: University of Washington Press, 1961.

Myerson, Joel, ed. *The Cambridge Companion to Henry David Thoreau*, New York: Cambridge UP, 1995.

Ogden, Marlene A. & Keller Clifton, *Walden A Concordance*, New York & London: Garland Publishing Inc., 1985.

Ono Michiko, *Henry D. Thoreau: His Educational Philosophy and Observation of Nature*, Tokyo: Otowa-Shobo Tsurumi-Shoten, 2013.

Poe, Edgar Allan, "The Unparalleled Adventures of One Hans Pfaall", *Edgar Allan Poe's Works*, New York: AMS, 1973.

―――, "Eureka", *Ibid*.

Richardson, Robert D. Jr., *Henry Thoreau, A Life of the Mind*, Berkley & Los Angeles: University of California Press, 1986.

Paul, Sherman, *The Shores of America*, New York: Russell & Russell, 1971.

Sattelmeyer, Robert D. Jr., *Away from Concord: The travel Writings of Henry Thoreau*, The University of New Mexico, Ph. D. Dissertation, Xerox University Microfilms, Ann Arbor, Michigan, 1978.

―――, *Thoreau's Reading, A Study in Intellectual History with Bibliographical Catalogue*, Princeton: Princeton UP, 1988.

Smith, Henry Nash, *Virgin Land, The American West as Symbol and Myth*, Cambridge, Massachusetts: Harvard UP, 1950, 1970.

Stowell, Robert F., *A Thoreau Gazetteer*, ed. William Howarth, Princeton: Princeton UP, 1970.

Sullivan, Walter, *WE ARE NOT ALONE: The Search for Intelligent Life on Other World*, New York: McGraw-Hill, 1966.

Takanashi Yoshio, *Emerson and Neo-Confucianism*, New York: Palgrave Macmillan, 2014.

The Thoreau Society of Japan, ed. *Studies in Henry David Thoreau*, Kobe: Rokko Publishing Co., 1999.

Thoreau, Henry David, *A Week on the Concord and Merrimack Rivers, The Writings of Henry D. Thoreau*, Eds. Carl Hovde, William L. Howarth, Elizabeth H. Witherell, Princeton: Princeton UP, 1980.

―――, *Cape Cod, The Writings of Henry D. Thoreau*, Ed. Joseph J. Moldenhauer, Princeton: Princeton UP, 1988.

―――, *Collected Poems of Henry D. Thoreau*, Ed. Carl Bode, Baltimore: The Johns Hopkins UP, 1964.

―――, *Excursions, The Writings of Henry D. Thoreau*, Ed. Joseph J. Moldenhauer, Princeton: Princeton UP, 2007.

―――, *Excursions and Poems, The Writings of Henry David Thoreau*, Boston and New York: Houghton Mifflin, 1906, AMS, 1968.

―――, *Faith in a Seed, The Dispersion of Seeds and other Late Natural History Writings*, Ed. Bradley P. Dean, Washington D.C., Covelo, California: Island Press, 1993.

―――, *Journal*, Vol.1, *The Writings of Henry D. Thoreau*, Eds. Elizabeth H. Witherell, et.al., Princeton: Princeton UP, 1981.

―――, *Journal*, Vol.1, *The Writings of Henry David Thoreau*, Boston and New York: Houghton Mifflin, 1906, AMS, 1968.

―――, *Journal*, Vol. 2, *The Writings of Henry D. Thoreau*, Ed. Robert Sattelmeyer, Princeton: Princeton UP, 1984.

,"Resistance to Civil Government", *Reform Papers, The Writings of Henry D. Thoreau,* Ed. Wendell Glick, Princeton: Princeton UP, 1973.

　　　　　, *The Best of Thoreau's Journals,* Ed. Carl Bode, Carbondale and Edwardsville: Southern Illinois UP, 1967.

　　　　　, *The Correspondence of Henry David Thoreau,* Eds. Walter Harding and Carl Bode, New York: New York UP, 1958.

　　　　　, *The Maine Woods, The Writings of Henry D. Thoreau,* Ed. Joseph J.Moldenhauer, Princeton: Princeton UP, 1972.

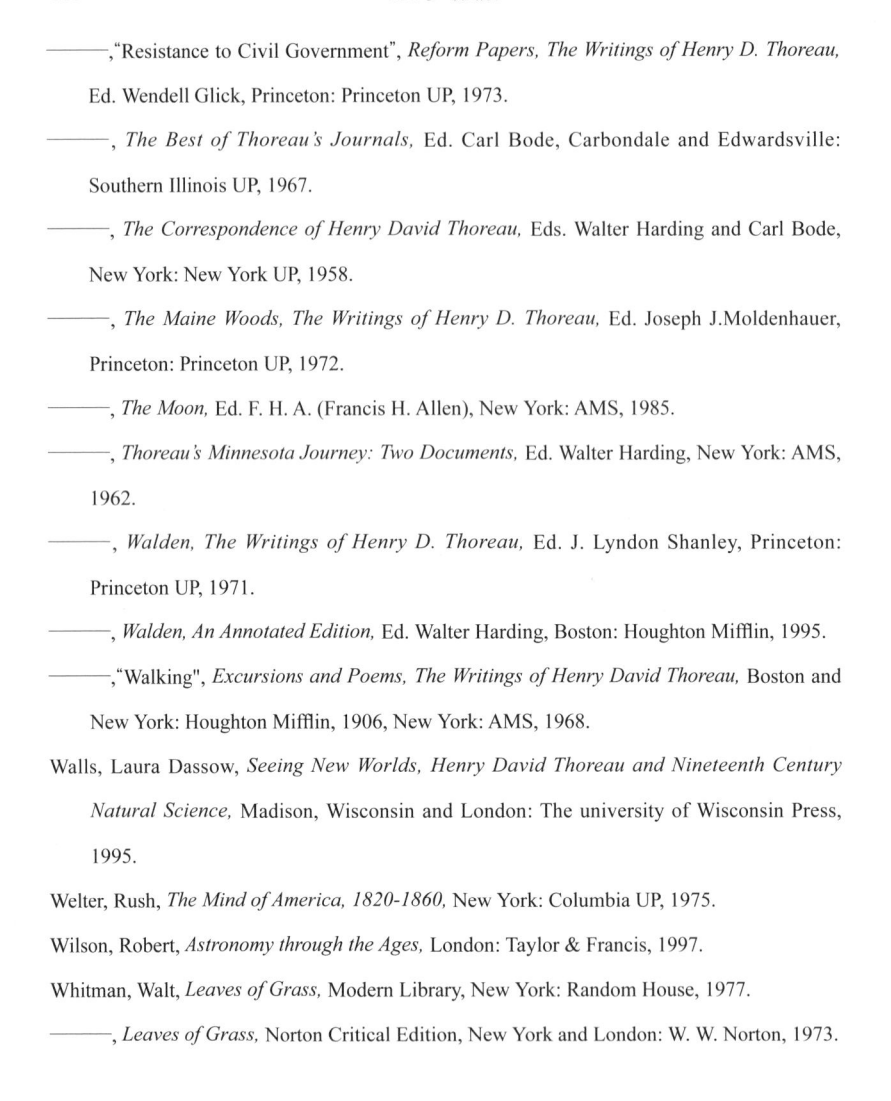

　　　　　, *The Moon,* Ed. F. H. A. (Francis H. Allen), New York: AMS, 1985.

　　　　　, *Thoreau's Minnesota Journey: Two Documents,* Ed. Walter Harding, New York: AMS, 1962.

　　　　　, *Walden, The Writings of Henry D. Thoreau,* Ed. J. Lyndon Shanley, Princeton: Princeton UP, 1971.

　　　　　, *Walden, An Annotated Edition,* Ed. Walter Harding, Boston: Houghton Mifflin, 1995.

　　　　　,"Walking", *Excursions and Poems, The Writings of Henry David Thoreau,* Boston and New York: Houghton Mifflin, 1906, New York: AMS, 1968.

Walls, Laura Dassow, *Seeing New Worlds, Henry David Thoreau and Nineteenth Century Natural Science,* Madison, Wisconsin and London: The university of Wisconsin Press, 1995.

Welter, Rush, *The Mind of America, 1820-1860,* New York: Columbia UP, 1975.

Wilson, Robert, *Astronomy through the Ages,* London: Taylor & Francis, 1997.

Whitman, Walt, *Leaves of Grass,* Modern Library, New York: Random House, 1977.

　　　　　, *Leaves of Grass,* Norton Critical Edition, New York and London: W. W. Norton, 1973.

主な参考文献（邦文）

飯田実訳『市民の反抗』岩波文庫、1997.

―――　『森の生活』岩波文庫（上下巻）、1995.

伊藤詔子訳『森を読む――種子の翼に乗って』宝島社、1995.

―――　『よみがえるソロー――ネイチャーライティングとアメリカ社会』柏書房、1998.

伊藤詔子・城戸光世訳『野性の果実――ソロー・ニュー・ミレニアム』松柏社、2002.

岩政伸治「ソローと賢治の「時間」の意識」、『ヘンリー・ソロー研究論集』第30号、2004.

井上博嗣『ヘンリー・ソロー　人間像と文学思想』六甲出版、1998.

遠藤周作『イエスの生涯』新潮社、1973.

大塚幸男『比較文学――理論・方法・展望――』朝日出版社、1972.

尾形敏彦『エマソンとソーロウの研究』風間書房、1972.

―――　『ウォルドー・エマソン』あぽろん社、1991.

御輿員三「パロディー覚え書き」、『英語青年』第113巻3号、研究社、1967.

小倉いずみ「エマソンとソローにおける言語と象形文字」、『ソローとアメリカ精神――米文学の源流を求めて』金星堂、2012.

奥田穣一『H.D.ソローの『種子を信ずる』』音羽書房鶴見書店、2010.

―――　「宮澤賢治とヘンリー・ソロー」、『新たな夜明け』（『ウォールデン』出版150年記念論集）金星堂、2004.

小澤奈美恵「植民地時代の記録文学――ソローの『メインの森』への影響」、『ヘンリー・ソロー研究論集』、第40号、2014.

オットー・ストルーヴェ、ヴェルタ・ゼヴァーグズ著、小尾信也・山本敦子訳『20世紀の天文学』1~3巻、白楊社、1965.

鬼塚敬一訳『ジョージ・ハーバード詩集』南雲堂、1986.

小野美知子「ソローと宮澤賢治の自然観――「風」をテーマに――」、『ヘンリー・ソロー

研究論集』第 30 号、2004.

絓川羔『アメリカの自然文学――ソーロウへの道』永田書房、1983.

上岡克己『『ウォールデン』研究――全体的人間像を求めて』旺史社、1993.

―――　　『森の生活：簡素な生活：高き想い』旺史社、1996.

上岡克己・高橋勤（編）『シリーズもっと知りたい名作の世界③ウォールデン』ミネルヴァ書房、2006.

神吉三郎訳『森の生活――ウォールデン』岩波文庫（上下巻）、1951.

木村晴子・島田太郎・斉藤光『H.D. ソロー』（『アメリカ古典文庫4』）研究社、1977.

小泉一郎訳「ハンス・プファアルの無類の冒険」、『ポオ小説全集』（第一巻）、東京創元社、1974.

斉藤光訳『超越主義』（『アメリカ古典文庫 17』）、研究社、1975.

酒本雅之訳『エマソン論文集』岩波文庫（上下巻）、1973.

佐久間みかよ「『ダイアル』を巡って――エマソンとソロー」、『ヘンリー・ソロー研究論集』、第 37 号、2011.

桜井邦朋『天文学史』朝倉書店、1990.

佐藤光重「野性の文学――緑のソロー再考」、『ヘンリー・ソロー研究論集』、第 28 号、2002.

関口敬二「日本におけるソローの受容――宮澤賢治の場合」、『ヘンリー・ソロー研究論集』第 31 号、2005.

水津一朗『近代地理学の開拓者たち』地人書房、1994.

スコット・スロヴィック・野田研一（編）『アメリカ文学の〈自然〉を読む――ネイチャーライティングの世界へ』ミネルヴァ書房、1996.

高橋勤『コンコード・エレミヤ――ソローの時代のレトリック』金星堂、2012.

竹内美佳子「ソローの時代のパストラル――『コンコード川とメリマック川の一週間』」、『ソローとアメリカ精神――米文学の源流を求めて』金星堂、2012.

戸川秋骨訳『エマーソン論文集』（上巻）、玄黄社、1911.

中田裕二訳、ヴァン・ミーター・エイムズ原著『禅とアメリカ思想』、旺史社、1995.

野口啓子『後ろから読むエドガー・アラン・ポー』彩流社、2007.

野本陽代『宇宙の果てにせまる』岩波新書、1998.

野本陽代、R. ウィリアムズ『ハッブル望遠鏡が見た宇宙』岩波新書、1997.

東山正芳『ソーロウ研究』弘文堂、1961.

藤田佳子『アメリカ・ルネッサンスの諸相——エマソンの自然観を中心に』あぽろん社、1998.

——— 「エマソンの山岳詩にみるロマン主義のかたち」、『ヘンリー・ソロー研究論集』第 34 号、2008.

堀内正規「エマソンの〈自然〉——岩田慶治の〈アニミズム〉の視点から」、『ソローとアメリカ精神——米文学の源流を求めて』金星堂、2012.

松島欣哉「「クタードン」試論——文学空間としてのアメリカ原生自然」、『新たな夜明け』(『ウォールデン』出版 150 年記念論集) 金星堂、2004.

——— 「科学と作家ソロー」(1)(2)、『ヘンリー・ソロー研究論集』第 32、33 号、2006、2007.

マリウス＝フランソワ・ギュイヤール、福田陸太郎訳『比較文學』(文庫クセジュ) 白水社、1953、1966.

山口晃訳『コンコード川とメリマック川の一週間』而立書房、2010.

———訳、ウォルター・ハーディング著、『ヘンリー・ソローの日々』日本経済評論社、2005.

山口敬雄「メリマック川のテキスタイル」、『ヘンリー・ソロー研究論集』第 34 号、2008.

山田久美「最果ての旅へ——ソローを惹きつけた風景」、『ヘンリー・ソロー研究論集』第 37 号、2011.

——— 「コッド岬に立つ——ソローが遺した足跡」、『ヘンリー・ソロー研究論集』第 40 号、2014.

山本晶「『ウォールデン』第 2 章の諸問題」、『ヘンリー・ソロー研究論集』第 23 号、1997.

吉崎邦子・溝口健二 (編)『ホイットマンと 19 世紀アメリカ』開文社、2005.

余田真也「ウィリアムズの新世界、ソローの原生自然——『アメリカ人気質』と『メインの森』の交点を読む」、『ヘンリー・ソロー研究論集』、第 40 号、2014.

和歌森太郎『山伏』(中公新書)、1964.

渡辺正雄 (編)『アメリカ文学における科学思想』研究社、1974.

（宮澤賢治関係）

天沢退二郎（編）『宮澤賢治万華鏡』新潮文庫、2001.

板谷英紀『賢治幻想曲』れんが書房新社、1982.

植田敏郎『宮澤賢治とドイツ文学』大日本図書、1989.

小沢俊郎（編）『賢治地理』（『宮澤賢治研究叢書 2』）學藝書林、1975.

金子民雄『宮澤賢治と西域幻想』白水社、1988.

―――　『山と雲の旅』れんが書房新社、1979.

草下英明『宮澤賢治と星』（宮澤賢治研究叢書 1）学藝書林、1975.

久保田正文・紀野一義（編）『宮澤賢治と法華経』普通社、1960.

斉藤文一『宮澤賢治とその展開――氷窒素の世界』国文社、1976.

斉藤文一・藤井旭『宮澤賢治　星の図誌』平凡社、1999.

境忠一『評伝宮澤賢治』桜楓社、1968.

―――『宮澤賢治論』桜楓社、1975.

畑山博　『「銀河鉄道の夜」探検ブック』文芸春秋社、1992.

原子朗（編）『宮澤賢治語彙辞典』東京書籍、1999.

宮城一男『農民の地学者　宮澤賢治』築地書館、1975.

宮澤賢治『校本　宮澤賢治全集』筑摩書房、1973~77.

宮澤賢治原作、ロジャー・パルヴァース英訳　*A Night on the Milky Way Train*（『英語で読む銀河鉄道の夜』）、（ちくま文庫）、1996.

宮澤清六『兄のトランク』筑摩書房、1987.

索　引

＜ア＞

アサベット川　/109
アジオコチョーク山　2, 54, 71-73, 76, 78, 79, 83, 87, 228
アシモフ、アイザック　116, 134, 136, 137, 155-157, 176, 177, 231
　………『宇宙の秘密』　157
　………『事実と想像』　127
　………『生命と非生命の間』　179
　………「夜来たる」　136
　………「我々は孤独なのか」　155
アボルジャックネイジェシック川　40, 44
アポロンとアドメタス王　100, 109
天沢退二郎　187, 199, 224
アミチ、ジョバンニ　133
アメリカン・システム　82, 88
アレン、フランシス・H　91-92, 230

＜イ＞

イギリス海岸　184
伊藤詔子　109, 199

インドへの道　15, 16, 121, 173

＜ウ＞

ウィリアムズタウン大学　57
ウィルクスランド　13, 25
ウォールデン湖と湖畔　21, 24, 58, 68, 84, 85, 90, 94, 116, 118, 120, 122, 153, 160, 162, 163, 166, 170, 172, 174, 191, 212, 216-218, 225, 228
ウォールデン版ソロー全集　39, 91, 92
内村鑑三　187
　………『如何にして夏を過ごさん乎』　187
宇宙誌（コスモグラフィー）　167-168, 171-172
宇宙進化論　162, 163, 166, 167, 191
宇宙の孤児　155-156, 176

＜エ＞

エジプトの象形文字　86
エマソン、トマス　15
エマソン、ラルフ・ウォルドー　3, 15, 41, 44, 51, 77, 89, 97, 102, 128-130, 133-

137, 139, 152, 153, 156, 157, 160, 169, 175, 187, 188, 193-198, 200, 225-226, 227, 230
　………「円環」　133, 152, 153
　………「芸術論」　187, 196, 198
　………「詩人論」　187
　………「自然論I」　135, 160, 194, 227
遠藤周作　78, 88
　………『イエスの生涯』　88

〈オ〉

女神オーロラ　61-64
小倉いずみ　89
御輿員三　123, 127
小野美知子　87, 198
オレゴン　14

〈カ〉

上岡克己　225
カント　149, 151, 163
カンパネルラ（『銀河鉄道の夜』）　206, 208

〈キ〉

キャメロン、ケネス・ウォルター　34, 130, 156
銀河系の形態と構造　149

〈ク〉

クールーの町の芸術家　121
草下英明　195, 200, 232
クタードン山（カターディン）　35, 37, 42, 44-47, 228
グリーリー、ホレス　50
クリスティー、ジョン・A　11, 108, 184
クルーチ、ジョーゼフ・ウッド　125, 127
クレイ、ヘンリー　82, 88

〈ケ〉

ケプラーの3法則　134, 157

〈コ〉

コッド岬　16, 28, 90, 229, 230
コンコード　16, 18, 21, 23, 26-30, 37, 41, 42, 53, 75, 80, 85, 90, 100, 116, 130, 135, 164, 184, 185, 192-193, 194, 212, 218-220, 227, 228, 230, 231
コンコード（ニューハンプシャー州）　80-81
コンコード・アカデミー　75, 108, 227, 228, 230
コンコード川　26, 53, 71, 86, 98, 109, 174, 184, 219, 228
コンコード中央学校　75, 227

索　　引

コンコード・ライシーアム　26-27, 29, 46, 50, 130, 156, 185, 192, 227, 228, 229, 230

<サ>

斉藤宗次郎　187
斉藤文一　208, 221, 224, 226, 232
サドベリー川　26, 109
サドルバック山　2, 53-55, 59, 61, 63, 66, 68, 69, 71, 73, 78, 84, 228, 232
サッテルメイヤー、ロバート・D　42

<シ>

シェイクスピア、ウィリアム　65, 68, 70, 99
「詩人・自然（博物）学者」　185
「詩篇」（旧約聖書）　78
島宇宙説（カーチス、シャプレイ、ハッブル）　150
使命感の伝統　186
ジャージー島　15, 213, 227
『シャクンタラ』　106
シューアル、エレン　63, 70
ジョバンニ（「銀河鉄道の夜」）　201-202, 205-209, 211
十字軍の遠征（聖地奪還）　219
私掠船　15, 17, 165, 213
シンポジア（I）「アメリカ・ルネッサンス期文学における宇宙」　129

シンポジウム「アメリカ文学における宇宙意識」　129

<セ>

西部開拓（西進運動）　14, 15, 16, 80, 82, 106-107, 125-126, 191, 213
『世界大思想全集』　187
関口敬二　187, 199
石炭袋（暗黒星雲）　206-209, 211, 216-218, 221

<ソ>

ソロー、ジョン（父）　62, 184, 227
ソロー、ジョン Jr.　53-54, 63, 70, 74-77, 83-84, 86, 106, 184, 227
ソロー、ジャン　15, 227
ソロー、シンシア　62, 184, 193, 227
ソロー、フィリップ　15, 227
ソロー、ヘンリー　1-5, 11-109, 113-139, 153-157, 159-177, 179, 184-188, 190-195, 198-201, 212-226, 227-233
入獄事件　219
………「ウォーキング」　2, 18, 26, 28, 31, 91, 106, 125, 127, 174, 219, 229, 230
　　　「旧マールボロ街道」　2, 18-22, 24-27, 29, 91, 223, 231, 232
………『ウォールデン』　1-3, 13, 15,

21-24, 26, 34, 69, 85, 89, 93-94, 105, 107-108, 109, 113, 115, 120, 121, 125, 137, 139, 159, 167, 174, 177, 184, 186, 192, 199, 213, 214, 217, 218, 220, 225, 228, 229, 233
  「音」 94
  「経済」 23, 137, 213, 228
  「結論部」 13, 24, 121, 125, 167
  「孤独」 116
  「住んだ場所と住んだ目的」 23, 84, 117
  「訪問者」 220
  「豆畑」 192-193, 228
  「村」 21, 218
………『コンコード川とメリマック川の一週間』(『一週間』) 2, 53-54, 63, 70, 71, 75, 80, 82, 85-86, 87, 109, 184, 229
………「彗星に寄せて」 164-165
………『月』 2, 4, 90-92, 105, 107, 108, 137, 139, 161, 229, 230
………『日誌』 11, 28, 37, 39, 44, 52, 92-93, 139, 227, 230
………『メインの森』 2, 35, 46, 52, 105, 109, 229, 230
  「書き出し原稿」 45, 46, 49, 51
  「クタードン」 2, 35-37, 39, 41, 44, 46, 50-51, 228, 232
  「クタードン登山のメモ」 37-38
  「前段階エッセイ」 38-46, 48, 50-51, 52

ソロー、マリア 219

<タ>

ダイアナ（月の女神） 95
大霊 152-153, 198
高橋勤 17, 156, 200
ダゲール 119, 131, 149, 168

<チ>

『注釈版ウォールデン』 114
超越主義 97, 101-104, 121, 186, 194, 198, 199, 200
チョーサー、ジョフリー 114, 126
超高層大気による発光現象 221-222

<ツ>

月のたね（コウモリカズラ属） 103
ヅーガン、イライシャ 28, 29

<テ>

定住と旅 177
デナム、ジョン 114
テニソン、アルフレッド 114
天 58-59, 64-66, 100, 167, 168, 191, 197, 201, 213-217, 220-223
天体力学 143, 147

索　引　　　　　247

　　　　　　　　　　　　　　　　　　　　42-51, 105
　　　　　＜ト＞　　　　　　　　　ハビングトン、ウィリアム　167, 171,
　　　　　　　　　　　　　　　　　　　　173, 179
湯王　24　　　　　　　　　　　　　パルヴァース、ロジャー　202, 204, 206,
トーリー、ブラッドフォード　230　　　　209
戸川秋骨　187, 196-198, 200　　　　パロディー　123-124, 126, 127, 136-137

　　　　　＜ナ＞　　　　　　　　　　　　　＜ヒ＞

中田公子　127, 143, 158　　　　　　ピッカリング、チャールズ　13, 24
ナントの勅令廃止　15, 227　　　　　「羊飼い劇第二」　123-124
　　　　　　　　　　　　　　　　　ビュフォン、ジョルジュ＝ルイ・レクレー
　　　　　＜ハ＞　　　　　　　　　　　ル　163, 166
　　　　　　　　　　　　　　　　　氷窒素　221, 226
パーク、マンゴ　13
ハーヴァード大学　11, 15, 75, 119, 132,　　　　　＜フ＞
　187, 194, 218, 227, 229
ハーヴァード大学天文台　194, 229　　フィッチバーグ鉄道　212, 213
ハーシェル、ウィリアム　119, 131, 134,　フェアヘイヴン・ベイ　98, 109
　141, 149-154, 168-169　　　　　　プファイファー夫人　11-12
　………「自然哲学研究序説」　134　フラウンホーファー、ジョーゼフ・フォ
　………「天文学概論」　134　　　　　ン　119, 132
ハーシェル、ジョン　119, 131, 149, 150,　フリーセン、ヴィクター・カール　114-
　168-169　　　　　　　　　　　　　115, 123, 125
ハーシェルの宇宙図式　149, 151　　　フレッチャー、ジャイルズ　65-66, 68
ハーバート、ジョージ　72-74, 76-79, 87,　ブローダリック、ジョン・C　63, 64, 67
　88　　　　　　　　　　　　　　　フロンティア　11, 14, 15, 80-85, 107, 120-
　………『聖堂』　77, 79　　　　　　121, 127, 174-175, 191
ハーディング、ウォルター　62, 69, 70,　フンボルト、フリードリッヒ　168
　108, 114, 194, 231
バーント・ランド（焼け地）　2, 37, 39,

＜ヘ＞

ベアトリーチェ（『神曲』）　96, 108
ベッセル、フリードリッヒ・ウィルヘルム　119, 132-133
「ヘブル人への手紙」　20
ベルジュラック、シラノ・ド　139

＜ホ＞

ホイットマン、ウォルト　3, 127, 128-129, 143-147, 151, 152, 156, 158, 165, 169, 172, 175, 229
………『草の葉』　143, 156, 229
…………「自分自身の歌」　145
…………「世界へのあいさつ」　144
…………「流星の一年」　145-146
ポー　3, 128, 129, 139-144, 154, 156, 175
………「ハンス・プファアルの無類の冒険」　139-140, 158
………「ユリーカ」　154
ホーソン、ナサニエル　102
………『七破風の家』　109
法華経　186
ホワース、ウィリアム　52, 79, 231
ホワイト・マウンテンズ　54, 72, 228

＜マ＞

マールボロー　18, 22, 90
『マハーバーラタ』　121

＜ミ＞

水沢緯度観測所　196, 200,
ミルトン、ジョン　47
………『失楽園』　47, 48, 51
宮澤イチ　184
宮澤賢治　3, 181, 183-193, 195-206, 208-211, 214-218, 221-226, 231-233
………「雨ニモマケズ」　183, 186, 199
………「銀河鉄道の夜」　188, 201-202, 224
………「精神歌」（花巻農学校）　/188, 204, 205, 224
………「晴天恣意」　196
………「同心町の夜あけがた」　209
………「とし子詩」　184
………「春と修羅」　187, 200, 221
………「星めぐりの歌」　189, 195
………「農民芸術概論」　189, 199, 224
………「農民芸術の興隆」　187, 196, 197, 224
………「農民芸術の本質」　189
………「農民芸術論」　189, 192, 198, 211
………「農民芸術論綱要」　187, 196
………「柳沢」　221-222
宮澤清六　195
宮澤トシ　184
宮澤政次郎　184

＜メ＞

明白な運命　173
メソポタミア地方　12
メモリアル・ライブラリー（ウィスコンシン大学）　91, 230
メルヴィル、ハーマン　39, 169
　………『白鯨』　169

＜モ＞

モーニング・スター　115-116
モンゴルフィエ兄弟　140

＜ヤ＞

山口敬雄　88

＜ユ＞

ユグノー　15, 213, 227
ユニオン・マガジン　41, 50, 228

＜ヨ＞

吉田源治郎　195
「ヨハネ伝」　74
「ヨハネの黙示録」　114

＜ラ＞

ライシーアム　27, 41, 52, 130, 132, 134, 192, 193, 194, 218, 219
羅須地人協会　185, 189, 192, 211, 217
ラッセル、ウィリアム　159
ラプラス、ピエール・シモン・ド　146, 149, 151, 163

＜リ＞

リッター、カール　168, 179

＜ル＞

ルイスとクラーク　14

＜ワ＞

和歌森太郎　58, 69
ワーズワス、ウィリアム　114

■著者略歴

小野和人（おの　かずと）

1940年生まれ、大分県出身。1962年京都大学文学部卒業、同大学院修士課程修了。1990年文部省在外研究員としてカリフォルニア大学サンタバーバラ校で滞在研究。現在、九州大学名誉教授、日本ソロー学会顧問。

著書　単著：『ソローとライシーアム――アメリカ・ルネサンス期の講演文化』（開文社出版、1997）。共著：『アメリカ文学の新展開』（山口書店、1983）、『生きるソロー』（金星堂、1986）、Studies in Henry David Thoreau（六甲出版、1999）、『ソローとアメリカ精神――米文学の源流を求めて』（金星堂、2012）、その他。

訳書　『メインの森――真の野性に向う旅』（金星堂、1992、講談社学術文庫、1994）、『月下の自然――夜の散歩と思索のエッセイ』（金星堂、2008）、その他。

生きている道
――ソローの非日常空間と宇宙

2015年9月1日　初版第1刷発行

著　者　　小　野　和　人
発行者　　福　岡　正　人
発行所　　株式会社　金星堂

（〒101-0051）東京都千代田区神田神保町3-21
　　　　　　Tel.　(03) 3263-3828（営業部）
　　　　　　　　　(03) 3263-3997（編集部）
　　　　　　Fax　(03) 3263-0716
　　　　　　http://www.kinsei-do.co.jp

編集担当：佐藤求太　　　　　　　Printed in Japan
編集協力：めだかスタジオ／装丁：スタジオベゼル
印刷／製本所：倉敷印刷

Copyright © 小野和人
本書の無断複製・複写は著作権法上での例外を除き禁じられています。
本書を代行業者等の第三者に依頼してスキャンやデジタル化することは、たとえ個人や家庭内での利用であっても認められておりません。
落丁・乱丁本はお取り替えいたします。
ISBN978-4-7647-1152-5　C1098